楚辞文化背景研究

赵辉 著

楚学文库

张正明 主编
刘玉堂 执行主编

長江出版傳媒
湖北教育出版社

图书在版编目（CIP）数据

楚辞文化背景研究 / 赵辉著. -- 武汉 : 湖北教育出版社, 2024.5
（楚学文库）
ISBN 978-7-5564-4391-8

Ⅰ. ①楚… Ⅱ. ①赵… Ⅲ. ①楚辞研究 Ⅳ. ①I207.223

中国国家版本馆CIP数据核字(2023)第112170号

楚辞文化背景研究 CHUCI WENHUA BEIJING YANJIU

出品人	方 平	责任编辑	朱思思
封面设计	蔡立国	责任校对	李庆华
美术编辑	李 枫 何亦明	责任督印	刘牧原

出版发行	长江出版传媒	430070 武汉市雄楚大道268号
	湖北教育出版社	430070 武汉市雄楚大道268号
经 销	新 华 书 店	
网 址	http://www.hbedup.com	
印 刷	湖北新华印务有限公司	
地 址	武汉市硚口区长风路31号	
开 本	787mm×1092mm 1/16	
印 张	15.25	
字 数	212千字	
版 次	2024年5月第1版	
印 次	2024年5月第1次印刷	
书 号	ISBN 978-7-5564-4391-8	
定 价	80.00元	

总　序

光阴荏苒，岁月不居，弹指间《楚学文库》初版问世已近三十个春秋。蓦然回首，当年的盛况仍历历在目：《楚学文库》甫一亮相，即在北京召开了出版座谈会与楚学研讨会，著名学者季羡林、张岱年、何兹全、任继愈、邹衡、庞朴、黄展岳、俞伟超、黄景略、瞿林东、刘梦溪、王渝生、徐敏、白翠琴和主编张正明等先生欣然赴会，畅所欲言，对《楚学文库》给予了高度评价，称其"是本世纪楚文化研究成果的一次重要总结和集中展示"，为"区域文化研究树立了里程碑"，"对其他地域文化的研究必将产生强大的推动作用"，《光明日报》以《光彩神州，丰润中华》为题，整版刊发了与会学者的精彩发言。李学勤先生因故未能莅临盛会，特意致函主编张正明先生，盛赞《楚学文库》"不愧为楚文化研究的集大成之作"。社会反响异常强烈，文化史学界更是好评如潮，虽多次重印，某些专著仍一书难求。

然而，自《楚学文库》出版以来，有关楚文化的考古发现层出不穷，出土文献联翩而至，相关研究成果亦如雨后春笋，学术界对楚文化的认知已由量的积累上升到质的飞跃，加之初版《楚学文库》已难以购全，因此，增补、修订《楚学文库》成为学术界和广大读者的共同心愿。湖北教育出版社审时度势，毅然决然对《楚学文库》进行增修，堪称远见卓识之举！

相较于原版《楚学文库》，增修版至少有如下优长。

一是体量增大，即所收专著数量增加。初版《楚学文库》共有专著18部，除《楚人的纺织与服饰》尊重作者意愿未纳入外，其他17部全部纳入增修版，并在此基础上增加了3部专著，即张正明先生的《楚文化史》，刘彬徽、刘长武先生的《楚系金文汇编》和宋公文先生的《楚令尹制研究》，共计20部。其中，《楚系金文汇编》弥补了初版有简帛文字研究而无铜器铭文研究的缺憾，与原《楚系简帛文字编》可谓珠联璧合，便于人们在一套丛书中得窥楚文字之全豹；《楚令尹制研究》不仅填补了楚令尹制度研究的空白，还为楚官制研究向纵深推进提供了有益的借鉴，二书的重要意义不言而喻。尤其值得关注的是张正明先生《楚文化史》的收入，该书堪称海内外第一部全面、系统、深入研究楚文化的精品力作，不仅在楚学界具有开榛辟莽之功，而且在中国区域文化乃至中华传统文化研究领域享有盛誉，其影响力并未因时光流逝而消减。回想起1987年《楚文化史》横空出世，旋即在历史文化学界掀起一股先睹为快的热潮，书中锦句如“从楚文化形成之日起，华夏文化就分成了北南两支：北支为中原文化，雄浑如触砥柱而下的黄河；南支即楚文化，清奇如穿三峡而出的长江……”等，一时为楚文化研究者和爱好者广泛征引传诵，几近“有井水处皆歌柳词”之情状。正是由于《楚文化史》一书思接千载，视通万里，新意纷披，文采斐然，故虽屡屡再版，依然洛阳纸贵。此次其被纳入增修版，与初版中的《楚史》相映生辉，更利于人们对楚国历史文化的全面认识和整体把握。

二是内容增加，即每部专著都增添了新的内容。近30年间，随着湖北枣阳九连墩楚墓、河南新蔡葛陵楚墓、湖北宜昌万福垴遗址等的发掘，尤其是湖北荆门郭店楚简和上海博物馆、清华大学、安徽大学珍藏的战国竹简等出土文献陆续问世，极大地丰富了楚文化的内容。各位作者秉持精益求精的态度，对新资料悉心梳理、精细甄别，进而充实到原书相关部分，从而使原著更加丰满。

三是精度更高，即匡谬正误，推陈出新。随着新材料的出现、新方法的运用和新技术手段的推广，楚文化研究高潮迭起。增修版各位作者在充分吸收最新研究成果的基础上，提出了一系列新的见解，纠正了原著中存在的谬误，廓清了初版中某些模糊的认识，调整了不甚合理的结构，文字表述也更加准确、精炼和畅达。

人们常常以章太炎先生的“前修未密，后出转精”来形容作品的初版和修订版的差别，我们虽不敢如此自诩，但增修版的质量超越初版则是毋庸置疑的。时值《楚学文库》初版问世 29 周年和主编张正明先生仙逝 18 年之际，湖北教育出版社历经 9 年艰苦细致的工作，郑重推出《楚学文库》增修版，充分体现出该社对学术的尊崇、对事业的执着和对楚文化研究一如既往的关心与支持，其中也饱含着对张正明先生的敬重和缅怀。

作为忝列张正明先生门墙的弟子，我承蒙湖北教育出版社真诚而盛情的邀请，有幸主持了《楚学文库》的增修工作。受命之日，我即摒弃其他琐务，全身心恭奉其事，未敢有丝毫懈怠。因为从某种意义上说，我把这项工作当作是恩师张正明先生布置的一次特殊作业，只不过评判这次作业的不再是恩师，而是广大热心的读者。

因我学识浅陋和能力有限，各位作者增修的时间也较为仓促，增修版错讹之处在所难免，诚望读者诸君不吝指正。

刘玉堂

2024 年 4 月 28 日

于武汉东湖之滨

编者献辞 *

楚学是一个正在开拓中的学术园地，从初辟草莱到蔚成气象，还不满半个世纪。

楚学的任务是对楚国的历史和文化做多层面的、全方位的研究，需要众多志士仁人为它献出智慧和辛劳。

楚学的对象自成一个博大精深的体系，从神话、传说到信史，从石器时代、铜器时代到铁器时代，从天文、历法到地理，从物质形态的、精神形态的到制度和风俗，从民族、语言到文字，到玉帛到干戈，从科学到巫术，从老、庄的“玄览”到屈、宋的“流观”，从事象到模式，等等，凡上古文化涉及的一切，无所不包。只靠一个学科或者几个学科的力量，断难窥其堂奥而得其神髓。

中国的古代文化是多元复合的，它的主体华夏文化是二元耦合的。所谓二元，就方位来说是北方与南方，就流域来说是黄河与长江，就代表性的始祖来说是黄帝与炎帝，就象征性的灵物来说是龙与凤，就学术的主流来说是儒家与道家，就风格的基调来说是雄浑、谨严与清奇、灵巧。早在先秦，就形成了这样的格局。春秋战国时代的华夏文化，北方以晋（韩、赵、魏）为表率，南方则由楚独领风骚。近数十年来，学术界论及中国古代文化，大抵重北轻南，重河轻江，重黄轻炎，重龙轻凤，重儒轻道，总之，不免失之偏颇。要全面地认识中国古代文化，不可不研究楚学。

世界的古代文化更是多元复合的，它的主体即旧大陆的古代文化也是二元耦合的。这个二元，简单地说来，就是西方与东方。从公元

* 本文系 1995 年版《楚学文库》编者献辞。

前6世纪中到公元前3世纪中，西方的希腊与东方的楚竞辉齐光，宛如太极的两仪。然而，近百余年来，学术界论及世界古代文化，往往重西轻东，也不免有偏颇之失。要全面地认识世界古代文化，也不可不研究楚学。

我们奉献给读者的这套《楚学文库》，结集了晚近的楚学专著，总计有书18部。出齐之后，则非仅一斑，而足使读者获睹楚国历史文化的全豹。

对于学术问题，见仁见智是正常的现象。我们的编纂宗旨是择善而取，不拘流派，不分门户，不求千口一腔。各部专著分开来看，都自成一家言。整套文库合起来看，则可谓："纷总总其离合兮，斑陆离其上下。"

《楚学文库》编委会

目　　录

引 言

《楚辞》，中国古代的艺术瑰宝！

《楚辞》，中国古代文学园圃中的一枝奇葩！

当我们翻开《楚辞》时，便觉得走进了一个色彩缤纷、光怪陆离的虚幻世界：香花、美人、巫咸、神灵、《劳商》《九歌》、黄钟、瓦釜、长濑湍流、流沙毒水、神的翩跹、人的曼舞……这些毫无关涉的意象所构成的奇特的意境，和谐地融合着诗人那激烈的、丰富的、深沉的情感，将我们引入一个琳琅满目的、美不胜收的洞天；叫我们为之激动，为之惊叹；情感伴随着诗章的节奏而起伏，思绪伴随着奇特的意象而飞扬。

《楚辞》强烈的艺术魅力，使得古往今来的许多文人都拜倒在它的脚下。他们或被它那悲壮的悲剧精神所感染，或被它那惊采绝艳的文辞所折服。司马迁以为“《国风》好色而不淫，《小雅》怨诽而不乱，若《离骚》者，可谓兼之矣。……蝉蜕於浊秽，以浮游尘埃之外，……皭然泥而不滓者也。推此志也，虽与日月争光可也”①。司马迁称赞它“其文约，其辞微，其志洁，其行廉；其称文小而其指极大，举类迩而见义远”②。刘勰在说到它广泛而深刻的影响时说：“其衣被词人，非一代也。故才高者菀其鸿裁，中巧者猎其艳辞，吟讽者衔其山川，童蒙者拾其香草。”“名儒辞赋，莫不拟其仪表，所谓金相玉质，百世无匹者也。”③ 就连李白、杜甫这样的大文学家，也无不对《楚辞》推崇备至。李白说：

① 《史记》卷八四。

② 《史记》卷八四。

③ 范文澜. 文心雕龙注［M］. 北京：人民文学出版社，1961：46.

“屈平词赋悬日月，楚王台榭空山丘。”[①]杜甫说：“窃攀屈宋宜方驾，恐与齐梁作后尘。”[②] 蒋骥评价《楚辞》，说它“纯用客意飞舞腾那，写来如火如锦，使人目迷心眩，杳不知町畦所在。此千古未有之格。”[③] 如此的赞誉，千古以来，延绵不绝。

《楚辞》，一个深邃的殿堂！

《楚辞》，一个神秘的符号集群！

对于《楚辞》的研究，自《楚辞》诞生以来就开始了。从淮南王刘安起，研究《楚辞》者代不乏人，并形成许多流派。音义家、考证家、义理家等，在《楚辞》研究的园圃中探蒙发微、搜索辨正；研究《楚辞》的著作如繁星灿烂，但有谁窥探到过它的全部内涵？一部《楚辞》研究史，便是两千年来人们对于《楚辞》博大精深的内涵感到困惑的记录本。虽然这些研究曾解开过不少的谜团，但当我们稍微改变一个角度去观赏《楚辞》时，迷惑不解仍在困扰着我们。

从西周到春秋中叶，中原诗坛曾有过一个辉煌的时期，出现了一部伟大的作品《诗经》；到战国时代，中原的诗坛却突然冷寂下来，呈现出一片秋风萧瑟的荒凉景象，代之而起的是历史散文和诸子散文。它们虽然也饶有文学色彩，但与后来意义的纯文学作品还不是一回事。而这时南方的楚国，诗圃却奇迹般地繁荣起来了。楚人纯熟地运用着文学技巧，创作了一部流传千古的《楚辞》，把中国古代的诗歌创作推向了第一个高峰。这是为什么？

中原文学表现出强烈的现实主义精神，不管是诗歌、历史散文，还是诸子散文，都以人们的现实生活和当时的政治、军事等为题材。《诗经》中的《颂》虽然也表现着人们的宗教情感，但巫风和神话色彩却极为稀薄。《楚辞》则不然。虽然它反映的仍然是楚人的现实生活，但它用

① 瞿蜕园，朱金城．李白集校注：卷 7 [M]．上海：上海古籍出版社，1980：480.

② 浦起龙．读杜心解：卷 6 [M]．北京：中华书局，1961：842.

③ 蒋骥．山带阁注楚辞 [M]．上海：上海古籍出版社，1958：184.

以反映这现实生活的材料则完全不同。它大量地运用着神话、仙话、原始宗教诸方面的意象，具有浓厚的巫风和神话色彩。整部《楚辞》都散发着强烈的浪漫主义气息。这是为什么?

中原文学都带有浓厚的封建伦理道德说教的气味，《论语》《孟子》等固不必说，就是《左传》《国语》等历史散文，以及《诗经》也莫不是如此。但《楚辞》却很少有封建伦理的说教。虽然《楚辞》也有些诗篇言及仁义道德，《离骚》也表现出道德价值的强烈追求，但它表现最为突出的却是个人情感的放荡不羁，体现出一种和中原文学迥然不同的文化精神。《楚辞》和中原文学的精神为什么存在着巨大的差别?

《楚辞》表现出一种楚人特有的悲剧意识。许多作品的抒情主人公，都明知自己的理想和愿望不过是一团幻影，期待的结果只能是失望和痛苦，但他们却宁愿承受这无限的悲痛，至死也不愿放弃自己的理想和愿望。他们的这种悲剧意识从何而来?

《楚辞》是南方文化的特有产物，但是，它又兼有道家、儒家、法家、阴阳家、名家等各家思想的精华。那么，它所表现的思想到底属于哪一个思想体系?它的这一特点又是怎样形成的?

《楚辞》的体裁和《诗经》的体裁完全不同。《诗经》多为四言，结构很少变化，显得呆板迟滞；《楚辞》句式灵活自由，篇章结构富于变化。《诗经》篇幅短小；《楚辞》长篇大制，符号空间极为广阔，在中国古代抒情诗中首屈一指。这种《楚辞》体如何产生?《楚辞》广阔的符号空间又是怎样形成的?

《楚辞》的文字并不艰深，但许多文字所表现的意蕴却是一个谜。《天问》一诗，便是一部有字的“天书”。还有，《楚辞》大量地运用了香花美草方面的意象，诗人到底要借这香花美草象征什么?许多诗篇多次说到“驷玉虬”“乘鹥”“骖白螭”“驾飞龙”，等等，难道这些仅仅是用来点缀诗章?这一个个意象，便是一个个神秘的问号。

…………

这众多的问号，便是众多的谜。我们可以凭着直觉领略到《楚辞》

的艺术美，但我们不应仅仅是一个《楚辞》艺术美的欣赏者。文学的研究，首要任务应该是从诸种文学现象入手，去弄清这些现象的来龙去脉，厘清这现象下面蕴藏的原因，并从中寻找出文学发展的规律。

几千年来，中国古代文学的研究一直走着一条古老的路——义理、训诂、考证。我们的古典文学研究家们大部分习惯于这样一种研究模式：于作品，或阐发微言大义，或考证名物典章，或训诂文字音义；于作家，一则生平行事，二则其作品的思想内容，三则其作品的艺术特色，大一点的作家，再谈谈他在文学史上的地位和影响；很少从全方位去对作家及其作品进行宏观上的把握，也很少去探讨这思想内容和艺术特色和作家价值取向形成的原因。几千年来，对待《楚辞》的研究也基本如此。我们不否定这种传统研究方法的意义和这些研究成果的价值；因为宏观的研究必须在微观把握的基础上进行。但也必须看到，假若我们仅仅局限于此，不光是我们研究领域的空间将逐步缩小，也势必将《楚辞》及其他古代文学作品精深博大的内涵淡化掩埋。

文学研究属社会科学研究领域。而任何一种社会科学的研究，必须融入时代的潮流，方能卷起朵朵浪花，不至于受到人们的冷遇。近些年来，社会有了较大的变革，人们的思想观念有了较大的改变；若我们的古典文学研究工作者从观念到研究方法都还恪守着传统，古典文学的研究就必然长期徘徊于低谷。因而，古典文学的研究要冲出低谷，古典文学研究工作者就必须在思想观念和研究方法上跟上这时代潮流。

每一种文学现象的产生，都有着极为复杂的文化背景。这其中既包含着民族心理和民族精神的历史积淀，也有着当时社会政治、经济、审美观念、民俗和伦理道德等多方面的共同作用。因而，我们研究《楚辞》也应该是全方位的、多角度的。当然，我们并不能排斥某一方面的专门研究，就如我们不能因为提倡新的研究方法，就反对传统研究方法一样。我们高兴地看到，近些年来，随着西方各种学术理论，以及各种研究方法以前所未有的数量和速度涌入我国，《楚辞》的研究又出现了一个新的方向。一些研究工作者在继承五四新文化运动成果的基础上，更加注意从神话学、心理学、考古学、民俗学、民族学、社会学、历史学、美学、哲学等角度，运用新的方法和新的理论对《楚辞》进行系统的综合的探索，并陆续取得了一批新的成果，尽管这还很不够。

笔者很希望和《楚辞》研究的同仁一道，对《楚辞》作一些新的探索。本书便是在吸取前人以及当代《楚辞》研究的成果的基础上，从楚国整个文化现象的角度，去探讨《楚辞》的民族文化内涵，以期解释那众多的谜团。

第一章　楚文化的土壤

当我们将中国古代神话和希腊神话，中国古代戏剧和希腊戏剧以及英国莎士比亚等人的剧作作一比较时，便能很明显地感觉到它们在文化精神上质的区别。这种情况，使我们不难得出这样的结论：每个民族的文学都是从这个民族的文化母体脱胎。也就是说，每个民族文学的特殊现象，基本上是这个民族特有文化的反映。自然，楚辞的一些特殊文学现象，也应该到楚文化的独特性中去寻找答案。但这又似乎并非问题的根源。不可怀疑，楚辞和中原文学从形式到内容方面的不同，可以归结于楚文化和中原文化质的差异；但它们之间的文化的质的差异又是怎样产生的呢？因而，要解释楚国文学特殊现象的生成原因，弄清这差异存在的根源，同弄清这存在的差异一样具有重要意义。

第一节　楚国的民族组合与楚文化的发展方向

每一种民族文化都是一定的民族在一定的社会实践活动中创造的。由于不同民族所处地理环境、生产方式、生活方式以及所走过的社会历程等方面存在差异，因而，在同一时期内不同民族的文化总存在些许不同。在一个单一民族组成的国度里，这个国家的文化当然是在继承这个民族前有文化的基础上发展的。也许在后来的发展过程中，它也不断地吸收外来文化，但这个民族的既有文化却始终决定着这个国家文化发展的方向。但是，在一个由多民族组成的国家里，情况就比这要复杂得多了。由于各个民族在这个国家所处地位不同，各民族文化对于社会所起的作用和对这个国家文化发展的制约作用也就大不一样。

楚是一个由多民族组成的民族大家庭，其文化也是在融合这些民族的文化过程中发展起来的。我们要探讨楚文化特征形成的原因，当然也就有必要对楚国的民族成分以及诸民族在楚国政治、经济、文化等方面所起的作用有一个大概的了解。

在战国时代，楚国疆域之大为其他诸侯国所不及，其民族成分之复杂也为其他诸侯国所不如。当时生活在中原地区的是华夏民族，在东方的叫东夷，南方的为南蛮，西方的是西戎，北方的被称作北狄。但所谓东夷、南蛮、西戎、北狄都不过是从地域关系上对生活在东南西北四方的民族的总称。实际上，在这四方每一民族之中都包含着众多的种姓。如狄便有长狄、赤狄、白狄之分。而战国时期，这些民族都可以在楚国找出来。

楚国民族成分的复杂性，是楚国的兼并战争带来的结果。楚刚受周成王的封号时，还是一个很小的国家，领土方圆不过五十里左右；就是在若敖、蚡冒，乃至于已经很强大了的楚武王和楚文王时期，楚国也是“土不过同”，方圆才几百里地。[①] 可知楚国在春秋早期的疆土还小得可怜，楚族也不过是一个人口很少的民族。但是，通过春秋二百多年的兼并战争，到了战国时期，楚国已是一个泱泱大国了。史载苏秦劝说楚威王时说楚“西有黔中、巫郡，东有夏州、海阳，南有洞庭、苍梧，北有陉塞、郇阳，地方五千余里，带甲百万，车千乘，骑万匹。”[②] 纵横家们的话虽带有夸张，但也不至于失实。这时，楚国的领土范围大概南到五岭；北近黄河；东北则到鲁和莒的故地，即今曲阜、莒县；东至琅琊等地；西至今湘、鄂和川、黔边界；东南至会稽山以南；包括现在的湖北、湖南、安徽、江苏四个省的全部或大部，以及河南、山东、陕西、江西、浙江等省的一部分，面积超过百万平方公里。楚国占有的这大片土地，都是楚人以武力兼并其他民族和国家的结果。楚国在消灭这些民族和国家时，原来生活在这些地方的民族除少部分逃到楚国势力范围以外，大

---

① 《十三经注疏·春秋左传正义》。

② 《史记》卷六九。

部分都成了楚国的臣民。这样，楚国就从原来由楚族这个民族建立的小国，发展成为一个多民族的大国。

生活在楚国的民族，最主要的有南蛮、华夏和东夷。

南蛮包括许多的南方民族，除楚之外，还有百濮、群蛮和百越等。现分而述之。

楚族和群蛮、百濮一样，是远古三苗民族的后代，为生长在江汉地区的土著民族。据历史典籍记载，三苗民族曾经先后进入中原，但后来被禹战败，又重新退回江汉流域。因而，楚族或许曾进入过中原，并在那块土地上生活过一个时期，留有一些历史的足迹，但是，他并非江汉地区的外来民族。①

楚族和群蛮、百濮分离并形成自己的氏族集团，当是在夏商这一漫长的历史发展过程之中完成的。因为在殷时，荆楚就已与中原人相对抗而引起殷人的高度注意。《商颂·殷武》便有殷人讨伐荆楚的记载："挞彼殷武，奋伐荆楚，深入其阻，裒荆之旅。"西周初年，楚人在其首领熊绎的带领下，帮周人攻打东夷，因有功劳而受周成王之封立国。楚国即因楚族受封立国而得名。② 但是，在楚立国之后的两百多年中，楚国并没有多大的发展。楚人受封于丹阳，而直到春秋初年，楚人也还没有走出荆山山脉。这期间，熊渠曾扬威于鄂，但不久又退居荆山。直到楚武王、楚文王，楚族才开始一个历史性的转变，不断进行兼并战争而拓展

① 关于楚族的来源，有北来说、东来说、西来说、土著说等不同的观点。祝融为楚人的祖先。《左传》说郑为祝融之虚。虚也作墟，既可以作居住之地解，也可以作冢丘解。蚩尤之城和他的冢都在涿鹿，但蚩尤肯定不是中原族类。且祝融的后裔八姓也并不都分布在中原。因而，《左传》这一句话不足以作为判断楚族来源的根据。楚与中原民族、东方民族、西方民族都存在一些相同的文化现象，但这不能说明楚族来源于什么地方。在古人的观念中，祝融一直是位南方之神。《史记·楚世家》楚之先说："或在中国，或在蛮夷。"因而，我还是认为楚族为江汉地区的土著民族。

② 杜预注《春秋》庄公十五年："荆，楚本号，后改为楚。"恐非是。荆、楚为同一植物之名，当系同一植物在不同地方的名称。先秦多荆楚并称。周原卜辞有"楚子来告"之语，可知西周早期便有"楚"的称号。

领地，融进其他民族，成为楚国众多民族中的统治民族。

濮在春秋时期已发展成为一个很大的民族。他大概是由于种姓复杂，而且相互之间不相统属，故在历史文献中被称为“百濮”。他们居住的地方分布很广。孔安国说：“庸、濮在汉之南。”[①] 刘伯庄认为：“濮在楚西南。”[②]《左传》昭公九年说：“及武王克商，……巴、濮、楚、邓，吾南土也。”童书业先生认为：“巴、楚、邓彼时皆近汉水，则濮亦当在此。”[③]《左传》文公十六年曾载：“庸人帅群蛮以叛楚，麇人率百濮聚于选，将伐楚。”麇的地望在今湖北省房县。考古工作者近年来在湖北房县七里河发掘出了一处新石器时代晚期的遗址，其墓葬多为二次合葬墓，发现有拔牙和猎头的风俗。因而，考古工作者们认为，房县“也曾为古代濮人的活动区域范围”。[④] 根据鄂西的地理条件和当时的交通情况来看，在今湖北房县的麇人要在一个不太长的时间内，将处于长江以南的濮族部落聚集在一起，是不大可能的。因而，在楚人启濮之前，濮人比较集中的地方应在沮漳河流域。当然，我们并不是说在长江以南和鄂西一带就没有濮人居住。濮号称“百濮”，可见其部落众多。他们不可能居住在一个地方，广泛地分布于大江南北，是很有可能的。

从房县七里河濮人遗址来看，濮人很早就是江汉地区的居民之一。《逸周书·王会解》载：“伊尹受命，于是为四方令曰：……正南瓯邓、桂国、损子、产里、百濮、九菌，请令以珠玑、玳瑁、象齿、文犀、翠羽、菌鹤、短狗为献。”《尚书·牧誓》载周武王伐商，在他率领的部队中，便有由濮人组成的队伍。大概那时濮人是周人的友邦。从这两段记载来看，早在殷代，濮人就已生活在江汉流域了。春秋时期，楚人曾对濮人有过多次战争。《史记·楚世家》说，楚国在武王时期，“开濮地而有之”。但濮人并没有完全被消灭，而且在楚庄王时期，濮人的势力还很

---

① 裴骃．史记集解［M］//史记．北京：中华书局，1959：1694.
② 裴骃．史记集解［M］//史记．北京：中华书局，1959：16.
③ 童书业．春秋左传研究［M］．上海：上海人民出版社，1980：366.
④ 王劲，林邦存．房县七里河遗址发掘的主要收获［J］．江汉考古，1984（3）.

强大。故在楚庄王和楚平王时期，楚国也有过对濮人的战争。在从楚武王至楚平王将近两百年的时间中，濮对楚时附时叛，最后归入楚国，已到春秋中晚期了。

越族也是南蛮中的重要一支。《史记·越世家》说它为帝少康的后代，而《国语》称："芈姓夔越。"《世本》也说，越为芈姓，与楚同祖。越人的种姓极为复杂，历史上有闽越、瓯越、南越、东越、骆越等称呼。"百越"之号大概也由此而来。也许是这个原因，故《史记》《国语》《世本》的记载有很多不同。

越人分布的范围比濮还要广泛。《汉书·地理志》说："今之苍梧、郁林、合浦、交阯、九真、南海、日南，皆粤分也。"《汉书》是就越国的封疆而言，实际上越国之外，如吴国的领地，也分布着众多的越人。臣瓒注《汉书·地理志》说："自交阯至会稽七八千里，百越杂处。"但他们分布的范围，事实上比这还要广泛得多。就现在的地理来说，大概今天的江苏、浙江、江西、福建、广东以及湖北的东南部、湖南的南部，都是他们活动和居住的地区。

据说，楚悼王用吴起为相，变法革新，国富民强，于是南平百越。据此，知越人在战国中早期才归附楚国。但是，早在两周之交，一些越人就已是江汉地区的居民了。《吕氏春秋·恃君览》有"杨、汉之南，百越之际"的说法，这"汉"便指汉水流域。据《史记·楚世家》说："熊渠甚得江汉间民和，乃兴兵伐庸、杨粤，至于鄂。""杨粤"又作"杨越"。鄂在今湖北。楚成王时，楚国的势力逐渐向东发展，湖北地区沿长江两岸，以及汉水流域一带，都基本上属楚国所有。那么，湖北境内的杨越，最迟在楚成王时已成为楚国诸民族中的一员。

先秦时，中原人统称南方人为蛮。但除楚、百濮和越族外，江汉地区还另有一支蛮族。其中巴人便是蛮族的重要一支。据《后汉书·南蛮西南夷列传》说："巴郡南郡蛮，本有五姓；巴氏、樊氏、瞫氏、相氏、郑氏。皆出于武落钟离山。其山有赤黑二穴，巴氏之子生于赤穴，四姓之子皆生黑穴。未有君长，俱事鬼神，乃共掷剑于石穴，约能中者，奉以为君。巴氏子务相乃独中之，众皆叹。……因共立之，是为廪君。”《后汉书》的记载夹杂着一些蛮族有关的神话传说，但从湖北长阳县很山发掘的几处新石器时代的文化遗址所表现的文化特征来看，与文献所记廪君时巴人的文化特征基本相符。而《后汉书》所说的武落钟离山也正在湖北长阳县境内。那赤黑二穴现已被开发为旅游参观点。在长江中游、两湖盆地，自古以来带有巴字的地名、山名、水名不少。在今湖北境内，恩施有巴公溪；巴东有大巴山脉，巴峡、巴山驿；秭归原被称为巴东郡；长阳原来叫作巴山县，有巴山；黄冈也称巴州，有巴口、巴水、上巴河、下巴河；蕲春有巴水戍（现称巴河镇）。在湖南境内，岳阳也称巴州，巴陵郡，有巴丘山、巴陵山、巴丘湖；临湘原称巴湘桥市。[①] 这些地名、山名、水名，大概都是古代巴人活动所留下的一丝遗迹。从这一情况来看，在长江中游两岸，可能都曾有属于廪君蛮的巴人活动和居住过，并且是蛮族的集中地。

《后汉书·南蛮西南夷列传》又说，到汉代，在沅水流域有武陵蛮、五溪蛮、零阳蛮、沔中蛮、澧中蛮；在湘水流域有零陵蛮、长沙蛮；在湖北的鄂东有江夏蛮，鄂西有南郡蛮、巫蛮。顾铁符先生认为，分布在沅水流域和鄂西的诸蛮可能为濮人的后代，而湘水流域和鄂东的诸蛮则可能是蛮族的后裔。但不管他们谁是谁的后代，他们都生活在楚国境内，是楚国诸民族中重要的家庭成员。

春秋中期，楚国的势力逐渐向东发展。前 648 年，楚成王灭黄（地在今河南潢川），前 646 年灭英（地在今安徽金寨），前 645 年，楚消灭了江淮夷中最大的徐国（地在今江苏泗洪），拔除了楚东进道路上最大的障碍。尔后，楚乘势东进，在前 623 年灭江（地在今河南罗山西北），前 622 年灭六（地在今安徽六安）、蓼（地在今河南固始），前 615 年伐巢（地在今安徽巢湖市），前 601 年灭舒蓼（地在今安徽舒城南），前 574 年灭舒庸（地在今安徽桐城西北），前 548 年灭舒鸠（地在今安徽舒城东

① 顾铁符. 楚国民族述略［M］. 武汉：湖北人民出版社，1984.

南）。此后，东南吴国崛起，楚东进受阻，直到战国早期，楚才重新东进，先后灭蔡（地在今安徽寿县），灭杞（地在今山东安丘东北），灭莒（地在今山东莒县），势力扩展到泗水以北。于是，江淮流域、泗水流域这一大片土地都纳入了楚国的版图，生活在这大片土地上的人民，也都成了楚国的臣民。

楚灭掉泗、淮流域的这些国家，原大抵属于东夷。东夷原是对东方少数民族的总称。具体来说，东夷大概分为三大支，即莱夷、徐夷、淮夷。大概莱夷生活于今山东东北部，徐夷和淮夷生活于江淮流域；他们都是很古老的民族。《竹书纪年》便载有商代河亶甲征伐莱夷的事。到周初，东夷的势力还相当强大。周公摄政，武庚和管、蔡作乱，大概就借助了东夷的力量。所以，他们也深受周公东征之灾，不得不南迁淮河流域，形成徐夷和淮夷。但他们并没有因为南迁而得到安宁。对于他们，周公似乎不斩草除根便誓不罢休。象征着天威的周人的刀枪时常让他们感到提心吊胆；因而，他们不得不再西迁内地，在江苏、安徽的一些偏僻地区安营扎寨，以求生存。

群舒主要集中于今安徽舒城、庐江、六安一带。他们是否属于东夷，尚有争论。有人认为，舒、徐古音相通；舒当是徐夷的别支。杜预注《左传》成公十七年也说："舒庸，东夷国。"既是舒庸属于东夷，那舒蓼、舒鸠也应该属于东夷。

生活在楚地的华夏族有以随为首的汉阳诸姬，以及申、息、陈、蔡、莒、杞，等等。他们种姓虽然不同，如随为姬姓，申为姜姓，陈为妫姓，莒为己姓，但他们在春秋以前就融为一体，因而，都可以当作华夏族来看待。他们融入楚国的时间，除申、息、黄等在春秋早期外，其余的多在战国时期。如楚灭陈在前 479 年，灭蔡在前 447 年，灭杞在前 445 年，灭莒在前 431 年，灭鲁则已是前 265 年的事情了。随虽在春秋时已为楚国的与国，但他最后融入楚国也是战国时期的事情。他们所处地域，除汉阳诸姬在江汉流域之外，其他的都处于楚国北方和东北方的边缘地带。

在楚国，也还有一些戎人，如戎蛮、陆浑戎、卢戎等。

在楚国众多的民族中，楚族为理所当然的统治民族。群蛮、百濮和一部分越人在春秋早期都基本上融入楚国，所处地域为楚国的腹心地带，此后楚国的兼并战争以他们为主要力量，因而，他们为楚国的基本依靠对象。东夷在春秋中、晚期融入楚国，是楚在战国时期进行战争和经济建设的又一依靠力量。生活在楚国的华夏民族，虽然文明程度较高，但由于他们融入楚国的时间较晚且多处边缘地带，因而，对楚国发展所作出的贡献似不及南蛮和东夷，所处地位也不及南蛮和东夷那么重要。至于戎人，由于在楚国人口中所占的比重极小，文化也很落后，因而，在楚国诸民族中无足轻重。

楚国的这种民族组合决定了楚文化的结构形式和它的发展。不可否认，生活于楚国的每一个民族都对楚文化的发展作出了贡献，但由于他们所处的地位和地域不同，各民族原有文化对楚文化的影响也不一样。由于楚族为楚国的统治力量，其他南蛮民族为最基本的依靠对象，因而，他们的原有文化始终规定着楚文化的发展方向。

江汉地区新石器时代的文化遗址有大溪文化遗址、屈家岭文化遗址、青龙泉文化（又称湖北龙山文化）遗址。这三种文化都以江汉地区为中心向四方辐射，分布的范围相当广阔。其中屈家岭文化就现有发掘情况来看，北达河南的丹江淅川、唐河与白河流域，南至湘北地区，西到鄂西川东，东至鄂东平原。① “在宜都红花套、松滋桂花树、枝江关庙山等遗址中，发现了大溪文化、屈家岭文化、季家湖文化依次相叠的地层关系。”② 可以肯定，屈家岭文化是由大溪文化发展而来，而青龙泉文化（俞伟超认为季家湖文化和青龙泉文化都属湖北龙山文化）又是屈家岭文化的发展。

在屈家岭文化晚期，大概相当于夏代前后，江汉地区的文化曾经受

---

① 王劲．楚文化渊源初探［C］//中国考古学会第二次年会论文集，北京：文物出版社，1982.

② 杨权喜．试谈鄂西地区古代文化的发展与楚文化的形成［C］//中国考古学会第二次年会论文集，北京：文物出版社，1982.

到过一次外来文化的冲击。江汉地区这一时期的文化遗址，“开始出现一些包含有类似黄河下游地区龙山文化特征的文化遗层。但由于族别风俗的不同，所以，江汉平原的这些文化遗存中，虽然和黄河中下游地区的所谓龙山文化遗存有着某些共性，但它们之间却存在着明显的特殊性”①。从商至西周，江汉地区的文化更多地受到了中原文化的影响，特别是西周遗物的特点虽然和“中原地区西周文化之间的共性更多，但先楚文化发展而来的地方特色仍然是明显的”。王劲在《楚文化渊源初探》一文中，将商以后的楚文化遗址中出土的器物文饰造型和屈家岭文化遗存的器物文饰造型作对照研究后说：“楚文化漆木器、陶器和石磬上彩绘的褐、红、黄、黑、粉、蓝等颜色，是在先楚屈家岭文化的彩绘艺术用色基础上的新发展。图案中的菱形格子纹和三分式圆涡纹，显然渊源于屈家岭文化。特别是由屈家岭文化中的小鸟、长尾鸟、鱼和龟等动物雕塑品的原始艺术发展而为楚文化中用长尾鸟、蛙与蛇等动物组合而成的彩绘小漆木座屏雕刻工艺品，和石磬上彩绘的凤鸟图案，以及青铜器盖上的动物形象图案和淅川下寺出土的铜禁上镂出小动物群的雕刻艺术，都是江汉间继屈家岭文化之后，艺术发展的结晶。”②

假若这些考古学家们论述不错的话，我们就毋庸怀疑，楚文化是由江汉地区的土著文化发展而来。在它的发展过程中，虽然受到了中原文化的影响，但中原文化并未改变它的性质。楚文化虽然包含着许多黄河流域文化因子，但它仍然是“楚文化”。这种情况正说明南蛮民族文化对楚文化的决定作用。

---

① 王劲．楚文化渊源初探［C］//中国考古学会第二次年会论文集，北京：文物出版社，1982.

② 王劲．楚文化渊源初探［C］//中国考古学会第二次年会论文集，北京：文物出版社，1982.

第二节　蛮夷文化的性质

从楚国的物质文化和精神文化来看，战国时期的楚文化已达到了高度的文明。但是，战国时期高度文明的楚文化是在继承他原有文化的基础之上，融合其他外来文化发展而来的。既然南蛮民族的文化对楚文化的发展具有决定性作用，那么，我们对生活在楚地的蛮夷民族的文化性质作些分析，将会更有利于了解楚文化的特征及形成原因。

毫无疑问，在纳入楚国这个大家庭的诸民族中，被楚消灭的那些中原民族的国家，如陈、蔡、申、息等，早已进入了阶级社会，其文化和中原文化应该没有太多的差别。但是，其他一些民族在被楚融合之前，其文化到底处于一种什么样的性质，在目前还是一个模糊的问题。不少的文化研究工作者，对于我国各少数民族的文化作过不少研究，但具体到百越、百濮、群蛮，以及淮夷、群舒等在战国以前的文化性质，却大都语焉不详。这也难怪他们，历史在这方面留给我们的资料太少了。我们现在要将他们在那个时期的文化性质阐述清楚，实在有些困难。但厘清他们的文化性质，对于我们弄清楚文化特质形成的原因很有帮助，故这里有必要尽力作些分析。

百越由于所处的地理环境不一样，其中有些部落在春秋时期曾先后立国，如生活在吴国和越国的杨粤、东越，他们较早进入了文明社会。但是，生活于湖南和岭南以外的闽越、瓯越、骆越等，却都还处于氏族社会。据《岭南摭怪》说，在秦统一岭南以前，居住在红河流域的越人，其生产力低到了令人难以置信的程度。“（他们）以木皮为衣，织草营为席，以木滓为酒，以桄榔核桐为面，禽兽鱼虫为咸，熏根为盐”，“（人们）皆裸身，男以竹筒掩体，女以树叶蔽形”。[①]《历朝宪章类志》也说，

① 陈桥驿，等. 水经注全译（下）：卷三十六［M］. 贵阳：贵州人民出版社，1996：1235.

越人“王民同耕作，父子同浴于川，不分界限，不分辈次……同欢共乐，平安无事”。《太平寰宇记》窦州风俗条载，在广东信宜，“谷熟时，里闬共取”。《隋书·南蛮传》也载：“南蛮杂类，与华人错居，曰蜒、曰獽、曰俚、曰獠、曰㐌，俱无君长，随山洞而居，古先所谓百越是也。”没有等级，人人平等，大家同享劳动果实，这和老子理想的“小国寡民”的社会何其相似！

尽管越人的社会进程不一样，但他们的文化却有着一些共同的特征，如礼教观念淡薄，鬼神意识浓厚。

东越在春秋时立为越国，和中原诸国有许多的往来，应该说越人，至少他的统治阶级的上层或多或少有些礼乐意识，但其实不然。《说苑·奉使篇》载，越国使臣诸发出使魏国，不冠而见梁王，并按照越人的习俗，献上一枝梅花作为信物。于是和魏臣韩子发生争执。韩子对诸发说：“客冠，则以礼见；不冠，则否。”诸发曰：“彼越亦天子之封也，不得冀、兖之州，乃处海垂之际，屏外蕃以为居，而蛟龙又与我争焉，是以剪发文身，烂然成章，以像龙子者，将避水神也。今大国其命，冠则见以礼，不冠则否。假令大国之使，时过弊邑，弊邑之君，亦有命矣，曰：‘客必剪发文身，然后见之。’于大国何如？”① 诸发不冠而见梁王和他对韩子的辩驳，固然是为捍卫越国的尊严，但也说明越人对于中原礼乐并无多大兴趣。

《越绝书》卷八也载勾践迁都山东琅琊：“居无几，躬求贤圣。孔子从弟子七十人，奉先王雅琴，治礼往奏。勾践乃身披赐夷之甲，带步光之剑，杖物卢之矛，出死士三百人，为阵关下。孔子有顷姚稽到越。越王曰：‘唯唯，夫子何以教之？’孔子对曰：‘丘能述五帝三王之道，故奉雅琴至大王所。’勾践喟然叹曰：‘夫越性脆而愚，水行而山处，以船为车，以楫为马；往若飘风，去则难从；锐兵任死，越之常性也。夫子异

① 向宗鲁．说苑校证［M］．北京：中华书局，1987：302-303．

则不可。’于是孔子辞。”[①]《越绝书》的记载虽带有小说色彩，但它却和《说苑》一样，反映了越国统治者对中原礼乐毫无兴趣的态度。

据司马迁说，吴国的先王太伯、仲雍“皆周太王之子”，因为周太王“欲立季历以及昌”，于是，太伯、仲雍二人乃奔荆蛮，“自号句吴，荆蛮义之，从而归之千余家，立为吴太伯”[②]。可知吴王族本为姬姓，其民为当地土著越人。吴王族既为周太王后裔，理应深谙中原礼乐，其民也当受礼乐之化。但事实却并非如此。《吴越春秋·吴王寿梦传》曾载，寿梦于公元前 585 年“朝周适楚，观诸侯礼乐”，和鲁成公会于钟离，“深问周公礼乐，叹曰：‘孤在蛮夷，徒以椎髻为俗，岂有斯之服哉?’”。寿梦的话虽然表现了对中原礼乐的向往，但又说明他统治下的“蛮夷”却依然是生活在蛮俗之中。

越人似乎认为国家的兴盛与礼乐完全无关。《国语·越语》载吴灭越后，越王和臣下在总结历史教训和研究如何复兴越国时，竟无一言涉及礼乐。范蠡说，国家的事情，“持盈者与天，定倾者与人，节事者与地”[③]。并不像中原诸国那样，从仁义礼教方面去寻找国家兴盛的措施，而是卧薪尝胆，激励斗志，发展生产，与民以利，最后战而胜之。

越人不尚礼乐也为出土文物所证明。在越出土的青铜器中，兵器和生产工具很多，而礼器却很少见。据说，“绍兴除 1982 年发掘的 306 号大型贵族墓有一批青铜器外，至今未发现越国的青铜礼器。而 306 号墓究竟是越墓还是徐墓至今也尚难断定。”“1973 年冬季，昆山盛庄发现一个春秋战国时期的青铜熔铸遗址，出土青铜器物 53.5 斤，全是生产工具、兵器与生活用具，没有一件礼乐器。”[④]

婚姻和男女关系为礼教的一个重要内容，在中原被看得十分重要。但吴、越之人似乎并不如此。《尚书大传》曾说：“吴、越同俗，男女同

① 袁康，吴平. 越绝书：卷八［M］. 上海：上海古籍出版社，1985：58.
② 《史记》卷三一。
③ 徐元诰. 国语集解［M］. 北京：中华书局，2002：575.
④ 董楚平. 吴越文化新探［M］. 杭州：浙江人民出版社，1988：234.

川而浴。”百越民族中还有一些种姓，至汉代“无嫁娶礼法，各因淫好，无适对匹，不识父子之性，夫妇之道”①。《后汉书·南蛮西南夷列传》也说：“凡交阯所统……人如禽兽，长幼无别。”据《柳州府志》载，生活于这里的越人后裔，“以木刻为信，有结绳之风。婚礼姐娣有女，必嫁兄弟之子”②。而这样一种婚俗在封建社会中一直长期存在。万斗云在谈到百越社会的发展历史时说，在长期的封建社会，他们一直保留着母权制亲属的称谓制度。姨表兄弟姊妹称为兄弟姊妹，禁止通婚，而姑舅表则有婚匹的优先权。女儿继承母亲的财产而不继承父亲的财产。③

人类社会的婚姻制度，大致经历了血婚制、伙婚制、偶婚制、夫权制、专偶制几个阶段。所谓血婚制，就是指具有血缘关系的若干兄弟和若干姊妹集体通婚。伙婚制则是若干兄弟是他们彼此妻子的共同配偶。不过，这里所说的兄弟姊妹要比我们现在说的兄弟姊妹概念的外延要大得多，它包括几从兄弟姊妹，甚至远房兄弟姊妹。偶婚制的基础是一男一女结成匹偶，但双方都可以随便与外人同居。从《后汉书》所述百越民族的婚姻形式看，他们似乎还处在伙婚制阶段；而《柳州府志》和万斗云所说的情况似乎也没有超越偶婚的婚姻形式。而这样的婚姻形式和男女关系显然是不符合中原礼乐的。当然，这也不是在接受先进的外来文化而形成的性开放，因为这本是他们在长期的生产生活中形成的风俗。

百越民族的鬼神意识也特别浓厚。据《汉书·郊祀志》说：“粤人俗鬼，而其祠皆见鬼，数有效。……粤巫立粤祝祠，安台无坛，亦祠天神帝百鬼，而以鸡卜。”④《吕氏春秋·异宝》说：“荆人畏鬼而越人信禨。”《列子·说符》也说：“楚人鬼，越人禨。”可知越人信巫并不比楚人逊色。

---

① 《后汉书·循吏列传》。

② 刘祖曾，吴光升. 柳州府志［M］//胡朴安. 中华全国风俗志，石家庄：河北人民出版社，1986：302.

③ 万斗云. 从“血亲行刑”、“玷刀银”看百越社会的发展及其特点［J］. 贵州民族研究，1985（3）.

④ 颜师古注《汉书·郊祀志》：“俗鬼，言其土俗尚鬼神之事。”

楚、越为同姓，那么楚为三苗的后代，越当然也不会例外。这一点，已为一些学者所注意。① 而许多的学者也认为百濮、群蛮也和越人一样，当为三苗的后裔。② 在战国时代，人们基本上认为三苗原生活在从彭蠡（今鄱阳湖）至洞庭湖这一广大地区。《战国策·魏策》载："昔者三苗之居，左彭蠡之波，右洞庭之水，文山在其南，而衡山在其北。"③《韩诗外传》卷三曰："有苗不服，其不服者，衡山在南，岐山在北，左洞庭之波，右彭泽之水。"《吕氏春秋·召类篇》亦说："尧战于丹水之浦，以服南蛮；舜却苗民，更易其俗。"

从这些典籍的记载看，三苗分布在长江中游这大片土地上。史载三苗在尧舜时曾和中原民族发生过大规模的战争，战败后被迁往三危。这三危到底在何处，尚有争议。但不管是迁往何处，以当时尧舜的力量，要将强大的三苗民族从这一广大地区赶尽杀绝，谈何容易！从出土的考古材料看，江汉地区许多的两周文化和新石器时代的文化遗存地层叠压关系明显，同属一个体系，而两周之际，百濮、群蛮，还有一部分越人都生活在这一地区。因而，可以肯定，群蛮、百濮、百越等民族当不是从外地迁来，说他们同为三苗的后代大概也是不会错的。既然他们同出一源，只是在后来的社会发展过程中，他们才逐渐分离开来，因而，可以说他们之间的文化也有着亲缘关系。

从百濮和群蛮所处的社会看，他们的文化不会比越人的文化更发达。从历史典籍的记载看，百濮在春秋时期还基本处于一个分散性的社会。《左传》文公十六年载楚苏贾说："百濮离居，将各走其邑。"杜预注曰："濮，夷。无屯聚，见难则散归。"孔疏《疏例》也说："濮夷无君长总统。"所谓"离居""无屯聚""散归""无君长总统"，都是说他们那时仅

---

① 《江南地区印纹陶问题学术讨论会纪要》，《文物》1979 年第 1 期。

② 请参看王劲：《楚文化渊源初探》，丁永芳：《楚民族溯源》，林邦存：《三苗与濮族关系初探》等文。王文载《中国考古学会第二次年会论文集》，丁、林之文载《湖北省考古学会论文选集》（一）。

③ 范祥雍. 战国策笺证（下）[M]. 上海：上海古籍出版社，2006：1252.

仅是一个流动性的个人集合体。

战国时期，楚有黔中巫郡，生活在这一地区的人民，大多为群蛮和百濮。在汉代，他们被称为西南夷。司马迁在《史记》中记述他们所处的社会情况时说，他们“随畜迁徙，毋常处，无君长”。《龟策列传》中也有这样的记载：“蛮夷氐羌虽无君臣之序，亦有决疑之卜。”可知直到汉代，他们所处的社会并没有因时光的流逝而较春秋时代有较明显的进步。

摩尔根在谈到原始社会和文明社会的区别时说，在原始社会里不存在国家政权机构，不存在等级制度。尽管在原始社会也有氏族、胞族部落这样的社会组织，但这是一种偏重于宗教性和社会性的组织，而不是政府组织。个人与这些组织的关系是个人对氏族的人身关系。而氏族是一种流动性很大的个人集合体，或多或少是散居的，不可能永久地居住于某一地域。当人类由氏族社会进入政治社会时，这种个人对氏族的人身关系，便转变为个人对乡区的地域关系。① 从上面历史文献对濮人社会性质的点滴记载，我们依稀可以看到，濮人在春秋时代所处社会，其性质和摩尔根所说的原始社会相差不多。

先秦时期的典籍对蛮的具体记载极少，但从蛮的后裔苗、瑶等民族的情况来看，先秦时蛮与濮的情况当相差不大。《说郛》引《溪蛮丛笑》序云：“五溪之蛮，皆盘瓠种也，聚落区分，名亦随异，沅其故壤，环四封而居者，今有五：曰猫、曰瑶、曰僚、曰僮、曰犵狫，风声气习，大略相似。”②《广东通志》卷五十七说：“瑶，本盘瓠之种，产于湖广溪峒间，即古长沙、黔中、五溪蛮也。”贵州民族出版社出版的《苗族简史》也说，苗族的族属渊源和远古时代的三苗、南蛮有密切关系，他们当是苗民的祖先。

苗、瑶中的一部分在与汉人的长期相处中已经汉化，但也有一部分

① 摩尔根. 古代社会：第 2 编第 8 章 [M]. 北京：商务印书馆，1977.

② 陶宗仪. 说郛 [M]. 北京：中国书店出版社，1986.

还处于原始社会和文明社会的交接处。如生活在湖南、云南、贵州等地的一些苗族，一直到解放前都还保留着一种称为“议榔”的制度。它规定，议榔的条款必须由公众认可；议榔内部的人们人人平等，就是议榔组织的主持人（称理老）也不能有任何特殊。[①] 作为他们公约的《议榔词》[②] 这样写道：

议榔给所有的人遵循，
议榔给所有的人知道：
个个去开山，
人人去挖地；
个个就得吃，
人人就得穿。
个个都是榔约的人家，
吃肉吃一口，
喝酒喝一气，
不许吃肉吃两口，
不许喝酒喝两气。

新中国成立前，苗人也有自己的定居地，但是“议榔”制度的产生及其职能和原始社会组织没有什么不同。《议榔词》反映的是他们的经济关系，他们也还处在原始社会公有制关系的阶段。

靖州地区的苗俗说：“纪岁不以建寅为首，随所处无常。有要约，以木铁为契。病不谒医，但杀牛祭鬼，率以刀断其咽，视死所向以卜，多至十百头。凡婚姻，兄死弟继，姑舅之婚，他人取之，必贿男家，否则争甚则仇杀。”[③] 胡朴安《中华全国风俗志》也载：“（苗人）翁姑子妇、

① 韦启光．原始议榔与苗族文明村寨建设［J］．贵州社会科学，1985（1）．
② 《民间文学资料》第14集，中国民间文艺研究会贵州分会编印。
③ 胡朴安．中华全国风俗志［M］．石家庄：河北人民出版社，1986：189．

兄弟妯娌，男女杂卧，即客民宿其家，亦与之杂处，不以为怪。”

以后代的文献去证明前代的事情，虽犯了做学问的大忌，但文明却是不可逆转的。我们不能设想苗人在过了一阵子阶级社会的生活之后又退回原始社会，去重温氏族社会生活的旧梦。从上述记载看，他们仍处于原始社会和文明社会的接壤点，说明他们直至他们的祖先都没有经历文明社会这一阶段。顾铁符曾说，生活在楚国领地上的蛮夷，“直到被兼并入楚国前夕，有始终停滞在父系氏族社会、部落组织阶段的。如《左传》称之为濮和‘百濮’的蛮族‘群蛮’中的绝大部分人。稍微比他们高级一些的，就是由几个或多个部落凑在一起，内部仍旧是以部落为主要组织形式，类似部落联盟的小国。如被楚武王灭掉的鄂北、鄂中的贰、轸、绞、权，以及今安徽省西部、大别山下的群舒等小国，可能就是这样的组织。”① 张君也推测说：“南方的蛮、濮、越诸族在春秋时期尚处在原始社会末期，没有城邑，山居而水处。”②

一定的文化是与一定的社会相适应的。对于蛮、濮战国以前的具体文化状况，我们虽无从得知，但我们可从他们所处社会的性质推知，他们当和百越一样，当时既不存在宗法制度，也无封建礼乐可言，因为宗法制和封建礼教观念都是阶级社会的产物。蛮、濮文化和百越民族文化相比较，尽管有些差别，但其性质却相差不多。

生活在楚境内的东夷，其文化可能与百越、百濮、群蛮有一定的差异。越、濮、蛮为土著民族，他们大部分人是由于周人的压迫南迁而来。他们较早受商代奴隶制文化的影响，因而其中的一部分估计在春秋前已进入阶级社会，如徐淮夷中的徐国。《后汉书·东夷列传》：“东夷率皆土著，喜饮酒歌舞，或冠弁衣锦，器用俎豆，所谓中国失礼，求之四夷者也。”因而，夷人在融入楚之前，其文化可能较土著文化的文明程度稍高，带有中原礼教的成分。

---

① 顾铁符．楚国民族述略［M］．武汉：湖北人民出版社，1984．

② 张君．论楚国宗族制解体的历史原因［J］．安徽史学，1984（6）．

楚在融合这些蛮夷民族的基础上发展壮大，当然其文化也是在他们文化的基础和氛围中发展。战国时期楚人礼教意识淡薄，鬼神观念浓厚，不能不说与他们的文化有一定关系。

第三节　特殊的历程

我们应该充分注意到，不同地域的民族在同一历史时期内，也存在着许多一致的文化现象。原始思维形式、万物有灵观念、对太阳与火的崇拜、英雄意识，等等，在许多处在不同地域的民族的早期都曾经存在过。越人和远在太平洋西北岛屿上的雅浦岛人都有文身的习俗，中国的古人同印第安人有拜蛇的信仰。就以楚为首的南蛮民族和中原民族来说，他们原也有许多相同的文化习俗，如楚国巫风浓烈，而中原民族也有过一个对鬼神极为迷信的时代。只是到了后来，由于各民族的社会进程不一致，政治和经济发展的不平衡，一些文化现象在一些民族中得以保留，而在另外一些民族中就逐步消失了。因而，我们探讨一个民族文化特征的形成，也就离不开对这个民族社会历程的讨论。我们要谈楚民族文化特征的形成，也就有必要讨论一下楚民族的社会发展历程。

按照马克思、恩格斯的说法，人类社会的发展，大抵有着这样一个顺序：原始社会→奴隶社会→封建社会。从历史情况来看，中原民族所走过的社会历程，基本上没有偏离这一轨道。但楚国却缺少一个像中原民族那样的社会发展过程，也没有中原严格实行礼乐制度的社会历史阶段。

楚在周成王时开始立国。据说，楚的祖先帮助周人伐商有功劳，熊绎便被周以子爵封于丹阳、荆山一带，领地方圆不过五十里。从熊绎到蚡冒经历了十二代左右，但蚡冒时，楚国都还偏居在荆山那个小小的角落里。其间熊渠虽“甚得江汉间民和”，举行过东征，扬威于鄂，但其领地没有什么扩展。到楚武王时，也不过方圆百里。在这期间，他们生活的艰难已到了无以复加的地步。据说在熊绎的时候，作为楚人的首领熊绎也同样和民众一起，“筚路蓝缕，以处草莽，跋涉山林，以事天子。唯是桃弧、棘矢，以共御王事”①。并且一直到若敖、蚡冒时，楚人所处的这种状况也没有多少改善。晋人栾书也说，楚庄王在灭庸后，“无日不讨国人……训之以若敖、蚡冒。筚路蓝缕，以启山林”②。所谓“筚路”，即为用竹片编成的柴车；“蓝缕”即言衣着破烂，难以遮体。一个国家的首领，坐着柴车，衣不遮体，和老百姓一起去开发山林，终日忙忙碌碌。从这，我们不难想象楚人当时所处的恶劣的生存环境。他们将桃弧、棘矢当作最好的东西贡献给周人，我们不难想象他们当时生产力的落后和经济的不发达。那时的楚虽以国名，但他们既没有都城，更没有宫殿。从“跋涉山林”，我们似乎能看到他们还在经常迁徙流动。当然，阶级的区别似乎也还没有。在原始社会，氏族或部落的首领虽然是一族之长，但并没有什么特殊的权利。他得和氏族部落人员一样，从事生产，遵守部落习惯，生活也没有什么特殊。若敖、蚡冒他们在这一时期与民众一样同甘共苦，可见他们实质上只不过是一个部落酋长。《国语·晋语》曾说，周成王在岐阳与各路诸侯会盟，吩咐楚人干的差事是“置茆蕝，设望表”，和属于东夷的鲜卑酋长一起“守燎”。而这些事情，据《周礼》都只不过是守门人的事。从楚王与鲜卑酋长同列，可看到那时周王朝虽封楚为子国，而实际上并没有将楚作为一个诸侯国来看待。

那时楚国的经济落后，是为考古所证明了的。荆山山脉离秭归不远，香溪即发源于荆山。《元和姓纂》曾说：“屈，楚公族芈姓之后。楚武王子瑕食采于屈，因氏焉。”③ 现在，我们一般认为屈原的故乡就在秭归，也就是说，楚国最初立国之地即秭归。据考古材料，那时的楚国，基本上还处在新石器时代末期。1960 年，中国科学院考古研究所在有可能是西周楚都丹阳的秭归鲢鱼山进行试掘，找到相当于西周或稍早的生产工具仅有 5 件石器。其中打制石器 2 件，砍砸器 3 件。在西周早、中期的

① 《十三经注疏·春秋左传正义》。

② 《十三经注疏·春秋左传正义》。

③ 洪兴祖. 楚辞补注［M］. 北京：中华书局，1983：1.

那些楚文化遗址中，出土物为大量的陶器，而不见铜器。[①]考古工作者还在秭归官庄坪进行了试掘。官庄坪就在今秭归的三间乡。其文化遗存的年代大致为西周晚期和东周早期。遗址出土的多为陶器和石器，“青铜器较少见”。生产用具有石器：斧、锛、凿、刀范。陶器有纺轮、拍坠、网坠。青铜器主要出自于第 6 层，器型有斧、削两种。[②]

假若我们将《左传》的记载和这些遗址的出土器物对照分析，便不难看出，遗址出土器物所反映的楚早期生产水平和《左传》的记载是基本一致的。以那时楚国的生产水平，不可能生产过多的财富。因为从他们的生产工具来看，他们基本上是以渔猎、采集生产为主。因而，我们说楚在若敖、蚡冒以前，还基本上处于原始社会，大致是可以靠得住的。

楚那时长期处在荆山一带，生活在它周围的是群蛮和百濮。当然还有其他一些小国，如权、绞、麇、邓、罗等。从这些小国所处的地理位置来看，他们和楚一样，当是远古三苗的后代，由当地土著发展而来，而非外来民族。只不过在立国之前，他们与楚属于不同的部落集团。与周王朝的接触，楚一直比他们多。周人讨伐东夷，有楚加盟而不见他们的踪迹；周成王在岐阳大会诸侯，楚人还能够守卫门前的火炬，而他们却似乎没有这资格。周原甲骨中有“楚子来告”的文字，而没有发现对他们的记载。看来，楚受中原文明的影响应该比他们多。而楚在蚡冒以前还处于新石器时代末期的生产水平，想必这些小国的社会文明程度不比楚高。至于群蛮和百濮的社会性质，已在前文说明，在他们被楚灭亡之前，都还处于松散的部落组织阶段，没有跨入阶级社会的门槛。而楚开发濮地已是楚武王时代的事情，群蛮部落存在的时间也不比他们短。《左传》文公十六年载“庸人帅群蛮以叛楚，麇人率百濮聚于选”。而这时已是公元前 610 年左右，楚国为楚庄王执政的时候。由此可知，楚在春秋早期都还一直被蛮、濮所包围。西周时期当然就更不用说了。

---

① 舒之梅．楚国经济发展脉络［J］．江汉论坛，1984（4）．

② 胡雅丽，王红星．秭归官庄坪遗址试掘简报［J］．江汉考古，1984（3）．

楚本是当地的土著民族，又长期处在原始社会部落的汪洋大海之中，这些原始部落的风俗、习惯，乃至于社会制度、生产方式都无时无刻不在对楚国发生影响。因而，即便是楚人接触周人较多，向往周人的文明，但周文化对楚人的影响，和这些原始部落文化尤其是民俗文化的影响相比，仍然是有限的。俗话说，入乡随俗。现代生活在美洲的印第安人，虽然想做原始社会的标本，但面对着资本主义社会争夺财富的呐喊，也不由得穿起了牛仔裤。也许，楚在受周封之后，本来可以名正言顺地建立一个奴隶制的阶级社会，但无论在丹阳还是“辟在荆山”，他都被南蛮所包围，这就对楚人建立一个奴隶制国家构成了许多的局限。假若我们不完全否定同化的作用，那么，我们说楚人在蚡冒以前所处的社会即便是比周围的那些小国以及群蛮、百濮的社会文明程度要高，但差距也不会很大，或许就是那么一点点。①

事实上，在春秋晚期，甚至在战国时代，楚西南和江南的人们大都还过着原始氏族社会的生活。如江南洞庭湖直至沅湘流域的将近 80 万平方公里的土地，大多居住着群蛮、百濮以及越人；而这一大块土地归入楚国的版图，照一般说法是在公元前 4 世纪初，即悼王末年。甚至到屈原的时代，这里绝大多数地方的状况仍然没有多少改变。屈原在他的诗作《涉江》中描写他到江南看到的状况：“入溆浦余儃佪兮，迷不知吾所如，深林杳以冥冥兮，猨狖之所居。”又在《怀沙》说：“伤怀永哀兮，汩徂南土；眴兮杳杳，孔静幽默。”王逸注曰：“言江南山高泽深，视之冥冥，野甚清静，漠无人声。”到处山高林深，只听猿鸣，不见人烟；由此不禁使人们联想起那草木畅茂，人兽同群的景象。

也许，上面的论述还不是很充分。但我们基本可以说，楚国虽然在周成王时已立国，而直至若敖、蚡冒时期，它才摇摇晃晃步入阶级社会。换句话说，若敖、蚡冒以前，楚国还一直处在原始社会阶段。

---

① 王光镐也认为楚国在西周时还处于原始社会，并从楚国当时的生产水平、楚族社会的基本构成、国家正规军队和都邑都没有形成等方面进行了论证。请参看王光镐：《楚文化源流新证》上编第 5 章，武汉大学出版社 1988 年版。

楚国内楚族直接统治的区域（当然也代表着楚国的社会性质）在春秋初才开始进入阶级社会，而从历史的记载看，楚在春秋中期就已基本进入封建社会。在这中间不过上百年的时间里，楚国不可能建立一套严密的奴隶社会制度而又马上让它退出历史舞台。因而，这一段时间，只可视为原始社会向封建社会的过渡时期。故我们认为，楚在他的发展历程中，虽不可避免地要受到一些奴隶制文化的影响，但不可能形成一套完整的制度。因此，楚国的社会走了一条和中原社会具有很多不同特征的道路。它由原始社会进入封建社会，中间至多只经历了一个奴隶社会制度极不完备的过渡阶段，不像中原那样，中间经历了一个漫长的、形态完整的、制度严密的奴隶社会和礼乐制度社会。

奴隶制是以奴隶主占有生产资料和生产者（奴隶）为基础的一种社会制度。在奴隶社会，奴隶主不光占有所有的生产资料，而且奴隶也是奴隶主的私有财产。他们没有人身自由，可以被出卖和任意杀戮。这种情况在殷代确是普遍存在，已被大量的甲骨卜辞的记载所证明。但是，在有关楚国历史的典籍中，我们还没有发现有关楚国这一方面的任何记载。

在一些发掘的楚墓中，也出现有陪葬和人殉的现象。淅川下寺的一批贵族墓，每墓都有两具棺材。长沙浏城桥 1 号墓里，也有 1 具陪葬棺。鄂城百子畈 1 号墓有 2 具陪葬棺。在固始白狮子地发掘的 1 号墓，竟有 13 具陪葬棺。①但这种情况，在发掘的多座楚墓中，还不到千分之一。况且有人殉并不说明一定存在奴隶制度。因为殉葬有多种情况，殉葬者有些是完全没有人身自由的奴隶，但也有些是自由人。如从秦穆公殉葬的子车氏三兄弟，就肯定不是奴隶。《礼记·檀弓下》载，陈子车死在卫国，他的妻子和家大夫商量以谁殉葬。恰巧陈子亢到来，便说："夫子疾，莫养于下，请以殉葬。"这子亢也不是奴隶。《左传》昭公十三年载，楚灵王吊死在芋尹申亥氏家里，申亥氏便用自己的两个女儿殉葬。申亥

① 郭德维. 楚墓分类问题探讨［J］. 考古，1983（3）.

氏既为芋尹，其女当然也非奴隶，和楚灵王之间不存在人身的隶属关系。因而，我们认为大量的人殉能够说明人身的隶属关系，但个别人殉现象则不一定能够说明墓主和殉葬者之间为奴隶主和奴隶的关系。且楚国人殉的现象少见。所以，这极个别的人殉现象并不能说明楚国经历过完整成熟的奴隶社会。

楚国由原始社会跨越奴隶社会（或者说只经过一个奴隶制形态极不完备的过渡阶段），而进入封建社会，有着内在的历史原因。根据范文澜先生的意见，周在西周时期就已进入封建领主社会。楚在西周时期立国，要接受中原制度文化，也只能是当时西周实行的封建领主制度，而不可能借鉴早已退出历史舞台的殷商奴隶制。再者，西周时期由于周王朝的势力很强大，诸侯兼并还受到一定的制约；但到春秋时代，各诸侯国之间的兼并战争愈来愈激烈。楚虽僻处于荆山一带，但地理环境并不足以阻挡兼并势力的入侵，那时的兼并战争实际上是争取人心向背的战争。谁得人心谁就可能拥有较强的战斗力，以兼并别国。所以，那时的政治家都把老百姓奉为社稷之主。陈仲子竟不惜以大量的财富来收买民心。另外，兼并战争也需要充足的物力保证。而奴隶社会奴隶主和奴隶存在着尖锐的对立。奴隶在没有人身自由、受到严酷压迫的情况下，既不会充分发挥生产的积极性，也不可能自觉忠于奴隶主，并为他们掠夺财富的战争拼命。因而，楚若是从原始社会直接进入奴隶社会，实行奴隶制度，在他早期地狭人少的情况下，也就不可能有较强的战斗力和较多的财富来应付他国的兼并，随时都有被他国吞并的危险。所以，楚国也就不可能跟在中原诸国后面亦步亦趋，由原始社会进入奴隶社会、由奴隶社会进入封建社会。它必须实行封建制度，以封建统治来对付封建时代的兼并战争。

第四节　历史缺环存在的意义（一）

楚国地处南方，虽然在殷商时期也受到过中原文化的影响，但这主要在物质文化方面。由于楚国和中原诸国社会发展历程不同，不像中原民族那样经历过一个漫长的、严酷的奴隶制和礼乐制度社会，存在一个巨大的历史缺环，所以楚文化在其发展过程中也就自然缺少奴隶和礼乐制度社会文化的积淀，相应存在一个文化的缺环。这文化的缺环首先带来了楚人宗法意识薄弱和楚国分封制的不健全。

我们虽然很难说在奴隶社会就一定会产生宗法制度，但中国的宗法制度产生于奴隶社会却是事实。宗法制度的确立，以嫡长继承制度的出现为标志。依据《史记》记载可知，在夏代，自禹传位给儿子夏启后，帝王传位给自己弟弟的仅有中康、帝扃、孔甲三例，其余的均是父死子继。至殷商，中丁以前兄终弟及的继统制度似乎占有绝对优势，但仔细考究一下，就会发现事实上有很大出入。商汤以后，兄弟相继王位的凡 14 人，其中，弟传位给自己儿子的有 6 次，还位给其兄儿子的只有 3 次，而还位给次兄儿子的一次也没有。[①] 所以司马迁说中丁以后的九世之乱是“废适而更立诸弟子，弟子或争相代立”[②] 而引起。而从武乙到商纣王这四世，则完全是父死子继。这种情况正说明兄终弟及的继统制至此已被废除。在商代，不光是传子制已确立，而且也有了嫡庶的区别。范文澜先生曾经指出，商代多为嫡子继承王位，而庶子多不得继承。如此看来，宗法制度在奴隶制的商代就已基本确立。周代的宗法制只不过是殷商宗法制的发展和强化。

宗法制度是人们家族观念强化的产物。而家族观念又根源于氏族制度。全世界的各个民族都基本经历过原始氏族社会阶段，因而，家族观念在世界各民族中都曾存在。但其强烈程度，则恐怕任何一个民族都不及周人。周人认为，只有本宗族人才会维护自己的利益，而异族人都是靠不住的。故他们说：“非我族类，其心必异。”[③] 对于自己的统治来说，

---

① 范文澜. 中国通史 [M]. 北京：人民出版社，1978.

② 《史记》卷三。

③ 《十三经注疏·春秋左传正义》。

“大宗维翰”“宗子维城”。宗子对于王朝的屏藩作用是任何城墙也比不过的。[①] 于是，周人的各级统治者为维护自己的统治和利益，便将以血缘为基础的族系制度和嫡长继承制度结合起来，使之成为一种极严密的制度。它规定全族中的最高权位者的嫡妻所生的长子为大宗，其余的儿子为小宗。大宗的宗子世世代代可以进入祖庙，享受后代烟火；而小宗宗子五世之后则不得再入祖庙。《礼记·大传》说：“别子为祖，继别为宗，继祢者为小宗。有百世不迁之宗，有五世则迁之宗。百世不迁者，别子之后也。宗其继别子之所自出者，百世不迁者也；宗其继高祖者，五世则迁者也。”吕思勉先生解释这段话说：“盖诸侯不敢祖天子，大夫不敢祖诸侯；故诸侯之子，惟适长继世为君；适长之外，悉不敢祢先君，其后世遂奉以为祖，是为别子。别子之世适，谓之大宗，百世不迁；世适而外，是为小宗。其子继之，时曰继祢小宗。其孙继之，时曰继祖小宗。其曾孙继之，时曰继曾祖小宗。其玄孙继之，时曰继高祖小宗。继祢者亲弟宗之，继祖者从父昆弟宗之，继曾祖者从祖昆弟宗之，继高祖者从曾祖昆弟宗之。”[②]

分大宗、小宗是为着别亲疏。由于亲疏不一样，其权位自然也就不同。大宗有继承和主持祭祀的权利，而小宗则没有。它们之间的权位、经济利益都分得清清楚楚。小宗要以大宗的利益为利益，为宗子服务。如《礼记·内则》说：“适子庶子，祗事宗子宗妇。虽贵富，不敢以贵富入宗子之家。虽众车徒，舍于外，以寡约入。子弟犹归器，衣服、裘衾、车马则必献其上，而后敢服用其次也。若非所献，则不敢以入于宗子之门，不敢以贵富加于父兄宗族。若富，则具二牲，献其贤者于宗子，夫妇皆齐而宗敬焉。终事，然后敢私祭。”大宗、小宗虽为昆父兄弟，等级却也如此森严！

长期的奴隶社会的文化积淀导致了中原民族浓厚的宗法观念，而楚

① 《左传》僖公五年载士蒍对晋侯说：“君修其德而固宗子，何城如之?”
② 吕思勉．先秦史［M］．上海：上海古籍出版社，1982．

缺少这种文化积淀。加上在春秋初年，它还基本上处于原始社会末期；并且，他还要凭借异族的物力、人力来继续发展。要将这些异族人民稳固在自己的周围，武力镇压固然重要，而怀柔政策也是必不可少的。假若楚国像中原诸国那样实行严密的宗法制度，则势必加深楚族同异族的矛盾。这也就是说，楚国发展的需要和多民族的存在也在很大程度上抑制着楚国宗法制度的发展。

当然，我们不能否定楚人也存在着家族观念。他们也尊祖。夔子不祀祝融，楚人便举兵相加；屈原以自己为帝高阳的后代而感到异常骄傲；王逸也曾说楚立有公卿祠堂。但家族观念并不是宗法制度。王国维说："商人无庶嫡之制，故不能有宗法。"[①] 商人有无庶嫡之制和宗法尚可讨论，但他说宗法制度的核心是嫡长继承制却是不假。既是如此，那么，家族观念就不一定是宗法制度的产物，有家族存在也不见得一定存在宗法制度。因为在原始社会也有家族存在。当然，我们不能说楚国完全没有受中原宗法制的影响。据说屈到喜欢吃菱角，在要死时，"召其宗老而属之曰：祭我必以芰"[②]。既有宗老，当然也就有宗法观念存在。但是，由于上述两种原因，楚国的宗法制也就不像中原那样严密，宗族组织也不像中原那样发达，宗法观念也就不像中原那样强烈。

嫡长制是宗法制度的核心。中原诸国虽也有废长立幼的情况发生，但在人们的思想观念中，嫡长却是理所当然的王位继承人。而楚人却似乎并不完全以之为然。《左传》文公元年载子上说："楚国之举，恒在少者。"昭公十三年又载叔向言："芈姓有乱，必季实立，楚之常也。"从《史记·楚世家》所载楚王位继承的情况来看，虽然大部分是嫡妻长子继承，但也不乏以其弟和庶子为继承人的事例。如熊胜以他的弟弟熊杨为后；熊勇以弟熊严为后；熊霜死后，三个弟弟争位，最后是最小的季徇得立；康王以他的宠弟子围为后；平王不立太子，而欲立令尹子西；昭

① 王国维：《观堂集林》，中华书局，2004 年版。

② 徐元诰. 国语集解［M］. 北京：中华书局，2002：488.

王以王位让其弟公子申，又让其次弟公子结、公子闾，最后是以越女（服虔曰："越女，昭王之妾。"）的儿子章为王位继承人。据此可知，兄终弟及的继承制度似乎在楚国还有一定的市场。

根据宗法制度，嫡妻长子为理所当然的太子；立谁为太子是用不着讨论的。但楚人的这种观念似乎并不牢固。《史记·楚世家》曾载："成王将以商臣为太子，语令尹子上。子上曰：'君之齿未也，而又多内宠，绌乃乱也。楚国之举常在少者，且商臣蜂目而豺声，忍人也，不可立也。'"又说："共王有宠子五人，无适立，乃望祭群神，请神决之。"假若在子上和共王的观念中，嫡长继统的观念非常牢固，那就不应该有这些事情发生了。从这里，我们正可以看出楚人的宗法观念较为淡薄，宗法制度较中原要松弛得多。

童书业先生说，在楚国，"宗法和封建的势力当较为薄弱"①。姜亮夫先生也曾指出，在战国以前，楚国的世室很弱小，公室、世室之争不及齐、鲁、三晋那样激烈；这并不是因为楚国公室特别强大，"实为家族组织不盛"。楚国曾多次迁都，楚国的人才很多去别的国家效力。这种情况，正说明着楚人的定居思想不严，还带有原始社会氏族经常流动迁徙的习惯，"家族之纽带不强"②。这论断是大体符合楚国的历史事实的。更值得我们注意的是，伍子胥为父报仇叛楚，逃往吴国，为吴王出谋献策攻打楚国，堕楚都，鞭楚平王尸；而屈原为楚王族，却在《悲回风》中想"从子胥而自适"。

建立宗法制度的目的，从表面上看，似乎是为避免宗族内部的争斗，以保护宗族内部团结。这是宗法制作用的一种，但问题的实质却不在这里。宗法制的核心是嫡长继承制，但嫡长所继承的并不仅仅是一个王、诸侯或大夫的空名，更重要的是财产和土地的继承。从周代直至近代，争夺君位、皇位的斗争延续不断，说穿了，就是因为君王可以将全国的

---

① 童书业．春秋史［M］．北京：商务印书馆，2017：62.

② 姜亮夫．三楚所传古史与齐鲁三晋异同辨［M］//楚辞学论文集．上海：上海古籍出版社，1984.

所有土地作为己有。所谓“普天之下，莫非王土”。因而，宗法制度的继统问题，实质上是土地财产的继承问题。在中国长期的封建社会中，君统总是和宗统紧密地结合在一起，宗法制总是伴随着分封制，其原因也正在这里。

分封制事实上也是奴隶社会文化积淀的产物。在我国，分封制在商代这个奴隶社会王朝已基本形成。范文澜先生说：“到了商朝，出现了助法，封建制度事实上已经形成了，不过比起奴隶制度来，它只是处于次要的地位，还不能改变奴隶社会的性质。”[①]

在西周、春秋时期，周人的政治就是宗法制加分封制。天子为一族的大宗，也是全国的最高统治者；他将一块块的土地封给自己的兄弟和儿子为诸侯，诸侯再把一块块的土地封给本支的支子为卿、大夫。这就是所谓的“天子建国”“诸侯立家”“卿立侧室，大夫有贰宗”。楚虽也曾存在着分封现象，如屈原的祖先被封于屈地，伍举被封于椒。但由于楚国的社会历程和中原不同，分封制在楚国始终不曾走远。与分封制对立的县制，从楚国开始强大的时候起，就确定为楚国政治最基本的政权形式。

从现存的历史文献来看，楚国是春秋时最早设县进行政治管理的国家。《左传》庄公十八年载，楚武王灭权，使“斗缗尹之”。顾颉刚先生认为，这就是楚国设县的开始。[②] 假若我们认为这“尹之”还不是以县尹来治理地方的话，那么，楚最迟在楚文王时已开始设县了。《左传》哀公十七年载，楚惠王打算夺陈国的麦子，向太师子縠和叶公子高询问统帅的人选，子縠推荐了两人。子高认为这两人都是战俘，不同意子縠的推荐。子縠反驳说：“彭仲爽，申俘也，文王以为令尹，实县申、息，朝陈、蔡。”楚文王伐申在鲁庄公六年，自此之后，《左传》不再有申国的

① 范文澜. 中国通史［M］. 北京：人民出版社，1978.

② 顾颉刚：《春秋时代的县》，《禹贡》第 7 卷第 6、7 期。

记载。可见楚国设县晚不过鲁庄公六年。①

楚国不光设县早，而且设县多。楚国在发展过程中所灭小国，都基本上是设县进行管理的。从历史文献记载来看，楚国在春秋前后设立的县有申县（地在今河南信阳市北）、息县（地在今河南息县）、陈县（地在今河南淮阳区）、蔡县（地在今河南上蔡县）、叶县（地在今河南叶县）、权县（地在今湖北荆门）、那处县（地在今湖北荆门）、沈县（地在今河南沈丘县东南）、蓝县（地址不详）、连县（地址不详）、郧县（地在今湖北安陆）、商县（地在今陕西商县）、白县（地在今河南新蔡县）、棠县（地在今江苏六合区）。楚设立这些县均见于《左传》《史记》《国语》《世本》。这些史籍并非楚国历史典籍，楚设县而它们没有记载的理应不少。《左传》宣公十二年记载，楚庄王攻破郑国，郑襄公肉袒谢罪说："使改事君，夷于九县，君之惠也，孤之愿也。"关于"九县"有两种看法，一是认为九县为实指；一认为"九"言多，九县泛指多县。但不管是实指还是泛指，从郑襄公的话来看，楚在楚庄王以前，已形成将被消灭的国家改置为县的惯例。不然，郑襄公不会将被楚灭掉的郑国比为九县。②

郡县制是一种完全和分封制性质不同的政权形式。分封制将封号和土地紧密结合在一起，天子或诸侯将某人封于某地之后，这个人不光是这个地方的最高行政长官，而且是这块土地的占有者。生活在这块土地上的人民也就自然成了土地占有者的农奴。而且封号和土地占有权可以世袭，由儿子、孙子来继承。郡县制则不同，县的长官由国君直接任免。县令是一县的最高行政长官，但并不占有全县的土地。也就是说，县官

---

① 亲亲是宗法制度的一个重要特征。令尹、县令都是楚官中的要职。楚人以申俘彭仲爽为令尹，说明楚国用人不受宗法制的约束。《左传》宣公十二年说，楚国官员"内姓选于亲，外姓选于旧"。杜预注曰："言亲疏并用。"可知楚人并不排斥、歧视异族。

② 中原的一些国家也有设县的，但设县较晚。晋国是中原设县较早较多的诸侯国，但晋国设县多在春秋末期，而且带有封邑的性质。例如《左传》宣公十五年载：晋"赏士伯以瓜衍之县"。

只有行政管理权，而没有土地占有权，其地兵赋都归国家直接掌握。如《左传》成公七年记载，楚子重向庄王提出，要取申、吕之田作为自己的赏田。申公巫臣反对说："不可。此申、吕所以邑也，是以为赋，以御北方。若取之，是无申、吕也。"可见，县里的兵赋不属于县公私有。再者，县官不世袭，可以改调。如武城这地方的县尹，在楚昭王时是武城黑，但到楚惠王时候，则是公孙朝，改名换姓了。

当然，楚将所灭之国置县，并不是说楚国完全不给贵族、官员一点土地。但楚给他们的土地只不过是他们的俸禄。据说，楚庄王曾对共雍说："有德者受吾爵禄，有功者受吾田宅。"① 这两句为互文，意思是说有德有功者就授给他爵禄田宅。《史记·楚世家》叙述观从在鼓动楚灵王的卫队投降时说："先归，复爵邑田室，后者迁之。"可知楚国官员都有禄田。因而，楚国虽然也封给功臣田地，如楚公孙宁、吴由于等在鄾地打败了巴师，便封子国于析。但这都只不过是禄田。

既是禄田，当然也就是临时的而非世袭的，《韩非子·喻老》曾说："楚邦之法，禄臣再世而收地。"《淮南子·人间训》也说："楚国之法，功臣二世而夺禄。"《吕氏春秋》也有类似的记载。

禄田一般以畛为单位。楚叶公子高、蒙谷对国家有大功，被封为执圭，禄田才六百畛。《淮南子·道应训》说，子发攻打蔡国有功，宣王亲自到郊外迎接他的凯旋，以一百顷田封他为执圭。同为执圭，禄田应该是相同的。所以，六百畛大约相当一百顷。这和中原封建的面积相比，那真是九牛一毛了。春秋时期，中原都以邑、县作为封赏单位。晋国赵鞅向部下悬赏说：杀敌有功的人，上大夫赏一个县，下大夫赏一个郡，士赏田十万。郑伯奖赏攻打陈国的有功之臣，"享子展，赐之先路，三命之服，先八邑；赐子产次路，再命之服，先六邑"②。当然，楚也偶有以大块土地赏赐臣下的，如以所灭舒鸠之地赏给子木。至战国中后期，楚

① 刘安，许慎，陈广忠．淮南子［M］．上海：上海古籍出版社，2016：249.

② 《十三经注疏·春秋左传正义》。

也有一些封君，但是，被封者多只有封号，而没有封地。《战国策·楚策》载江乙说安陵君："君无咫尺之地，骨肉之亲，处尊位，受厚禄，一国之众，见君莫不敛衽而拜，抚委而服，何以也?"① 可见，安陵君只有政治上的殊荣和厚禄，而没有封地。

中原实行封君制，封君在自己的封邑内有绝对的统治权力。他既可以收取田租，又可奴役人民。封邑中立有社稷，② 即便是君王也不能直接干预封邑的政治，封君只对国家承担军赋任务。因而，一个封邑就基本上是一个独立王国。所以，中原各国名为土地国有制，但实际上是贵族土地占有制，庶民是没有私有土地的。从楚国实行郡县制和禄田制这一点来看，楚国的土地所有制与中原各国有着较多的不同。楚国分封制不发达，给贵族的封邑极少，因而，贵族私有的土地所占比重极小。授予贵族的禄田，贵族虽可以在一定时期内收取租税，但禄田不能继承，不能算作私有。县尹有土地管理权，而没有占有权，各郡县的赋税都直接交送国家。这一点，是与楚国的兼并需要相适应的。楚在短短的两三百年间，兼并了四五十个小国，没有众多的财力和物力是难以保证战争的顺利进行的。

但是，国家（也可说是楚王）占有绝大部分的土地，而楚王和国家官员并不直接耕种土地；土地的耕种者理应是农民。那么，这土地是以一种什么样的形式给予农民耕种的呢？有人认为，楚在进入阶级社会后，"土地占有形式却没有向中原流行的井田制发展，而是形式上保留、实质上改造了农村公社的土地占有形式——里社占田。楚王是土地的最高所有者，里社则是土地的实际占有者"。"里社的田由野人耕种，野人为依附农民，地位相当于农奴。"③ 里社为楚国的基层社会组织，这已经被包山 2 号楚墓出土的竹简的记载所证实。《史记·孔子世家》说："（楚）昭

① 范祥雍. 战国策笺证（上）[M]. 上海：上海古籍出版社，2006：766.

② 《论语·先进》："子路使子羔为费宰。子曰：'贼夫人之子。'子路曰：'有民人焉，有社稷焉……'"

③ 张正明. 楚文化志 [M]. 武汉：湖北人民出版社，1988.

王将以书社地七百里封孔子。”《索隐》说：“古者二十五家为里，里则各立社。则书社者，书其社之人名于籍。”据此，则里社为土地实际占有者不假，但说耕种里社之田的都为农奴，则恐怕不确。包山 2 号墓主其年代稍早于屈原。竹简关于土地诉讼的记载占有一定的比例，“‘疋狱’中有‘以其不分田之古（故）’而引起的争讼；有关于是否‘同室’引起的争讼；还有人死后埋葬在他人土地上引起的争讼，等等”①。由此而看，里社之田似乎已为农户私人占有，竹简说的是战国中期楚国的情况，但春秋时期的情况，我想也大抵差不离。《管子·轻重》记载，齐桓公“使人之楚买生鹿，楚生鹿当一而八万……楚民即释其耕农而田鹿。”农民能够自己选择生产方向，可见不是农奴。因为农奴存在一定的人身依附关系。《楚世家》记申叔时引鄙语曰：“牵牛径人田，田主夺之牛。”田既有主，当然田土也就非为里社公有，而是私人占有了。因而，虽不能排斥楚国存在着农奴，但绝大多数里社土地的耕种和土地所有者之间似乎并不存在人身依附关系。在历史典籍中，这有不少反映。如《论语·微子》所载的长沮、桀溺、荷蓧丈人，《韩诗外传》记载的楚狂接舆夫妇，和治园以养父母的申鸣，《庄子·天地》所载的汉阴丈人，《楚史梼杌·筑台》所记“违楚百里而耕”的诸御己者，等等，显然都不是依附于土地占有者的农奴。

先秦时代，中原各诸侯国的政治制度、经济制度、官僚制度，乃至于伦理道德观念、礼教等都是建立在以血缘为纽带的宗法制度基础之上，并为其服务。而郡县制和分封制比较，也能相应地减少人民群众对统治阶级的依附。因而，楚宗法制的不严和郡县制的较早确立，对于楚国精神文化发展所产生的作用是很深远的。从这些，我们也可以看出楚没有经历完整的奴隶社会的这一历史缺环给予楚国文化发展的巨大影响。

---

① 包山墓地竹简整理小组．包山 2 号墓竹简概述［J］．文物，1988（5）．

第五节　历史缺环存在的意义（二）

楚国社会发展史上存在的历史缺环，不仅对楚国的制度文化产生了深刻的影响，还对楚人的伦理道德观念和宗教意识的浓淡有潜在作用。

奴隶社会在人类社会发展史上是一个最为黑暗的社会。在这个社会里，奴隶主占有所有生产资料，具有至高无上的权力，可以像宰杀牲畜一样地任意杀戮奴隶。因而，奴隶完全处在被奴役的地位；他们只有被驱使和被杀戮的“自由”。奴隶社会的这种制度再经过奴隶主政权和舆论工具的强化，久而久之，便在人们的心理上形成了一种深厚的历史积淀——王权意识和奴仆意识。它将王或王族的利益看得高于一切，将君主对臣下和人民的奴役看成天经地义；普天之下为王或王族服务不再带有压迫的性质，而被认为是理所当然，是应尽的义务。作为臣民应该绝对服从和效忠君主。于是，人们的民主意识消失殆尽了，人性被扭曲了，人的个性被禁锢了。

在人类社会发展史上，每一个新的社会的历史都是以旧的社会的历史为基础而创造的。马克思曾经指出：“人们自己创造自己的历史，但是他们并不是随心所欲地创造，并不是在他们自己选定的条件下创造，而是在直接碰到的、既定的、从过去承继下来的条件下创造。”① 不能否定，周代的社会和殷代的社会有着许多不同，但我们不能因此而否定周代文化和殷代文化的密切联系。周武王迫不及待地去拜访殷代的遗民箕子，虔诚而恭敬地向箕子请教如何治理国家。箕子也并没有因为周人是殷人的敌人而使周武王失望。他告诉武王说，要搞好政治，就应该注意五行、五事、八政、五纪、建用皇极、乂用三德，等等。周人将箕子的话记录下来，取名曰“洪范”。洪是大的意思，范解释为法；洪范即为大

① 路易·波拿巴的雾月十八［M］//马克思恩格斯选集：第一卷．北京：人民出版社，2012：669.

法。周人将它收入《尚书》，作为经典，用来教育后人，指导政治。周公担心成王淫逸不恤国事，曾作《无逸》告诫他。在文章中，周公以殷代的史实谆谆告诫成王："昔在殷王中宗，严恭寅畏，天命自度，治民祗惧，不敢荒宁。""其在高宗，时旧劳于外，爰暨小人。作其即位，乃或亮阴，三年不言，其惟不言，言乃雍。不敢荒宁，嘉靖殷邦。至于小大，无时或怨。""其在祖甲，不义惟王，旧为小人。作其即位，爰知小人之依，能保惠于庶民，不敢侮鳏寡。"① 可知周人治国，并没有将殷代的东西全部丢掉。

我们既不能设想周人的政治是完全抛弃殷人政治而创造的一种全新的政治，同样，也不能设想周代的思想文化是一种完全割断与夏商思想文化联系而创造的一种全新的思想文化。宗教祭祀作为思想文化的一个方面，在古代中国和军事摆在同样重要的位置。周人虽不像殷人那样敬重鬼神，但对于祖先和名山大川的敬畏却也不比殷人逊色。周人举行这些祭祀的仪礼基本上都是承袭殷人的祭祀仪礼而来。史载周公将归政成王，经营洛邑，在其落成祭祀仪式上，所用的便是殷代的礼仪。② 孔子盛称周代文化，但他对夏、商文化也同样感兴趣。他对子夏说，治国要用夏代的历法，乘殷人的车子，戴周代的礼帽。言下之意，也就是要继承发扬夏、商文化。他深明，周代文化的繁荣，与夏、商文化有着密切关系。"殷因于夏礼，""周因于殷礼。"③ "周监于二代"④，才有周代文化的兴盛。假若周公在洛邑落成祭祀时所用的还只是殷人的宗教仪礼，而孔子所说的"夏礼""殷礼"的内涵就不仅仅限于祭祀仪礼了。因为《论语》中所说的"礼"，包含着封建等级制度和伦理道德两个方面的属性。

在周代礼乐文化中，伦理道德文化是其核心，规定着周代文化的性

---

① 《十三经注疏·尚书正义》。
② 《尚书·洛诰》："王肇称殷礼，祀于新邑，咸秩无文。"
③ 《十三经注疏·论语正义》。
④ 《十三经注疏·论语正义》。

质。它的全部价值是用来培养统治阶级的忠实奴才，维护统治阶级的统治地位。它的产生是周人宗法观念和王权意识的果实。因为所谓的恭、敬、孝、慈、顺、柔、仁、义，等等，说到底就是要人们在家毫无条件地顺从父兄，于国毫无条件地服从君长，以他们的利益为利益，以他们的意志为意志。但是，作为宗法观念产物的王权意识，却并不是周人智慧的产物。在殷代，人们的王权意识就已经非常强烈了。周人曾说："普天之下，莫非王土；率土之滨，莫非王臣。"而殷人和他们比起来毫不逊色。箕子在告诉周武王治国的经验时，就曾极力宣扬过王权主义。说凡为臣民，都应该"无偏无陂，遵王之义；无有作好，遵王之道；……无党无偏，王道平平；无反无侧，王道正直"①。认为在天下王道最公平正直，作为君王的臣民，不应该有半点私人的事情，应该为君王尽忠尽孝，一切服从君王的利益。

正是因为这样，周人崇尚的许多伦理道德观念，在商代就已露端倪。周人是很崇尚"明德"的，周公就曾经告诫周康王要"勤用明德"②。孔子也说要"为政以德"③，又说"君子怀德"④。而这"德"的观念，早在殷人的观念中就有了。《洪范》中便有箕子告诫周武王好德的记载。他说，对于臣民，你应该和颜悦色地告诉他们，你喜欢有德的人。因而，有德的人，你就赐给他爵禄。若是没有德的人，你赐给他们爵禄，就是你宠幸坏人了。

《皋陶谟》不知是什么时候的作品。《书》序说是夏代的皋陶本人所作，恐不可信。若是为周以前的人所作，那在周代以前就有了恭、敬、温、柔、义、廉等道德概念了。《皋陶谟》说：人们应该"行有九德"，即"宽而栗、柔而立、愿而恭、乱而敬、扰而毅、直而温、简而廉、刚

① 《十三经注疏·尚书正义》。
② 《十三经注疏·尚书正义》。
③ 《十三经注疏·论语注疏》。
④ 《十三经注疏·论语注疏》。

而塞、强而义”[1]。若是我们觉得《皋陶谟》不可信，那么，也用不着怀疑周代以前已产生了这些道德观念。事实上，殷代不管是圣明之王还是昏淫之君，都和周代的统治者一样喜欢顺民，而容不得异己者。从盘庚对臣民那杀气腾腾的训斥，纣王对比干、微子等的态度，我们可以清楚地看到这一点。既要臣民顺敬，那思想统治也就是必不可少的。尽管殷人崇尚刑罚，不及周人那样善于使用礼教这把软刀子。盘庚曾经对他的臣民说，你们若“颠越不恭”，我就要对你们处以重刑。《高宗肜日》中也有“典厥义”这样的话。《洪范》载箕子告诫周武王应该明了“五事”，这“五事”就是“貌曰恭，言曰从，视曰明，听曰聪，思曰睿。恭作肃，从作乂，明作哲，聪作谋，睿作圣”[2]。《论语·季氏》载：“君子有九思：视思明，听思聪，色思温，貌思恭，言思忠，事思敬，疑思问，忿思难，见德思义。”我们试比较一下，孔子的话似乎和箕子的话并没有什么大不同。所以，我们可以认为，周人的伦理道德观念只是殷人伦理道德观念的发展和光大。

周代许多文化人对殷代许多文化人的品行也是非常敬慕的。孔子和子夏都是周代中原文化人的杰出代表，他们的言行都被人们视为楷模；但他们的理想人格却都似乎是殷代那些文化人代表的人格。子夏说，汤有了天下，在众人中挑选人才，选中了伊尹，不仁的人都被疏远了。子夏的话表现子夏对伊尹的崇拜。孔子听到人们说纣王不听规劝，微子离开了纣，箕子被囚为奴，比干进谏而死，便大发感慨说：“殷有三仁焉!”[3] 仁人是孔子认为最了不起的人，他所宣扬的一切伦理规范，也都是为铸造仁人。他盛称微子等三人为仁人，不正表明他对于微子等的人格和殷代伦理观念的认可!

孟子曾说，后稷担心人们吃饱了，穿暖了，住也安逸了而没有教育，近于禽兽，便派契为司徒，教人们以伦理，使父子有骨肉之亲，君臣有

① 《十三经注疏·尚书正义》。
② 《十三经注疏·尚书正义》。
③ 《十三经注疏·论语注疏》。

礼义之道，夫妇有内外之别，老少有尊卑之序，朋友有诚信之德。契就是殷人的祖先。如果孟子的话不无根据，那么，周人的一套伦理观念在殷代就已经形成了。

文化的积淀，不仅表现为文化间的直接继承，还表现在新的文化的产生以旧文化为鉴。殷人重鬼，周人重人；殷人尚刑，对人民实行高压统治；周人尚仁，对人民实行怀柔政策。但周人重人和崇尚礼义都是吸收殷人重鬼、尚刑教训的结果。殷商统治者不是常说自己统治人民是上天的意志，是鬼神的福祐么。但武王一举义旗，天下便纷纷倒戈，殷人的统治顷刻间土崩瓦解；昔日的君王沦为阶下囚，上天鬼神到哪里去了！如此看来，人心的向背才是国家兴败的关键；尚刑的高压政策只能为自己的统治造就破坏者，而鬼神都是骗人的鬼话。周人要保护自己的统治地位，当然不得不以这为借鉴，反其道而行之。周代的先王一再告诫子孙要以殷为鉴，不要沉湎于酒色，康乐荒亡；不要动不动就动刑杀人，应“明德慎罚”[①]。当然，这些都是对统治者而言。但光统治者做到这一点还很不够，关键的问题是怎样让老百姓不犯上作乱，以统治者的意志为意志。而要人民做到这一点，就莫过于以礼教去规范人们，改造人们，泯灭人民的欲求和个性了。周代的统治者从殷代的灭亡清楚地看到了这一点，所以周公在刚刚平定天下时，便开始在殷代礼乐的基础上制定礼乐，强化礼教了。

我们不能设想中原民族没有长期奴隶社会的历史积淀，周代文化将是一种怎样的文化；但我们可以肯定，周人的政治和伦理文化都是中原长期奴隶社会历史积淀的结果。

楚缺少长期的奴隶社会的历史积淀，其文化及其发展自然就与中原有着明显的差异。当然，楚人也可以从一些历史文献中汲取中原民族在奴隶社会中所产生的历史经验教训。发展楚文化，为政治服务，如屈原的《离骚》：“启九辩与九歌兮，夏康娱以自纵；不顾难以图后兮，五子

① 《十三经注疏·尚书正义》。

用失乎家巷。羿淫游以佚畋兮，又好射夫封狐；固乱流其鲜终兮，浞又贪夫厥家。浇身被服强圉兮，纵欲而不忍；日康娱而自忘兮，厥首用夫颠陨。夏桀之常违兮，乃遂焉而逢殃；后辛之菹醢兮，殷宗用之不长。汤禹严而祗敬兮，周论道而莫差。”但是，每个民族的文化都是在本民族前有文化的基础上发展，外来文化仅仅是一种借鉴。楚没有中原民族对这些历史变革的亲身体验，没有这种文化的积淀，而且又处于蛮夷文化的汪洋大海之中，自然也就对中原民族的历史经验教训以及伴随它而产生的文化所采取的态度与中原民族不同；正如我们学习西方的文化而对西方文化历史的认识与西方民族对本族文化历史的认识不同一样。楚人既不可能像中原民族那样去认识鬼神，注重人事在社会生活中的巨大作用，也不可能像中原民族那样去认识人性，认识礼乐，具有中原民族那样浓厚的礼教伦理意识。所以，楚民族在战国时代还未完全进入理性时代，还保留着某些人类童年时期的天真，如神话思维照样存在，宗教气氛同样炽烈，人性还没有被严重扭曲，独立意识同样普遍，封建伦理道德观念比较淡薄。这些都将在下文有专章论述，这里就不赘述了。

总之，楚国文化的特殊，与它社会历程的特殊有密切关系。是楚历史的缺环，带来了楚文化区别于中原文化的异彩，并因此而形成了《楚辞》不同于中原文学的本质特征。

第二章　虚幻的映象

阅读《楚辞》，引人注意的是《楚辞》中大量的关于人与神沟通的描写；谈到楚文化，人们想到的是楚国的巫风。因而，我们要从文化背景着眼阐明《楚辞》中的一些特殊现象，不能不首先谈到楚国的原始宗教。

楚国是一个巫风炽烈的国度。浓厚的巫风既培养了楚人对神灵顶礼膜拜的虔诚情感、非理性精神和浪漫情调，给楚国的神话发展以充足的营养，又诱发了楚人对于神仙的追求，产生了大量的原始宗教艺术。在楚国，神话思维、原始宗教情感、神仙思想和谐地融合于一体，注入楚人的一切社会生活，给楚国文学的创作提供了大量的题材和交错的多系列意象，形成了《楚辞》的浪漫主义文学特征。在《楚辞》研究方面，已有不少文章谈到过《楚辞》与巫风的关系，但世界总是这样，每当我们从一个不同的角度去观察它时，便会发现一种不同的色彩。我们对每一事物的新发现，正是不同的目光投射的结果。因而，当我们从更广阔的视角去看巫风对《楚辞》的影响时，也许会将问题引向更深入。

第一节　民神杂糅

巫术礼仪，产生于遥远的远古时代。据说山顶洞人的穿戴都曾用赤铁矿染过，他们死了也要在尸体旁撒上红色的粉末。山顶洞人的这些行为，就已经包含着巫术的意义了。在那个时代，社会生产力极不发达，人们的衣食等全仰仗于自然恩赐；自然界作为一种完全异己的、有无限威力的力量与人们对立着。在这种巨大的力量面前，人类一方面感到无限恐惧而拜倒在它的脚下，一方面又想通过某种方法去控制它，以求得人类的生存和发展。但是，原始人类认识自然的思维趋向与我们这些现代人完全不同。他们对于事物的门、类、种、属很少予以考虑，也常常忽视一事物与他事物之间的矛盾。经常占据着原始人思维的是一种看不见的力量，它随着人们的感觉、经验、情感而沟通一事物与他事物的界限，由此而产生一种神秘的、无所不在的互渗。① 梦中出现的事情对于原始人来说都是真实存在的。梦中的人看见了人的灵魂的存在；动植物等也和人一样有着行为方式，而且于人有益或有害，原始人认为动物也必然秉赋了灵魂或精神。人可以用符咒仪式强迫山河大地、雷电风云遵循人的意志，也可以用娱悦他们的祭祀方法去获得他们的福祐。于是，由此而产生了巫术等原始宗教仪式。

巫术等原始宗教产生于原始人类对于人的本质力量缺乏认识的时代。当人类在社会实践中逐步认识到人的本质力量后，原始宗教也就自然而然地渐渐消亡了。楚国地处南方，那变幻的风云，万千气象，那崇山峻岭，奔腾咆哮的江河大川，还有那众多神异的动物、植物，已叫楚人感到神秘莫测；中原民族已大量使用青铜器，生活在南方这片广袤土地上的楚民族还在使用石刀、石斧等，生产力低下，衣食仰仗于自然。所以，他们对于自然的崇拜，对于神灵的依赖也就远为中原民族所不及。

楚国浓厚的巫风有着久远的历史渊源。据楚昭王时代的观射夫说，在少皞氏行将衰落的时代，“九黎乱德，民神杂糅，不可方物，夫人作享，家为巫史，无有要质。民匮于祀……烝享无度，民神同位”②。九黎就是生活在南方的部落集团。由此可知，远古时代的楚国大地上已是巫风弥漫。先楚民族对于神灵的虔诚，远为其他原始民族所不及。到战国时代，楚虽然已经进入了封建社会，但由于这种历史的积淀，加上它与中原不同的自然条件和楚国社会发展的特殊经历限制了他们对于人类自身本质力量的认识，因而，楚人对于神灵的热情，依然没有丝毫的减退，整个楚国依然是巫风激荡。他们相信神灵存在就如自己的存在一样，没

---

① 列维·布留尔．原始思维［M］．丁由，译．北京：商务印书馆，1981.

② 徐元诰．国语集解［M］．北京：中华书局，2002：514-515.

有丝毫的怀疑；相信人死后，灵魂继续存在，并能作用于人们的生活；相信人与某些异常事物接触，能够给人带来不寻常的命运。如孙叔敖看见两个脑袋的蛇，便担心自己不久将要离开人世。他们认为鬼神无处不在，无时无刻不在注视着他们。因而，种类繁多的禳鬼手段也就应运而生。宗懔所说楚地五月“采艾以为人形，县（悬）门户上，以禳毒气”，正月夜“家家捶床打户，捩狗耳，灭灯烛以禳鬼鸟”，“岁旦，绘二神披甲持钺，贴于户之左右”，以防鬼怪进入室内。[①] 这些都是楚人鬼神观念的遗留。于是，为讨得鬼神的欢悦，用以消灾除难，祈求幸福的各种祭祀便长久不衰了。

在古代的历史典籍中，有关楚人信鬼崇巫的记载可谓络绎不绝。《吕氏春秋·异宝》说：“荆人畏鬼而越人信禨。”《列子·说符》说：“楚人鬼，越人禨。”《汉书·地理志》载：“楚地……信巫鬼，重淫祀。”王逸的《楚辞·九歌序》曰：“昔楚南郢之邑，沅湘之间，其俗信鬼而好祀。”

中华人民共和国成立以来，在湖北、湖南等地出土的大量楚文物也普遍反映着楚人信鬼崇巫的风习。1949 年长沙子弹库出土的一幅帛书的中间写有几大段文字；四周画着十二月神像。它们各有特色，有的长着三个脑袋，有的身上绕蛇，有的脑袋像鸟头，奇形怪状，叫人无法形容。在每一个月神旁边都附有一段文字，写着各月能做什么，不能做什么，如是否可以出兵打仗，是否可以集会，会见诸侯，还有嫁女娶妻，等等。[②] 在已发掘的许多楚墓中有一种怪物般的雕塑，头如虎首，但又长着多叉鹿角，面部五官俱全。它们的形态也不一样，有的屈颈曲身，面目狰狞可怕；有的直颈直身，面目和善可亲。[③] 它们的形象和《招魂》中所说的“土伯”差不多。考古学家们将其称之为“镇墓兽”。王逸说，楚人相信在那恐怖的幽府，有土伯为死者执卫门户。因而，楚人随葬镇墓兽，完全是出于某种宗教情绪。在湖北楚墓出土的大量竹简，大多为

---

① 宗懔，杜公瞻，姜彦稚．荆楚岁时记［M］．北京：中华书局，2018：44-45.

② 李学勤．东周与秦代文明［M］．北京：文物出版社，1984.

③ 陈跃钧，院文清．镇墓兽略考［J］．江汉考古，1983（3）.

祭祷的记录。天星观一号楚墓出土的竹简，其中就有一批记载着墓主番勅为疾病等卜筮祭祷的事项。“所祭对象，有其祖先悼公、惠公以及神祇司命、司祸、地宇、大水、云君、东城夫人等等。”① 望山一号楚墓出土的竹简，则全是记载墓主悼固因为患病而占卜祭祀的内容。从简文来看，祭祀的时间大约为三个月。“所祷神名相当广泛，除柬（简）太王、圣（声）王、悼王等楚王及先君东宅公外，还有栽陵君、王孙巢、后土、司命、大水、北子、宫行、公宇，等等。祷后继以祭赛，所用牺牲多为牛羊之属。”② 在包山 2 号楚墓出土的竹简，内容分为两个方面：一是卜筮祭祷，二是司法文书。卜筮简都是记载墓主邵㸒“向鬼神祈祷，请求保佑，赐福及解脱忧患之辞”。祭祀的对象也很广泛，有楚人的先祖老僮、祝融、媸酓、武王、邵王以及神祇后土、司命、大水、宫、门、行等。在墓中出土的一件竹笥，里面放着五块小木牌，每块牌上面写着一个字，分别为：室、门、户、行、灶，它们是邵㸒生前所能祭祀的五神。③ 从这一点来看，在楚人的观念中，鬼神几乎是无处不在了。

楚人的历史随着时光的流逝而被沉埋于文化堆积层中，而楚人信巫淫祀的风习却代代相传，以至到今天故楚的一些地域对神灵的虔诚不改。据说，湘西的人们每到年节，都自动按家中的无有，到天王庙去杀猪、宰羊、献鸡、献鱼，请求鬼神保佑五谷丰收，六畜兴旺，儿女成长，以及为疾病婚丧禳灾除祸。④ 在湖南、湖北的广大地区，诸如卜筮、招魂、跳丧等习俗也至今不衰。

中原民族也是从原始社会走过来的。毫无疑问，在他们的历史上，也曾存在过一个对鬼神狂热崇拜的阶段。而且，即便是在春秋战国时代，他们也还保留着许许多多的巫术礼仪。《左传》中便有许多关于中原人为战争、为生死疾病而问卜祈祷的记载。如文公十八年载齐侯卜死，宣公

---

① 李学勤．东周与秦代文明［M］．北京：文物出版社，1984．

② 李学勤．东周与秦代文明［M］．北京：文物出版社，1984．

③ 包山墓地竹简整理小组．包山 2 号墓竹简概述［J］．文物，1988（5）．

④ 沈从文．从文自传［J］．新文学史料，1980（3）．

六年载郑国伯廖以《周易》之词占凶吉，成公十六年载晋人卜与楚人战，等等。由于中原民族进入阶级社会很早，历史上经历过多次政治动乱，社稷易主的情况时有发生，尤其是商灭夏桀，周亡商纣这些大事件，使他们逐步看到，改变人类历史的不是神灵，而是人民。早在周初，中原一些杰出的思想家便已经清楚地看到了这一点。周公曾说："天畏（威）棐（非）忱（诚），民情大可见。"① "天不可信，我道惟宁（文）王德延。"②《泰誓》也有这样的话："天视，自我民视；天听，自我民听。"这些见解在中国古代的思想发展史上，无疑是飞跃和跨越。它标志着周人开始告别神灵世界而走向现实社会，向人们展示着人的主体精神的觉醒和他们开始告别人类的童年时代，进入成年时代的成熟。

假如说在西周时代，周人还存在着对神灵的敬畏，那么，经过春秋几百年间激烈的社会动乱，悬浮在周人头上的那一缕灵光就差不多消逝了。春秋时代，曹刿论战，以为决定战争胜负的是民情而不是鬼神。子产也说："天道远，人道迩。"③ 季梁则更响亮地宣言："夫民，神之主也。"④ 那时，中原虽然还有一部分人对神鬼将信将疑，但绝大部分人，尤其是一些开明的政治家、杰出的思想家，都已告别了神秘互渗的原始思维形式。他们不再乞求神灵去战胜自然灾害和治疗疾病、治理社会。鲁僖公二十一年，鲁国大旱。鲁僖公想用巫尪祭天，臧文仲对他说，巫尪若能让天下雨，那么，烧死他反而会为害；若是他不能让天下雨，那就白白地送了他的性命。因而，不如从人力出发，加紧修缮城郭，节食俭用，积极发展生产。僖公觉得有道理，便将此事作罢。《晏子春秋》记载了这样两个故事：一说齐景公想祭灵山、河伯而求雨。晏子便对他说，灵山以石头为身体，以草木为头发。天久不下雨，灵山的草木都枯焦了，石头也发热了，难道它们不想要雨？河伯生活在水中，把鱼、鳖、虾、

① 《十三经注疏・尚书正义》。
② 《十三经注疏・尚书正义》。
③ 《十三经注疏・春秋左传正义》。
④ 《十三经注疏・春秋左传正义》。

蟹作为臣民，天久不下雨，河流将要干涸，难道河伯不想雨？既是如此，祭祀灵山、河伯能使我们得到什么好处呢？其二说，“景公病水，梦与日斗。”他找了个人占梦。晏子告诉占梦的人说：“公所病者，阴也；日者，阳也。一阴不胜二阳，公病将已。”占梦者将晏子的话对景公说了，不过三日，景公的病便完全好了。可见，臧文仲、晏子他们并不认为真有什么神灵，而已经将人类看作是自然界和人类社会真正的主宰了。这就提示我们：早在春秋时代，神灵就已在中原“完成”了它的历史使命，悄悄从中原人思想的历史舞台上隐退了。随着战国时代诸子百家对世俗充满热切向往的呐喊，它终于带着无限的悲哀和眷恋之情，在中原人的思想中无可奈何地消逝了。而荀子“人定胜天”口号的提出，便是宣告了它末日的到来。

鬼神存在于人们对于它能在现实生活中产生人类难以企及的作用的热切期待之中。当人们已经认识到鬼神对于现实没有什么实际作用时，人们对鬼神也就不会有什么期望了。因而，尽管中原人在战国时代也还存在一些巫术宗教仪式，但这完全是一种形式。孔子说：“祭如在，祭神如神在。”① 两个“如”字便把中原人对于祭祀鬼神的态度表现得再清楚不过了。他们之所以还要保存这些原始宗教形式，只不过是为着封建礼教的需要，实际上也就是政治的需要。子贡欲去告朔之饩羊，孔子便很不高兴地对他说：“赐也，尔爱其羊，我爱其礼。”② 孔子所说的“礼”，当然已不再是那祭祀所用的纯粹的礼仪。《管子·牧民》曾说：“不明鬼神，则陋民不悟；不祇山川，则威令不闻；不敬宗庙，则民乃上校；不恭祖旧，则孝悌不备。”《礼记·祭统》也说：“凡治人之道，莫急于礼；礼有五经，莫重于祭。”“祭者，所以追养继孝也。”荀子将他们祭礼的用心说得再清楚不过了。他说，人们发现日蚀、月蚀的现象时，就敲盘子打鼓呼救，天旱时举行祭祀，处理重要的事情先要进行卜筮，并不认为

① 《十三经注疏·论语注疏》。

② 《十三经注疏·论语注疏》。

能够祈求到什么，而是用来文饰政事。可知，中原人进行祭礼的目的，并不在鬼神本身，而在于借对鬼神的祭祀，去维护封建统治，防止老百姓犯上作乱。宗教在中原人那里，已完全变成了统治者愚弄人民的工具。

在中原的思想家中，主张明鬼的莫若墨子，但墨子之心和众人之心并没有什么不同。“今若使天下之人借若信鬼神之能赏贤伐暴也，则夫天下岂乱哉！”[①] 他说：“今天下之王公大人士君子，实将欲求兴天下之利，除天下之害，故当若鬼神之有与无之别。”又说：“今吾为祭祀也，非直注之汙壑而弃之也，上交鬼之福，下以合驩聚众，取亲乎乡里。”[②] 可见墨子也不相信鬼神真的存在。他之所以大声疾呼“明鬼”，实质上也是要借鬼神去达到某些政治目的。

中原人举行祭祀的目的，决定着他们祭祀的对象和形式。他们虽然也祭自然神，但更多的则是祖宗神。《诗经》中的颂诗便不见自然神的踪迹，而全是唱给祖宗的赞歌。他们祭祀时也总是极为严肃，绝少有楚人那样人神相娱的浪漫气息。中原人的祭祀中，除了作为祖先的偶像——“尸”以活人出现外，再也没有“活着的神”出现。究其原因，就是他们把祭祀当作了一种维护封建统治的工具。

总而言之，在春秋战国时代，虽然中原和南方的楚国都存在着各种祭祀的巫术礼仪，但它们之间却存在着极大差异。楚国的巫风不光比中原要浓烈得多，而且楚人对神灵要比中原人虔诚得多，他们的祭祀活动中的那种“民神杂糅”的氛围，为楚文学的浪漫精神提供了丰富的营养。

第二节　巫风的功绩

在艺术发展史上，原始宗教艺术是最原始的了；后来各种形式的艺术基本上都是由它发展而来。而原始宗教艺术则又毫无疑问是原始人宗

① 吴毓江. 墨子校注［M］. 北京：中华书局，1993：336.

② 吴毓江. 墨子校注［M］. 北京：中华书局，1993：343-344.

教观念的产物。

在人与物不分的远古时代，人们还不可能将自然界和人类区分开来。他们认为，世界上的万事万物之间都存在着神秘的关系，人类可以通过诸种手段作用于它们，以求得人类生存的需要。这是原始宗教产生的最根本的原因。因而，原始宗教带有极为强烈的功利目的。苏联学者乌格里诺维奇就曾指出：原始宗教仪式“以影响自然界的臆想的虚幻手段，即巫术仪式来代替切实可行的手段，借此为一定的实际需要服务。巫术意识同原始人的生命活动范围极为狭窄这点是密切地联系在一起的。它总是具有非常肯定的目标，不是要保证猎取野兽，就是要保证增加资源”①。

原始宗教的这种功利目的性，是大量的原始宗教艺术产生的重要原因。法国人类社会学家列维·布留尔曾指出，原始人在狩猎的前几天，一定要举行各种巫术仪式。他们认为，要确保猎获到动物，就必须获得动物的好感。如苏兹人所认为的那样，要指望打猎有较多的收获，就必须请教熊神；但熊神是看不见的，不知住在什么地方。因而，在出发去打猎前，狩猎的所有参加者都要连续不断地跳几天熊舞，向熊神献上一支美好的歌，让熊神对狩猎者发生好感，而保佑他们打到较多的动物。②很显然，苏兹人的这种巫术仪式带有极强的功利性；而这功利目的是诱生这熊舞和献给熊神的歌的直接原因。据说，生活在我国西南地区的他鲁人，每年都要举行仪式，祭祀他们的保护神“着恶”。他们认为，不祭“着恶”，庄稼便不会丰收。而他们在祭“着恶”时，必须跳一种叫作“打跳”的舞蹈，以求得“着恶”的好感。跳“打跳”时，男女老幼手牵手围成一团，随着那悠扬的葫芦笙伴奏的节拍以足顿地，慢慢走动。“打跳”时，就是母亲和儿子、公公和媳妇这样的关系也毋须回避。“打跳”时，也是男女结识的大好机会，每当“打跳”结束后，一对对情侣便马

① 乌格里诺维奇. 艺术与宗教［M］. 王先睿，李鹏增，译. 北京：生活·读书·新知三联书店，1987：63-64.

② 列维·布留尔. 原始思维［M］. 丁由，译. 北京：商务印书馆，1981.

上离开人群，手拉手亲密地走入那僻静的山林。[①] 毫无疑问，他鲁人“打跳”的这种舞蹈，也是伴随着他们凭借超自然力来获得庄稼丰收的愿望和他们对于异性的渴求而产生的。

不可否定，原始宗教仪式和现代宗教仪式的职能是基本相同的。它们都在于培养信仰者对崇拜对象的情感，并通过表现对崇拜对象的虔诚来求得神灵对自己较多的恩赐和福佑。但是，它们在培养对于崇拜对象的情感和祈求神灵赐福的手段方面，却有着许多的不同。现代宗教最主要是通过信徒的净心苦修，抑制七情六欲，来引导信徒到达神灵的彼岸。而原始宗教既不讲求净心苦修，也不要求压抑情欲。原始人举行祭祀，其目的就在于满足自己的欲望。他们获得神灵福佑的手段，正是通过音乐、舞蹈、赞颂等对情欲尽情的发泄来使神灵高兴，以获得神灵的好感。因为人们对神灵的观照，实际上是从人自身出发。在现实中，美色、歌舞、绘画能够充分激发人们的情感，使人们兴奋不已，甚至进入如醉如痴的忘我境界，于是，他们认为这也是神灵所好。故音乐、歌舞大量运用于宗教仪式。这样，音乐、歌舞、绘画就同时兼有培养崇拜者宗教情感和诱使神灵赐福于人类的几种职能。音乐、舞蹈、绘画便也同时带上了巫术的性质，成为人与神灵沟通的中介。所以，原始宗教仪式实质上是以音乐、舞蹈等为手段而满足神灵的情欲，来达到崇拜者情欲的满足。

正是因为这样，原始宗教仪式总是和原始宗教艺术形影相随。也就是说，有原始宗教仪式，就会伴随有原始宗教艺术产生。如殷人祭雨，总少不了舞蹈。殷商甲骨卜辞便有大量的记载：

> 庚寅卜，辛卯隶舞，雨。（《殷虚文字甲编》3609。）
> 庚寅卜，甲午隶舞，雨。（《殷虚文字甲编》3609。）
> 丙辰卜，今日隶舞，有从㞢（雨）。不舞？（《簠室殷契徵文·典

① 汪宁生. 云南永胜彝族（他鲁人）的原始婚姻状态［M］//西南民族研究，成都：四川民族出版社，1983.

礼》）

舞，出有雨。（《殷虚书契前编》）

在《山海经》中，这方面的记载也屡见不鲜。如祠薄山等山用“干舞，置鼓”，祠岷山等山用“干舞以兵禳，祈璆冕舞”，祠首阳等山“合巫祝二人舞”。越人祭防风神，“奏防风古乐，截竹长三尺，吹之如嗥，三人披发而舞”[①]。《岭表纪蛮》引《昭平县志》说，瑶族人民在祭祀他们的祖先盘古时，“男女歌舞，称盛一时，数日而后散”。汉代祀“太一甘泉，以昏时夜祠，到明而终，常有流星经于祠坛上。使僮男僮女七十人俱歌，春歌《青阳》，夏歌《朱明》，秋歌《西皞》，冬歌《玄冥》”[②]。湘西的苗民，在每年春秋农事开始与结束时，便由年老的人到处化钱，作为给社稷神唱木傀儡戏的费用。在每年岁暮年末，他们便把傩神用红衣装扮起来，供放在正屋里，然后擂起雷鸣般的大鼓，巫师穿着鲜红如血的衣服，吹起镂银牛角，手拿铜刀，欢快地跳起舞蹈，以娱悦神灵。[③]生活在新墨西哥的祖尼人祭雨，也是一边跳着欢快的舞蹈，一边热情地唱。鲁思·本迪民斯特在《文化模式》中记载他们唱道：

无论何处你都信守诺言，
你迈开大步滚滚而来，
你微弱的风吹来乌云，
你薄薄的云片，
饱含充满生机的水。
你要前来和我们厮守在一起，
你精美的雨水爱抚大地。
…………

---

① 任昉. 述异记［M］//百子全书，杭州：浙江古籍出版社，1998：1320.
② 《史记》卷二四。
③ 沈从文. 从文自传［J］. 新文学史料，1990（3）.

由于原始宗教总是和原始宗教艺术形影相随，因而，楚国浓厚的巫风便诱生了大量的原始宗教艺术。在楚国，各种形式的巫术艺术以辉煌的成就给楚文化增添了无比灿烂的色彩。巫术画是很能激发人们宗教情感的一种艺术形式，因而，它大量地出现在楚人生活的各个方面。楚人的公卿祠堂、祖庙绘有山川鬼怪神灵，日常生活用具也都镂绘上了这种带有神秘宗教色彩的图案。如长沙出土的飞仙龙纹铜镜，镂刻着三个展翅飞仙的羽人。在信阳的一座楚墓中，出土一把油漆彩绘小瑟。在瑟头部的两侧，都绘画着龙蛇神怪的花纹，花纹笔墨流畅，画面上的图案给人一种“诡谲奇秘”的感觉。[①] 在曾侯乙墓出土的棺材上，也画有一些神怪。他们面目狰狞，手执钢叉，为保卫墓主而尽忠职守。当然，在楚国，巫歌、巫舞比巫术画更能给予我们更深的感受。《诗经·陈风·宛丘》说，他（她）们手持鹭羽，随着那“咚”“咚”的鼓点而翩翩起舞，跳起来便是“无冬无夏”。这是多么狂热！王逸也说：“昔楚国南郢之邑，沅湘之间，其俗信鬼而好祠，其祠必作歌乐，鼓舞以乐诸神。”[②] 更有意思的是楚国的君王也深谙此道。他们不光对此很感兴趣，还能手执羽绂，在祭台前鼓舞不倦。至于巫术文学，也肯定是不少的。因为诗、乐、舞三位一体，有舞便有乐，有乐便有歌诗。我们也可以从《九歌》《招魂》祀神的歌词，推想它的盛况。

《楚辞》中的一些作品是否是巫术艺术，是一个很值得讨论的问题，因为《楚辞》的作者本身具有一定的宗教情绪。《离骚》开头便说：“帝高阳之苗裔兮，朕皇考曰伯庸；摄提贞于孟陬兮，惟庚寅吾以降。皇览揆余初度兮，肇锡余以嘉名；名余曰正则兮，字余曰灵均；纷吾既有此内美兮，又重之以修能。”据姜亮夫先生考证，殷代以来，“庚寅”就被认为是第二大吉日。楚人也认为，生于寅年、寅月、寅日乃是一个再好不过的八字。屈原和他的父亲都认为屈原的美好品质和才能都是这生辰

① 中央音乐学院民族音乐研究所调查组. 信阳战国楚墓出土乐器初步调查记［J］. 文物参考资料，1958（1）.

② 洪兴祖. 楚辞补注［M］. 北京：中华书局，1983：55.

八字带来的，并引以为无上荣光。

据说，屈原的《九歌》是在民间祭神歌词的基础上改编而成的。我们不否定《九歌》掺进了屈原由自己独特的生活感受而产生的独特的审美情感，寄托了诗人被疏远流放的悲忧，作品中表现的情感已不完全指向《九歌》中的诸位神灵，《九歌》也并非完全是为了表现诗人的审美情感，因为《九歌》笼罩着浓厚的宗教情绪。

《九歌》祭祀的对象，除《国殇》为祭悼死者外，其余的均为自然神。东皇太一为天之尊神，东君为太阳神，云中君为云神，二湘为湘水神，河伯为河神，大司命与少司命为星神，山鬼为山神。这和《山海经》记载的多为自然神是一致的。这些诗篇大多表现一种人神相恋、神与神缠绵悱恻的情感，但也有例外。《东皇太一》就全是赞美天之尊神的庄严安闲。如果说《少司命》的"登九天兮抚彗星，竦长剑兮拥幼艾"体现着诗人爱抚人民的高贵品质，《云中君》《山鬼》"二湘"通过那人与神、神与神的生离死别表现着诗人被流放的忧愤，那么，《东皇太一》用来抒发作者一种什么样的情感呢？

《九歌》共11篇，前有迎神曲，后有送神歌，是一组完整的祭祠曲辞。假若诗人要借祭祠歌曲来抒发心中的牢愁，实在没有必要去改编一组完整的祭神歌辞。过去，有许多的研究者对11篇作过各种解释，以期与"九"数相符，似可不必。"九""鬼"古音同，商末的九侯亦称作鬼侯。因此，有些学者以"鬼"来释"九"，认为"九歌"就是鬼歌，可谓深明诗人作《九歌》的用意。

游国恩先生认为，楚怀王非常重视祭祀，曾亲自参加祭神仪式。《九歌》极有可能是屈原在流放前，受怀王之命在民间祭歌的基础上改编的。[①] 如果游先生的说法成立的话，那王逸说屈原"作《九歌》之曲，上陈事神之敬，下见己之冤结，托之以讽谏"[②]，便全无着落了。

---

① 游国恩．屈原［M］．北京：中华书局，1980.

② 洪兴祖．楚辞补注［M］．北京：中华书局，1983：55.

《九歌》中的许多篇章都保留着原始《九歌》诸神的传统形象和固有情结。《晋书·天文志》说，靠西近文昌的叫作上台，“为司命，主寿”。五臣也说，司命原为星名，“主知生死，辅天行化，诛恶护善”①。这说明二司原本为主持人类寿命的星神。据说，神农架地区至今还保留着一种面具舞，舞蹈的内容是驱逐魔鬼以保太平，“与屈原《九歌》中《大司命》驱赶瘟神之内容相似”②。从《楚辞·九歌》来看，《大司命》内容并没有超越这些情结。因而，可以说屈原《九歌·大司命》的情结，正是原始《九歌》祭祀司命之神歌辞的情结。《国殇》原本为哀悼死者的丧歌，这丧歌现在还在鄂西土家族中流传。“丧歌同屈原《国殇》的词意是一致的，丧舞的场面也与《国殇》描写相似。”③ 我想，不是鄂西土家人读了屈原的《国殇》后才有跳丧这种宗教仪式，因为并不是屈原的《九歌》诱生了这种原始宗教仪式，而是恰恰相反。故我们认为，屈原《国殇》中的国殇形象，也正是原始宗教所祭祀的对象。所以，我们不能否定《九歌》具有浓烈的宗教情感。

原始宗教艺术带有强烈的功利性，其情感的指向都为神灵，因而，它并不是纯粹的审美艺术。但是，它又和真正的审美艺术有着许多联系和相似的地方。④ 其中最主要的便是它包含着一定的审美因素。所以，原始宗教艺术不光有“使宗教信仰得到巩固和增强的专门的宗教职能”，还有使“感受这一艺术的人们产生审美感觉和审美判断的审美职能”⑤。因为宗教仪式本身是一种情感的表现形式；原始宗教本身就带有一定的审美倾向，体现着人们改造自然和社会的愿望。“它所激发的情感是根据它在实际生活中的作用而给予重视的那种情感；激发这情感为的是它可以释放那种作用，并且由具有发动和集中效果的巫术活动把这种情感提

① 洪兴祖. 楚辞补注 [M]. 北京：中华书局，1983：71.

② 神农架文化拾零 [N]. 武汉广播电视周报，1986-2-14.

③ 中国文化考古新发现 [J]. 瞭望，1986 (3).

④ 科林伍德. 艺术原理 [M]. 北京：中国社会科学出版社，1985.

⑤ 乌格里诺维奇. 艺术与宗教 [M]. 王先睿，李鹏增，译. 北京：生活·读书·新知三联书店，1987：102.

供给需要它的实际生活。”[1] 这也就是说，原始宗教情感和现实生活中人们给予重视的那种情感是紧密相联的。而现实生活中人们给予重视的情感本身就凝聚着人们的理想。所以，原始宗教中神灵那超自然的力量，正是生产力极不发达的时代人们的渴求；在神灵的身上总是或多或少地集结着人们的审美意向。因而，作为培养宗教情绪的原始宗教艺术，也就必然注入了人们的审美感受，将巫术功能和审美功能紧密地融合在一起。

正是因为宗教情感和真正的审美情感相去不远，宗教情感经过移位就能变成纯粹的审美情感，所以，宗教艺术通过置换变形，很容易变为纯粹的审美艺术。我们欣赏宗教艺术，只要抛弃宗教情绪，便能得到纯粹的审美感受。《天问》的产生，便是宗教情感移位的结果。王逸说，屈原作《天问》是在他被放逐时。他“忧心愁悴，彷徨山泽，经历陵陆，嗟号旻昊。仰天叹息，见楚有先王之庙及公卿祠堂，图画天地山川神灵，琦玮僪佹，及古贤圣怪物行事，周流罢倦，休息其下，仰见图画，因书其壁，呵而问之”。我们不否定这祖庙祠堂的壁画具有装饰意义，但从图画的内容看，也不能否定它具有很浓厚的宗教色彩。《天问》的内容虽然没有超越这祠堂壁画的范围，但从它设问的语气看，显然它并非为表现作者的宗教情感，也没有像祠堂壁画那样的巩固宗教信仰的效果。《天问》虽然由原始宗教艺术而诱生，但它所表现的情感已完全不是宗教情感，而是一种审美情感了。因而，楚国浓厚的巫风，不仅诱发了《楚辞》中具有宗教艺术性质的作品的产生，还对《楚辞》中那些纯文学作品产生了极大的影响。

巫风对于《楚辞》的诱发作用，还体现在它所创造的艺术环境和氛围方面。由于楚国的宗教艺术气氛非常浓烈，因而养成了楚人对于音乐、歌舞诸种艺术的浓厚兴趣。我们读《招魂》《大招》时，便可感觉到这种扑面而来的气氛。《招魂》写道：

---

① 科林伍德．艺术原理［M］．北京：中国社会科学出版社，1985．

肴羞未通，女乐罗些；陈钟按鼓，造新歌些；《涉江》《采菱》，发《扬荷》些……二八齐容，起郑舞些；衽若交竿，抚案下些；竽瑟狂会，搷鸣鼓些；宫庭震惊，发《激楚》些；吴歈蔡讴，奏大吕些。

《大招》也这样描写：

代秦郑卫，鸣竽张只；伏戏《驾辨》，楚《劳商》只；讴和扬阿，赵箫倡只……二八接舞，投诗赋只；……四上竞气，极声变只。

楚国的统治阶级沉湎于声色歌舞之中，而楚国人民对于歌舞的爱好也并不比他们逊色。《对楚王问》说，有人在郢都之中歌唱《下里》《巴人》，城中跟随而和的竟有数千人。我们由此可以想见那一唱千随，歌声此起彼伏的热烈而又壮观的场面，也可想见楚民族对于歌舞的热爱。

这样的风俗，这样的人们，造成了楚国这样一种艺术环境；这艺术环境又通过历史的积淀，形成了楚人对其的热切期待，也形成了楚人爱以文辞才藻来寻求自我表现的创作心理。据《大言赋》《小言赋》载，唐勒、景差、宋玉侍楚顷襄王，顷襄王说，有能大言者赐云梦之田，有能小言者上坐。于是，他们各逞才情，绞尽脑汁，驰骛于文辞以争胜。《登徒子好色赋》也说，登徒子在楚王面前进谗，说宋玉喜欢女色。于是，宋玉在楚王面前大展才藻，使楚王点头称善。人们在这方面的热切期待，而文士又处于这样一种心理状态，何愁没有新诗、新歌！《大招》云："二八接舞，投诗赋只。"《招魂》说："陈钟按鼓，造新歌些。"这歌、这诗、这赋不都是适应着人们对于艺术的酷爱而孕发的吗！

尽管我们不能说《楚辞》中的作品都具有原始宗教艺术的性质，但巫风对于《楚辞》的产生有着不可埋没的功绩却是不可否定的。《楚辞》从巫风的母体脱胎而来，又吮吸着巫风的乳汁而兴盛。

第三节　神话沃壤

现代西方的一些学者曾力图将宗教与神话加以区别。他们认为，神话与宗教的起源乃至它们的性质和功用都是不同的。宗教起源于人们面对令人困惑的自然力和社会力而产生的软弱无力之感；而神话则起源于人类智慧对理解和说明周围现实的基本需求。因而，宗教对于社会发展来说，是一种反动力量，它使人们受制于神秘的力量，而丧失积极地去改造社会和自然的主观能动性；而神话则是一种进步力量，它使人类的自我意识得以腾飞，激发着人们积极地去征服自然；它所描写的对象虽然大多为一种虚幻，但在那种种奇特的幻想之中，却体现着劳动人民对于征服自然的美丽的憧憬。① 我们不否定宗教与神话存在着很多差别，不然，神话和宗教就可以互为代名了。但是，要将它们的起源、性质，乃至功用都分得这样一清二楚，却似乎是很难的。

原始宗教和神话一样，都产生于社会生产力极不发达的时代，都是人们在万物有灵观念的基础上，对自然现象感到困惑而作出的非客观的理解。只不过自然神话是以语言，而原始宗教则是用仪式。在神话之中，对自然神的认识与原始宗教所信仰的神往往是一致的这种现象并不少见。譬如《山海经》所载神祇，就有许多既是神话中的人物，也是原始宗教祭祀的对象。楚国原始宗教中的许多膜拜对象，也同样是神话人物。长沙子弹库出土的战国帛书，可以确定为巫术性文书。但其中祭祀的对象却有伏牺、炎帝、祝融、共工，有些人还以为有女娲、帝俊、禹、契。② 在彝族，原始宗教祭祀呗耄所举行的各种神祭的每一种仪式活动，基本上有一段与之相关的神话作解释。如以洪水神话去说明神祭仪式中的各种神座；以呗耄渡海神话说明神祭仪式念经的来历；甚至于连呗耄使用

① C·A·托卡列夫．宗教与神话［M］//中国神话（第一集），北京：中国民间文艺出版社，1987．

② 李学勤．东周与秦代文明［M］．北京：文物出版社，1984．

的道具，如神祭时呗耄为什么使用神铃，斗笠上为什么系鹰脚，几乎无一不有神话根据。[1] 由此可知，原始宗教与神话起源于一个统一体；在它们最初的阶段又混融为一体；神话是原始宗教的内容，而原始宗教则是神话的具体仪式表现行为。

神话和原始宗教一起产生，神话在最初阶段的流传也往往以原始宗教仪式作为载体。只是到了意识形态领域的分工较为细致的时候，神话和原始宗教才逐渐分离开来，神话才脱离原始宗教而独自流传。但这时的神话已不是原始意义上的神话了。原始人把神话所描写的一切都看作是真实的存在，或者是完全能够实现的事情。而在文明时代，谁若是相信神话描写的事情是真实的存在，便会被嘲为愚人，或被视作三岁孩童。此时人们注意的，已不再是它所描述的神祇的超自然的力量，而是将它作为“艺术”来对待了。神话产生的基础是人们神灵观念的存在。因而，当人们认识到神灵的虚假而对神采取一种冷漠的眼光和怀疑的态度时，神话也就失去了相依为命的伙伴。唇亡则齿寒。神话市场的萧条也就无法避免了。

从西周起，随着中原人历史意识和人的主体精神的确立，宗教热情的冷却，神话赖以生存和传播的万物有灵观念以及原始思维形式在中原民族的现实生活中便逐渐丧失了它原有的地位。在历史意识和理性精神的支配下，中原人不再是从互渗的关系，而是从现实生活逻辑的角度去认识神话、解释神话。他们认为神话所描写的都是虚幻的东西，既看不见，也摸不着，因而，神话是一种荒唐的东西，不近人情。孔子将“黄帝四面”解释成为：“黄帝取合己者四人，使治四方，不计而耦，不约而成，此之谓四面。”[2] 将“黄帝三百年”解释为：“生而民得其利百年，死而民得其神百年，亡而民用其教百年。”[3] 将“夔一足”诠释为有夔一

① 马学良．研究原始宗教和神话，发展民族文化，增强民族团结［M］//中国神话（第一集）．北京：中国民间文艺出版社，1987．

② 太平御览［M］．北京：中华书局，1966：369．

③ 太平御览［M］．北京：中华书局，1966：368．

人便够了。于是，通过这种巧妙的解释，神话人物便变成了历史人物，神谱变成了历史世系，神话变成了历史，神祇所具有的多重的动物因素和超自然的力量奇迹般地消失了，甚至不曾留下一丝印记。《尚书》《左传》这些中原历史典籍虽然也曾有些神话人物的记述，但假若我们不看民间或少数民族流传的神话记录，谁也不会怀疑他们就是真正的历史人物。譬如《山海经·西次三经》说浑敦（沌）

> 其状如黄囊，赤如丹火，六足四翼，浑敦无面目，是识歌舞，实为帝江也。

《庄子》也说浑敦没有七窍，南海之帝与北海之帝为报浑敦善待之德而为之凿七窍，最后将浑敦凿死。《神异经·西荒经》说他

> 其状如犬，长毛四足，似罴而无爪，有目而不见，行不开，有两耳而不闻，有人知往，有腹无五脏，有肠直而不旋，食径过。

但《左传》对他的记载，却全然看不出这兽形的神异，只是说他“掩义隐贼，好行凶德，丑类恶物，顽嚚不友，是与比周”[①]。在这里，浑敦的神性全部被剔除，神格已变成了纯粹的道德图解。

楚国由于巫风盛行，人们的宗教情感仍然保持在狂热的基点上，各种巫术仪式不光为神话的流传提供了充足的条件和大量的场所，而且为新的神话生成提供了肥沃的土壤。楚国公卿祠堂的壁画就大多是原始宗教和神话的混合物，《天问》所载的神话便是来自这壁画。以画来表达宗教情感和描述神话的现象，见于楚人生活的各个方面。从镇墓兽到彩绘木雕小屏，从丝织物的图案到青铜器的纹饰，在表现着楚人宗教情绪的同时，又记录着广为流传的神话传说。当我们看长沙马王堆汉墓出土的

① 《十三经注疏·春秋左传正义》。

彩绘漆棺上的图案时，便会不由自主地惊叹，这里保存着一个神话的王国。在一号墓长 2.56 米、宽 1.84 米、高 1.14 米的棺材表面，“以黑漆为地，上面彩绘着漫卷多变的流云，和一百多个形态诡谲的动物神怪的形象。在画面上出现最多的，是一种似羊非羊、似虎非虎，顶竖长角，兽身有尾的怪物。这种怪物，往往衔蛇操蛇，也有袍服人立的，但四肢似猿，手足不分。过去在长沙、信阳、江陵等地的楚墓中常见有①”。《山海经·大荒北经》记载：“大荒之中，有山名曰北极天柜……有神衔蛇操蛇，其状虎首人身，四蹄长肘，名曰强良。”这漆棺所绘怪物是否就是强良，我们难以肯定，但作这样的联想却并无不可。强良正是汉代一种赶鬼和迎神仪式——大傩中的十二神兽之一。第二层漆棺所绘图案与第一层漆棺不同，但图案同样充满了神话色彩。图案中“所绘怪兽、仙人、动物，相互构成五十多个各具神态的生动场面。包括搏斗追逐，狩猎射击，歌舞弹奏等内容。在棺的盖板上，用三组画面构成一个连续的故事情节；一只仙鹤在悄悄地觅食，青蛇仓猝逃命，怪神叉腰而坐，吞食青蛇。在棺的两侧面绘画中，有怪神与牛在斗架，有怪神间操戈矛、挥剑戟的激烈厮杀，有正在休憩的猫头鹰和正在向上吐气的长尾朱雀，有怪神正在追逐一只飞鸟，有怪神作洋洋自得状，不一而足。怪神和禽兽形态各不相同，变化多端②”。

马王堆一、二号墓虽为汉墓，但墓葬年代离战国时代相去不远。毫无疑问，马王堆汉墓所反映的文化是先秦楚文化的遗传。从楚人爱随葬镇墓兽以防止土伯偷食死者，和随葬帛画引领死者的灵魂升天来看，棺材上所绘反映神话内容的图案显然并非为了装饰，而是要借此来达到一种巫术效果。

从马王堆汉墓漆棺上所绘图案，长沙出土的战国帛书附图十二神祇的形象，以及《山海经》所描写的神祇来看，直至战国时代，楚国的神

① 何介钧，张维明. 马王堆汉墓［M］. 北京：文物出版社，1982.

② 何介钧，张维明. 马王堆汉墓［M］. 北京：文物出版社，1982.

话还基本上保留着自然神话多神教的特征。神祇多为人兽同体，或纯为动物。如帛书附图的东边的第一位神为“兽身蛇颈，小首翘尾”，第二位为“鸟形，二身四首”；南边的第一位则是“二角尖喙，蛇身自纽”，第二位是“人身三首”。[①] 饕餮也是一种兽，“其状如羊身人面，其目在腋下，虎齿人爪；其音如婴儿，名曰狍鸮[②]，是食人”。

出现在楚国文人作品中的神话人物与此不同。《九歌》中诸位神灵没有令人生畏的躯体，但具有人的情感，人的性格。即便是以鬼而名的山神——山鬼，也是那么妩媚动人，窈窕可爱。但是，他们仍然是神，而不是人。在他们身上，依然保留着一种巨大的超自然的力量。云中君能“猋远举兮云中”；湘君能“令沅湘兮无波，使江水兮安流；”湘夫人能筑室于水中居住；大司命能“乘清气兮御阴阳”；少司命能“登九天兮抚彗星”；河伯能日游九河，住的是“鱼鳞屋”与“龙堂”。神话在不同的历史阶段表现为不同的形态。它有一个由动物神到半人半兽神、再到人格神的发展历程。人格神的出现标志着神话进入高级形态。因而，《九歌》描述的神话是高级神态的神话，而不是神话的历史化。

神话与历史的分野，在于神话所描述的故事的非现实生活逻辑和历史的非神性。楚国神话的非历史化倾向，通过《楚辞》中许多作品所记述的神话故事的非现实性而得到了充分的表现。譬如共工的故事。传说共工是一个长着人面蛇身红头发的怪物。他曾经和颛顼争夺帝位，一怒之下，用头触倒了撑着青天的不周山，于是，“天柱断，地维绝”，天开始向西北倾斜，而地则倾向东南。但这个神话故事在历史典籍中的描述则完全不同。在《尚书・尧典》和《国语・周语》之中，共工已完全失去了神异，成为一个彻头彻尾的人。但是，在《楚辞》中，这个故事依然保持着神话的基调。《天问》中有这样的设问：“康回冯怒，坠何故以东南倾?”王逸注《天问》，以为康回就是共工。很清楚，《天问》的设问

---

① 李学勤. 补论战国题铭的一些问题［J］. 文物，1960（7）.

② 郭璞注《山海经》，以为狍鸮即饕餮。

是依据神话的共工故事。

羲和的故事也是如此。在神话中，羲和为日神的母亲。《山海经·大荒南经》有这样的记载：

东南海之外，甘水之间，有羲和之国。有女子名曰羲和，方日浴于甘渊。羲和者，帝俊之妻，生十日。①

中原的历史典籍对羲和也有记载，但羲和不再是日神之母，而是一个历法官员。《尚书·尧典》说：

乃命羲和，钦若昊天，历象日月星辰，敬授人时……帝曰：咨汝羲暨和，期三百有六旬有六日，以闰月定四时成岁。②

《离骚》也有对羲和的描写："欲少留此灵琐兮，日忽忽其将暮。吾令羲和弭节兮，望崦嵫而勿迫。"诗人想在神灵的门前多停留一会儿，但太阳将落山。于是，诗人叫羲和放慢载着太阳的车子的速度，以遂心愿。在《离骚》中，羲和虽然不是日神之母，而是一个掌管太阳的日御，但他绝非一个历法官员，仍不失神话人物的色彩。

楚国由于巫风浓厚，因此保留了大量的原始神话。这些神话和原始宗教融为一体，渗透楚人生活的各个方面，通过多种途径给楚国的文学以巨大影响。《庄子》的寓言基本都从神话脱胎。有些寓言，如《秋水》所描述的河伯与北海若的故事；入水不死，遇火不热的"真人"形象等，我们可作为高级形态的神话来看待。《楚辞》的神话色彩，也正是在楚国这样的一种文化背景中生成。

① 袁柯．山海经校注［M］．上海：上海古籍出版社，1980：381．

② 《十三经注疏·尚书正义》。

第四节　龙凤的蕴含

楚民族是一个崇拜龙凤的民族。楚人的祖先祝融是凤鸟的化身，《白虎通·五行篇》说祝融“其精为鸟，离为鸾”。鸾便是凤。也许是因为祖先为凤的化身吧，楚人对于凤总存在着一种深厚的感情。他们尤其喜欢以凤喻人。传说楚庄王刚刚即位时，整天寻欢作乐不问国事。伍举便进谏问：“有鸟在于阜，三年不蜚不鸣，是何鸟也?”庄王答道：“三年不蜚，蜚将冲天；三年不鸣，鸣将惊人。”[①] 伍举以鸟喻庄王，庄王也以鸟自喻。这鸟飞能冲天，自然使人们联想起庄子所景仰的那大得“不知其几千里”，“怒而飞，其翼若垂天之云”的大鹏。[②] 然这大鹏也就是凤。《说文》说：“鹏，亦古文凤。”在《楚辞》中，诗人也爱将自己或者好人比作凤，而将群党丑类斥为鸡鹜。《怀沙》说：“凤凰在笯兮，鸡鹜翔舞。”这句话将自己比作凤凰，小人比作鸡鹜。意思便是说自己有着伟大的才华和高贵的品质被放置不用，而那些无德无才的小人却当道横行。《尹文子·大道上》还记载有这样一个故事，说有个楚人错把野鸡当作凤凰，高价买来想献给楚王，不幸野鸡在途中死掉了。他把死野鸡献给楚王，而楚王却仍然给他以很高的奖赏。由此而看，楚人确实认为凤是种不同寻常的鸟。

楚人喜爱凤，也同样喜欢龙。各种龙凤的图案也广泛地见于楚人的雕刻、刺绣和漆画之中。江陵楚墓出土了一件铜尊，盖周便有四个鸟形钮；在盖顶和盖缘之间，镂有变形的龙纹和凤纹，“以四个鸟形钮为界分为四个单元，每个单元有六龙六凤，龙纹与凤纹之间施以云纹。龙游、凤翔、云流，极婉转、袅娜、飘荡之美”[③]。在刺绣丝织品中，龙凤的图案也尤受楚人喜爱。1982 年在江陵马山发掘一座楚墓，出土衣物 35 件，

---

① 《史记》卷四十。

② 郭庆藩，王孝鱼．庄子集释［M］．北京：中华书局，1961：2.

③ 张正明．楚文化史［M］．上海：上海人民出版社，1987.

丝绸碎片 425 片。这些丝织物刺有花纹图案。在动物纹中，有凤纹、龙纹、虎纹、马纹、鹿纹等，其中凤纹最多，龙纹次之。在 18 幅刺绣作品中，有凤与龙图案的有 10 幅，有凤无龙图案的 8 幅。在一件绣罗单衣上，有一个凤、龙、虎相斗的图案，凤主宰着整个画面。在这些刺绣中出现的凤纹图案形态可说是多种多样，17 幅有凤的刺绣纹样，没有一件雷同。最奇异的是一件绣绢绵袍上的凤，“凤首如枭，凤腹近圆，正面而曲腿，双翼齐举，两个翼端都内勾如凤首”①，神态极为怪异，被人们称作“三头凤”。这样的丝织图案并不仅见于马山出土的丝织品中。据高至喜《长沙烈士公园 3 号木椁墓清理简报》说，在这座墓的东南两档上，各有一幅裱糊的刺绣，绣的是劲健有力的龙凤图案。漆画方面，江陵李家台四号墓出土的漆盾，便绘有一舞人与虬龙鸾凤相率而舞的图案。在楚墓出土的许多雕塑作品中，凤也是最为主要的形象。江陵望山一号墓出土的彩绘木雕座屏，便表现着凤为保护梅花鹿而与恶蛇搏斗的情景。在包山发掘的楚左尹邵𬱓的棺盖及棺材的两侧壁板上，也绘有“六单元龙凤纹图案，每单元为四龙四凤，凤压于龙纹之上。龙凤间填红彩，整体为四方连续结构。龙一首双身，黄首黄足，黑身金鳞，盘绕成圆角方形。凤黄身黑羽，展翅卷尾，昂首作鸣叫状”②。

楚人如此崇拜龙凤，难道仅仅是他们将凤当作他们的图腾？但是，龙凤崇拜并不仅仅见于楚民族，龙凤的图案也多见于西周时代的中原青铜器。《左传》昭公十七年就载有各种鸟氏族，如凤鸟氏、玄鸟氏、青鸟氏。值得我们注意的是，在春秋中早期楚国青铜器上的纹饰多为窃曲纹、蟠螭纹、夔龙纹、兽面纹、云雷纹、圆涡纹等，而凤纹却少见。凤纹的流行是楚文化鼎盛时期装饰艺术的一个显著特点。③ 由此来看，楚人崇拜龙凤，似乎并不是因为他们将凤作为图腾，而是具有其他特殊的神秘

---

① 张正明．楚文化史［M］．上海：上海人民出版社，1987.

② 湖北省荆沙铁路考古队包山墓地整理小组．荆门市包山楚墓发掘简报［J］．文物，1988（5）.

③ 张正明．楚文化史［M］．上海：上海人民出版社，1987.

意义。

在古人的观念中，凤是一种神鸟。《山海经·大荒北经》说："大荒之中……有神九首，人面鸟身，名曰九凤。"《说文》也说："凤，神鸟也。"但凤的神异并不在它的形态。1949年在长沙陈家大山的一座楚墓中曾出土一幅人物龙凤帛画，画面分为上、中、下三层，在上层的左边绘有一龙，右边有一展翅飞翔的凤，中间是一位服饰高贵华丽的女性，好像在合掌祈祷。下层绘有一个形似弯月的东西。据专家研究，图画的立意是那位女性在龙凤的导引下直上仙境。[①]《离骚》曾说："驷玉虬以乘鹥兮，溘埃风余上征。""吾令凤凰飞腾兮，继之以日夜。""凤皇翼其承旂兮，高翱翔之翼翼。"《远游》："凤凰翼其承旂兮，遇蓐收乎西皇。""祝融戒而跸御兮，腾告鸾鸟迎宓妃。"据《楚辞》来看，凤和龙一样，都是云游的导引者。庄子作《逍遥游》以表达他那"至人乘天正而高兴，游无穷于放浪"的神仙思想[②]，也是将大鹏的飞腾作为最高的境界。在长沙出土的飞仙龙纹铜镜，镂绘的三个有翅赤身的飞仙羽人，正在追逐三条龙。其寓意似乎也是凭借龙的导引而飞升。故我们以为，楚人崇拜龙凤，与楚国神仙思想的兴盛不无密切关系。我们是否可以这样想，楚人崇拜龙凤，意在借龙凤而导引人们升天，以成神仙呢？

战国时期，我国卷起一股求仙的热浪。齐威王、齐宣王、燕昭王等曾派人入海去蓬莱、方丈、瀛洲三神山采仙药。但求仙并不仅仅限于齐、燕间人，神仙思想也不是最早产生于齐、燕之地。

神仙思想较神灵观念虽不知晚出多少代，但却与巫风有着血缘关系。传说远古时代，人神本是相通的；他们彼此的关系都很好，人神可以自由交往，天国也能任意往来。《山海经·大荒西经》就有"能上下于天"的记载。只是到了重黎时代，人与神才开始疏远，变得生疏；随之，通往上天的路也被阻隔了。后来的人与神交往，便需借助于巫。巫的重要

---

① 熊传新．对照新旧摹本谈楚国人物龙凤帛画［J］．江汉论坛，1981（1）．

② 杨勇．世说新语校笺［M］．北京：中华书局，2006：199．

作用便是降神；他同时兼有人与神两种身份。因为他经常与神交往，于是，也具有了神性。所以，他能上下于天向神传达人的想法，也能向人转达神的旨意。最令人向往的是，他们能采到仙药，最后蒙神厚爱，而长生不死。《山海经·海内西经》曾说：

> 开明东有巫彭，巫抵、巫阳、巫履、巫凡、巫相，夹窫窳之尸，皆操不死之药以距之。

《大荒西经》也有这样的记述：

> 有灵山，巫咸、巫即、巫肦、巫彭、巫姑、巫真、巫礼、巫抵、巫谢、巫罗十巫，从此升降，百药爰在。

这些巫，大概也就是最早的神仙吧！

到春秋末期和战国早期，随着阴阳学说与精气学说的出现，人们求仙开始由仙药转向治气食气。

食气求仙与道家的宇宙观有着密切关系。道家认为，世界上的一切都是“道”的产物。道又叫“太一”。由太一生出两仪，即阴阳二气；阴阳二气相互作用，便产生了这万象世界——天地日月星辰、草木鸟兽虫鱼、风雨明晦雷电，等等。这就是老子所说的“万物负阴而抱阳，冲气以为和”①。人虽然为万物之灵，但也和其他事物一样，是阴阳二气交合的结果。庄子学派便说：“人之生，气之聚也；聚之则生，散之则死。”②

道家的这种理论得到了医学理论家们的广泛赞同。和道家一样，中医学认为：

---

① 朱谦之．老子校释［M］．北京：中华书局，2000：175．
② 郭庆藩．庄子集释［M］．北京：中华书局，1961：733．

夫自古通天者生之本，本于阴阳。天地之间，六合之内，其气九州、九窍。五藏、十二节，皆通乎天气，其生五，其气三。数犯此者，则邪气伤人。此寿命之本也。[①]

不光是人的生命，人的生理现象也与气息息相关。他们认为，男子十六岁时和女子交合，能生孩子，是因为精气充足；到四十多岁头发开始脱落，牙齿干枯，是因为精气开始衰退；五十多岁面色憔悴，头发发白，是因为人体上部精气衰竭。于是，通过守气、养气的方法来保持人体的真气，祛除邪气，以保持人的健康，求得长生，也就成了医家防病治病的一种重要手段。他们告诫人们说："虚邪贼风，避之有时；恬惔虚无，真气从之；精神内守，病安从来!"人只要"提挈天地，把握阴阳，呼吸精气，独立守神，肌肉若一"，就能"寿敝天地，无有终时"。[②] 于是，"导引"之术，即通过模仿动物的各种动作，来促使人体吐故纳新气功，便风行一时。导引之术，食气之事便依附着人们对于长生不死和神界的仰慕而成为好仙者执着的追求。《庄子·刻意》说：

吹呴呼吸，吐故纳新，熊经鸟申，为寿而已矣。此道引之士，养形之人，彭祖寿考者之所好也。

《庄子·达生》也记载了这样一个故事，列子问关尹，至人为什么能"潜行不窒，蹈火不热，行乎万物之上而不慄"。关尹告诉他说："是纯气之守也。"《吕氏春秋·地形训》也有这样的话："食气者神明而寿。"

原始人有这样一种思维逻辑，即某些物体接触了另外一种属性的物体，这种物体便会神奇地具有另外的那种物体的功能。神仙家们认为却谷食气能够长生不死，羽化升天，似乎也是出于此种观念。长沙马王堆

① 姚春鹏．黄帝内经·生气通天论［M］．北京：中华书局，2009：18.
② 姚春鹏．黄帝内经·上古天真论［M］．北京：中华书局，2009：5-9.

出土的帛书《十问》就认为："天气月尽日盈，故能长生，地气岁有寒暑，险易相取，故地久而不腐。"[①] 人要长生，便要吸取这天地之气。《淮南子·地形训》中有这样一段话：

> 食草者善走而愚，食叶者有丝而蛾，食肉者勇敢而悍，食气者神明而寿，食谷者智慧而夭。

因而，尽管神仙家已不是原始人，但神仙思想仍主要来源于人们日常生活直观经验的比附，同是原始思维的产物。

传统的看法认为"《易》以言阴阳"。但《易》到底作于何时已难以考证了。《左传》有大量的关于卦爻词的记载，但从每卦必与后来发生的事情相合来看，这肯定为《左传》作者的追附。郭沫若在《周易之制作时代》中以为《易》是战国初年的作品，不知是否可靠。且《易》那"—""— —"两个符号是否原本表示阴爻-阳爻，也是一个未知数。阴阳的概念最早见于《老子》。战国中期以前的中原典籍也很少谈到阴阳。因而，阴阳学说是否产生于中原，是一个还待探索的问题。庞朴先生认为，阴阳的概念产生于南方的枚卜。这枚卜现在也还在我的家乡湖北崇阳流传。卜具多为剖成两半的竹篼。剖面为阳，反面为阴。掷于地上，若剖面一仰一覆，即阴阳相合，为吉；若两剖面同时朝地便为阴，两剖面同时朝上便为阳，都不吉。郭沫若先生认为，卦爻词所记载的那些故事和传说和《楚辞》，特别和《天问》篇，是共通着的。在《周易》里面这种色彩虽然多被洗掉了，但也并未全然消灭。例如最初的乾卦中关于龙的观念，特别是九五爻的"飞龙在天"的那种思想，依然是南方系统的东西。乘龙御天那种浪漫的空想，除掉《楚辞》和《庄子》外，在北方的著述中是没有见过的[②]。他似乎也将阴阳学说视为南方的产物。

---

① 马王堆汉墓帛书整理小组编. 马王堆汉墓帛书［肆］［M］. 北京：文物出版社，1985：146.

② 郭沫若. 青铜时代［M］. 北京：科学出版社，1957.

养气学说似乎也是形成于南方。在中原人的著作中，如《尚书》《左传》《国语》《春秋》以及《论语》《墨子》《荀子》《韩非子》等书中都没有谈到过养气。孟子曾说过一句“吾善养吾浩然之气”，但他所说的“气”是一个伦理道德概念。《管子》中有些地方也谈到气，但似乎并未说过养气、守气。且《管子》成书较晚，内容驳杂，非出于一时一人之手。在现在能见到的先秦典籍中，大谈养气的只有南方的道家。联系早先的神仙原本和巫有密切关系，因而，我们认为神仙思想的发源地应在南方。战国中期楚国的势力早已发展到泗水流域，燕齐间的求仙风气，当是由楚国求仙的热浪波及而成。

楚人向往飘举飞升是很早的事情。《国语·楚语下》记载楚昭王问观射父：“周书所谓重黎实使天地不通者，何也？若无然，民将能登天乎？”从那语气，可看见楚人早已有上天的非非之想。《老子》一书已露神仙的端倪，而到他的后学，求仙已是热门话题。他们所仰慕的至人、真人基本上都是神仙的形象。随着道家学说的播扬，加上巫风的推波助澜，一时间，楚国几乎到处都充满了神仙气氛。《战国策·楚策四》载有这样一个故事，有人向楚王献不死之药，门卫看见，便一把抢来吃了。由此可见楚国神仙风气。

同楚人到处镂绘龙凤一样，在出土的楚国战国时代的文物中，镂绘着以飞仙为主题图画的文物屡见不鲜。1973 年，长沙子弹库出土一幅人物御龙帛画，正中画着一位男子，危冠束发，侧面站立，佩带长剑，手持龙缰。它和人物龙凤帛画为楚国帛画的双璧，其主题也是飞仙。如李学勤所说：“长沙两幅帛画所表现的升仙，当是楚地神仙思想流行的反映。”[①] 在长沙曾出土一面铜镜，纹刻着三个有翅赤身的飞仙羽人。在江陵凤凰山出土的一幅战国漆盾，正面也画有一幅骑龙升天图。长沙马王堆出土的文书，有许多关于求仙、食气方法的记录。如《十问》《天下至道谈》《却谷食气》《合阴阳》等。和这相互印证的，是出土漆棺上那些

① 李学勤．东周与秦代文明［M］．北京：文物出版社，1984．

有关求仙或仙人的图案。如第三层漆棺的挡板上，绘有“龙、虎、鹿、朱雀、仙人和仙山。龙身波浪起伏，虎作张口回首状，梅花鹿两脚粗壮，四足翘举，十分健美。朱雀扑打双翼，似在展翅欲飞。仙人头发斑白，两手攀住龙身”，正在冉冉飞升。①

神仙虽然是非现实的想象，但我们对于神仙思想似可不必横加指责。它同希腊民族的神话一样，也是一个民族精神活性的体现。楚人的神仙思想不光培育了楚人的浪漫精神和幻想情调，还给《楚辞》的创作带来许多直接的影响。

第五节　交错的意象系列

“自风雅寝声，莫或抽绪，奇文郁起，其《离骚》哉！”② 千百年来，人们都将《楚辞》当作“奇文”看待。《楚辞》中奇特的意象系列构成了其“奇”的艺术特征。

楚国巫风炽烈，神话丰富，仙气浓厚。拜神、求仙、讲述神话成为楚人日常生活的一个重要方面。人们通过娱悦鬼神的祭祀仪式，激发人们的宗教情感。巩固宗教信仰的巫歌、巫舞、巫画，把人与神、与鬼、与仙融合为一体。于是，巫术、神话、神仙方面的系列意象，便不断地进入人们的大脑皮下表层，筑起一道原始思维的长城，防止现实逻辑思维的侵入，并形成人们日常生活行为的支配意识，以激发人们的情感和想象力。

由于原始宗教仪式总是将巫术功能和审美功能紧密地结合在一起，而宗教情感和审美情感存在着一定的共通性，巫术、神话、神仙等方面的意象，同样可作为审美情感的载体。因而，宗教依赖于构造神谱和维系信仰的想象力和意象，文学家同样可以用来创造美的意境，抒发自己

① 何介钧，张维明. 马王堆汉墓［M］. 北京：文物出版社，1984.

② 范文澜. 文心雕龙注［M］. 北京：人民文学出版社，1962：45.

的情感。神话思维习惯、宗教表达情感的方式、巫术与神仙的意象群落被激活，对作家的创作产生影响。现实中门、类、种、属的界限被打破，神与人联袂而至，仙与神联手而来，猛兽与凤凰一同飞翔，植物同山石翩翩起舞。它们以各自的神形被驱之于笔端，构成浪漫、神奇的意境。

《楚辞》大致可分为四种不同系统的意象：神话意象系列，巫风意象系列，神仙意象系列，客观社会生活意象系列。而构成《楚辞》瑰丽诡怪浪漫主义色彩的，主要是前三种意象。这三种不同系统的意象系列之间有着密切关系。如神话与巫术都为原始宗教产物，神话与巫术仪式互为表里。但神话毕竟不是巫术，巫术也不是神话。它们之间的区别，我们还是可以通过分析而分辨出来。

神话系统的意象，也就是刘勰诡谲之谈的“托云龙，说迂怪，丰隆求宓妃，鸩鸟媒娀女”“康回倾地，夷羿彃日，木夫九首，土伯三目”等。[①] 这些意象来源于楚国神话和中原神话。它们是构成《楚辞》浪漫主义风格最主要的因素。

在神话系统的意象中，有人们神往的太帝之居悬圃，它处于昆仑之上，谁要是能够爬上去，谁就能够成为神。有太阳的母亲羲和，她常沐浴于甘渊，曾经生下十个太阳，给大地带来了光明。还有太阳居住的崦嵫，洗澡的咸池；叶同桑树，“长数千丈，大二千围，两两同根”的扶桑树；十日常嬉戏攀登的若木；饮之就能长生不死的白水；东方青帝所住的春宫；云神丰隆、神女宓妃；天之尊神太一；湘水之神湘君和湘夫人夫妇；掌管人们生死的少司命、大司命；乘水车、驾两龙的河伯；举长矢射天狼的东君；终处幽篁、无限寂寞的山鬼；无夫而生九子的女岐；争帝不胜，怒而头触不周山，使天柱断、地维绝的共工；衔烛以照亮天地的烛龙；背负蓬莱的大鳌，等等。

巫风系统的意象系列，集中于巫术仪式方面。如占卜、招魂、巫觋降神、娱神歌舞等。古代占卜的卜具有茅、龟、筊等，占者多为巫，因

① 范文澜．文心雕龙注［M］．北京：人民文学出版社，1962：46-47.

为巫能与神交通。故《离骚》说："索藑茅以筳篿兮，命灵氛为余占之。"《卜居》则是专门记载占卜的情况。詹尹可能是专门的卜官，屈原在不知所从的情况下，便去请教他，请他告诉前途的凶吉。于是，太卜"端策拂龟"，为诗人占了一卜。巫能沟通人神，但是神并不是无偿为人服务。人们迎接它的到来，要摆上粳米一类的食物供其享用，以歌舞供它娱乐。然后神才为人们指点迷途，为人赐福。《离骚》便有这样的记述："巫咸将夕降兮，怀椒糈而要之。百神翳其备降兮，九嶷缤其并迎。皇剡剡其扬灵兮，告余以吉故。"《九歌》记载人们迎东皇太一，选择"吉日""良辰"，然后铺上瑶席，以玉作镇，巫觋手拿散发芳香的玉枝，进以惠肴佳酿，奠以桂酒椒浆，又扬枹拊鼓，缓节安歌，陈竽浩倡，以至于"芳菲菲兮满堂"，太一这才高高兴兴地降临人间，为人们除祸赐福。

神仙系统的意象系列主要表现在抒情主人公仙人式的佩食、云游等方面。人们求仙的方法，一是食气，二是食药。他们认为仙都住在天上，能长生不死。因而要成仙，便要飞举。由于楚国仙风浓厚，《楚辞》在这方面的描写也不少。在《天问》中，诗人一再设问："阴阳三合，何本何化?""伯强何处，惠气安在?""何所不死?""延年不死，寿何所止?""受寿永多，夫何久长?"这不光表明诗人有神仙思想，也证明诗人深谙求仙法术。因而，诗人觉得现实污浊时，也不禁仰慕真人、赤松等，在《远游》中仿效他们"求正气之所由""漠虚静以恬愉""澹无为而自得"；随王乔一起，"餐六气而饮沆瀣""漱正阳而含朝霞""漱凝霜之雰雰""吸湛露之浮源"。以排除浊气而保存精气，"保神明之清澄"，然后化为羽人，飞上丹丘，"处雌蜺之标颠""留不死之旧乡"。

值得我们注意的是，《楚辞》中的许多香花美草，都是神仙家们服食，用以延年益寿的药。《神农本草经》便有这方面的记载：

> 菊花，久服利血气，轻身，耐老，延年。
>
> 兰草，辟不祥，久服益精，明目轻身。
>
> 菌桂，养精神，和颜色……久服轻身不老，而生光华，媚好常

如童子。

辛夷，久服下气，轻身明目，增年增志。

木兰，能令人明耳目。

椒，久服轻身，好颜色，耐老，增年，通神。

白芷，上肌肤润泽，可作面脂。

还有芍药、宿莽都可以祛除邪气，保养精神。《神农本草经》本是一部药学著作。它将药分为上、中、下三品，上面所说的这些药物基本都列在上品之中。因而，我认为《楚辞》中的那些香花美草，恐怕不仅仅是用来象征美德。《左传》宣公三年载有这样一件事，郑文公有贱妾燕姞，梦见天使送给她一枝兰草，告诉她说："以兰有国香，人服媚之如是。"既而文公见之，与之兰而御之。燕姞后对文公说，"妾不才，幸而有子，将不信，敢征兰乎?"文公说可以。于是，燕姞生下穆公，取名为兰。后来穆公有病，说，兰死，我也就要死了。最后"刈兰而卒"。《初学记·岁时部》引《韩诗》说："郑国之俗，三月上巳于溱洧两水上执兰招魂续魄，秉兰拂，祓除不祥。"[①] 可见兰草非同一般香草。至汉魏时期，楚地还保留着这样一种风俗：在正月里，为了驱除山臊恶鬼，老少都要喝椒柏酒，饮桃汤；还要下五辛盘，进敷于散，服却鬼丸。[②] 所以，我以为楚人喜爱佩饰香花美草，并不仅仅是为了装饰，而有着更为神秘的意义。

出现在《楚辞》中的这些意象群落，本是人们幻想的产物，因而，它们与客观现实生活意象大异其趣。那些神祇的面目体态或狰狞丑恶，叫人望而生畏；或美若西施，艳不可言。陵鱼"人面人手"，但却是鱼的身子；烛龙为蛇的躯体，却又有着人的面目；康回长着人面、人手、人足，却又是蛇身朱发；至于雄虺则有九个脑袋，怪异无比。和他们的丑恶相反，瑶姬和宓妃则艳不可名状，可谓沉鱼落雁，闭月羞花。《神女

---

① 马瑞辰. 毛诗传笺通释［M］. 北京：中华书局，1989：288.

② 马瑞辰 . 毛诗传笺通释［M］. 北京：中华书局，1989：88.

赋》记载瑶姬的美为“上古既无，世所未见；瑰姿玮态，不可胜赞。”宓妃则更是美貌无比。《洛神赋》记载宓妃“翩若惊鸿，婉若游龙，荣曜秋菊，华茂春松。仿佛兮若轻云之蔽月，飘飖兮若流风之回雪。远而望之，皎若太阳升朝霞；迫而察之，灼若芙蓉出渌波。秾纤得衷，修短合度；肩若削成，腰如约素。延颈秀项，皓质呈露，芳泽无加。”

除了形态与常人不同，他们的居住之地也大不同人间。百神所在的昆仑，“方八百里，高万仞，上有木禾，长五寻，大五围。面有九井，以玉为槛；面有九门，门有开明兽守之”①。上面还长有珠树、玉树、琁树、不死树。山上的墉城，有“金台玉楼”“碧玉之堂，琼华之室，紫翠丹房，锦云烛日，朱霞九光”②。但是，湘夫人的宫室却更为独特。它结茨于水底，以荷叶为屋盖，室壁以荪草为饰，室内用紫贝堆累为台，香椒满堂，白芷芬芳。其屋以桂树为栋，木兰为橑，辛夷为门楣，薜荔为帷帐。它没有墉城的壮观，但却有墉城所没有的万种芳香。

当然，最能引人惊叹的还是他们神奇的力量。后羿开弓，射落了九个太阳，解除了人们的干旱之苦；共工争帝，头触不周之山，竟能使“天柱断、地维绝，天倾西北，地不满东南”。启可以从天上偷来《九歌》《九辩》；王乔、赤松能云游天际，与天地同寿。他们造就了这个世界，却又将人心引离了这个世界！

神话、巫风、神仙三个系统的意象系列，在《楚辞》的一些篇章中虽各有侧重，但更多的是它们交错在一起，出现在《楚辞》的每一个诗篇。如《九歌》是神话，又是巫歌，但从那些神祇喜爱佩饰香草来看，却又无不带有一丝仙气。大司命则如仙人一样，“乘清气兮御阴阳”。在中国古代，神话和巫术、巫术和求仙术、神与仙原本在各自的流传过程中已相互渗透、融合，所以，这些意象融为一体出现在《楚辞》中，也就是很自然的事了。

---

① 袁柯．山海经校注［M］．上海：上海古籍出版社，1980：294.

② 张华，王根林，等．博物志（外七中）·海内十洲记［M］．上海：上海古籍出版社，2012：110.

这些意象本身就已是很奇特了，但它们给人以至深感受的却不是单个意象本身。人们在见到这些意象时，不能不产生某些超出意象之外的浮想。如我们一见到“真人”，便仿佛看见姑射山那个吸风饮露的神仙。这便是所谓“意在言外”。同时，这些意象在原始思维的支配下有序排列，由单个意象变成一个个相互交融的意象活动集群。如《离骚》关于周游云天的描写。神与诗人心心相印，为之前后奔走，风、云霓与神祇相随相和，前呼后拥。这神异已非单个的意象所能比拟了。

当然，假若《楚辞》仅具有这三个方面的意象，我们就可以将《楚辞》看作神话、或仙话、或巫歌了。但《楚辞》既非神话，也非仙话和纯巫系文学。尽管《九歌》《招魂》《大招》等带有浓厚的宗教情绪，但这只是《楚辞》中的一小部分。《楚辞》有关客观现实生活的描写在诗篇中起着支配作用，贯穿于每一作品。只不过表现这情感的要素不是按现实生活逻辑结构，而是巧妙地将其融进神话、巫术、神仙诸方面系列意象中，以清除人们认识事物和表现事物的那种习惯性倾向，使人们所熟知的事物在读者的心目中发生变异，而给人们一种全新的、神奇的感觉。譬如《离骚》，诗人所要表现的是自己在现实中那种对于理想的执着追求，和这理想得不到实现的愤懑。但诗人抒发这情感并不是通过人们所熟悉的现实生活中的种种行为方式的描述；而是赋予抒情主人公以神性、仙性，通过他与人神交往所表现出来的与诸神的矛盾关系，来展示这位抒情主人公那复杂的内心世界，抒发作者的现实生活情感。诗人似乎在不自觉地运用着“陌生化”的方法，将描写对象从人们通常的感知领域，转移到一个全新的感知领域；以人们感到陌生的神话、巫术、神仙等系列意象，向人们转达自己对于现实生活的直接体验，而达到虚中有实、实中有虚、虚实相映、化平淡为神奇的艺术效果。

第六节　人、神、仙

文学源于现实生活，许多文学作品中的主人公都可以在现实中找到原型。但文学作品中的主人公是作家审美化了的产物，是作家理想的结晶。因而，文学作品中的人物已不等同于现实生活中的原型了。同样，《楚辞》中的抒情主人公形象也不是现实中的屈原和宋玉。

楚国自古以来就对神极为崇拜。神仙思想兴起后，对于仙的追求也成为一种时髦。在这种特定的文化心理氛围之中，这种由历史积淀而形成的时尚，也在《楚辞》的作者心中引起强烈的共鸣。因而，作为诗人思想性格、情感意趣、人格理想具体展现的抒情主人公形象，也大都带有神的色彩、仙的姿态，具有着众多的超现实因素。

《楚辞》中屈原作品抒情主人公的神性，通过他的族系、人格理想和超自然力的行为方式而得到了充分的表现。《离骚》开篇就说自己是帝高阳的后代，这高阳就是一位显赫无比的尊神。从《离骚》对此叙述的语气来看，主人公是为之而感到无比骄傲的。但这不是因为别的，而是因为这位尊神同自己有着血缘关系。这关系，正是他神性的明确表现。

《楚辞》中有一个有趣的现象，那就是抒情主人公景仰的大都是神话中的古代帝王。从《离骚》和《九章》来看，这些帝王始终是他的楷模，是他所追求的完美的人格形象。在《离骚》中，他多次表示要仿效“三后之纯粹”“尧舜之耿介”，念念不忘鲧的婞直，汤、禹的祗敬。《怀沙》也曾悲叹“汤、禹久远”，“重华不可遻”。《哀郢》颂赞：“尧舜之抗行兮，瞭杳杳而薄天。”这些来自诗人内心的呼唤，表明主人公所追求的完全是他们的人格，他们的英雄业绩。

在中原，这些帝王都是古史之中的人物。屈原作品中的抒情主人公也相信他们真实地存在着，但不是作为历史帝王，而是作为神而存在。譬如鲧与禹。据《山海经·海内经》说：“鲧窃帝之息壤以堙洪水，……帝令祝融杀鲧于羽郊；鲧复（腹）生禹。”《归藏·启筮》也说：“鲧殛死，三岁不腐，副之以吴刀，是用出禹。”[①]《天问》中有他这一故事的设问：

① 严可均. 全上古三代文 全秦文［M］. 北京：商务印书馆，1999：195.

> 鸱龟曳衔，鲧何听焉？顺欲成功，帝何刑焉？永遏在羽山，夫何三年不施？伯禹愎鲧，夫何以变化？

显然，《天问》的设问承袭于神话故事。同样，尧舜也是作为神出现在《楚辞》中。《离骚》有“就重华而陈词”之语，《九歌》中的湘水之神湘君便是舜。故我们可以肯定，《离骚》《九章》中的那些古代帝王在抒情主人公眼里被当作神来看待。诗章的抒情主人公所追求的完美的理想人格，实际上就是神格。这正证明着，诗章的抒情主人公将自己当作了神的化身。

《离骚》《九章》等都集中地体现了抒情主人公对于理想的执着追求和这种追求的绝望。他想为祖国效力，但国人对于他的行为却不理解；他竭力尽忠君王，但君王却流放了他。这种情结，在《九歌》各神的身上表现得异常充分。湘君盼望湘夫人的到来，吹起洞箫；为了使她一路顺风，他“令沅湘兮无波，使江水兮安流”。但这犹如“采薜荔兮水中，搴芙蓉兮木末”，只是令人失望的单相思。按理说，两两相恋，必能结合。湘夫人与湘君约好佳期，站在袅袅秋风中，登上白薠眺望。但这只不过是一场梦幻。山鬼独处幽篁，无限的寂寞无时无刻不在折磨着她。她在山间采着灵芝草，以至于想着公子而忘了回家，而这只不过是自作多情。这些神祇的绝望的追求与抒情主人公那种绝望的追求该是多么相似！

当然，抒情主人公的神性最集中的体现还是他不受时间和空间以及事物种属界限的限制，与远古的神祇和低等动物自由交往。他能就重华而陈词，诉说这世间的不平；叩天关而见天帝，倾诉自己的苦衷；能让五帝和咎繇来评判这现实的曲直；也能派鸠鸟为自己做媒，去求美女宓妃。那云天，那缥缈的神境，如昆仑、悬圃、阆风、天津、白水等，人不可及，而他却可以自由往来；那尊贵的神祇，如羲和、望舒、飞廉、丰隆、雨师、雷公，乃至于祝融、蛟龙、凤凰、山川、云霓都可以任他驱使。那权威、那云游天空的浩大而又壮阔的场面，只有众神的统治者才能匹配，而神的统治者当然也就是神了。

也许是因为《楚辞》抒情主人公的神性特别突出吧，故很多人都把他当作一个神话式的人物①而忽视了他的仙性。这不能不说是一个遗憾。当然，这也难怪，中国古来神、仙联言，神、仙互渗。《庄子·逍遥游》说：

> 藐姑射之山，有神人居焉，肌肤若冰雪，绰约若处子；不食五谷，吸风饮露；乘云气，御飞龙，而游乎四海之外。

这神人可说是神，因为他和神一样御飞龙、能游乎四海之外。但仔细看来，他又不是神。他不食五谷，吸风饮露，乘云气，则又完全是仙的形象。这样就造成了半神半仙、亦神亦仙、神仙混融的状况。

和这藐姑射神一样，《楚辞》的抒情主人公也大都带有神仙的气质。《远游》的抒情主人公遭“时俗之迫阨”，心情郁结，“夜耿耿而不寐”。由此而想到时光之悠远，人生之短暂，萌发了登仙的念头，希望同赤松子、王子侨辈同“留不死之旧乡”。他从排除世俗俗念开始，由“漠虚静”而进入“餐六气而饮沆瀣，漱正阳而含朝霞”“壹气孔神”，便终于“掩浮云而上征”，飞升了，进入了那天皇所居的清都，“经营四方”“周流六漠”。再如《悲回风》的抒情主人公。他“上高岩之峭岸”，“处雌蜺之标颠，据青冥而摅虹”“遂儵忽而扪天，吸湛露之浮凉”，“漱凝霜之雰雰”。神能上天入地，凌云飘举是肯定的，但这位主人公却不是神，神的超自然力是先天的，并不需要去“吸湛露之浮源”“漱凝霜之雰雰”，可以免除那修炼的困苦。

《涉江》塑造了这样一位抒情主人公形象：他头戴切云之冠，身穿奇特的服装，腰间悬挂着明月宝璐，手按着佩挂在腰间的长剑，驾着青虬和白螭，与重华同游瑶圃“食玉英”。他所追求的是“与天地兮同寿，与

① 董楚平. 离骚首八句释［J］. 浙江学刊，1984（5）。

日月兮齐光”。看到这形象，我们不由得想起长沙出土的那幅人物御龙帛画。那画中的男子也是广袖裙袍，头上戴着高冠，腰佩长剑，手握龙缰，驾着飞龙冉冉升空，飞向仙境。他们是何等相似！

《离骚》的抒情主人公也有着仙人对长寿的追求。他说：“扈江离与辟芷兮，纫秋兰以为佩；汩余若将不及兮，恐年岁之不吾与。朝搴阰之木兰兮，夕揽洲之宿莽，日月忽其不淹兮，春与秋其代序；惟草木之零落兮，恐美人之迟暮。”过去，人们对这段话一直是这样解释：这香花美草都象征着诗人美好的品质。诗人感到时光倏忽，人生短促，故要抓紧时间培养自己的美好品德。我并不反对《离骚》中的香花美草有象征美德的意义，但在这单把江离、辟芷、秋兰、木兰、宿莽都看成是美德的象征，则似乎有些牵强。孔子说：“我欲仁斯仁至矣。”美德的培养，关键在于有心为德，和时光流逝的关系似乎并不密切。《楚辞》中记述的香花美草，大多为仙家求仙的药物，所以，《楚辞》中的那些香花美草，就似乎不仅仅是美德的象征。诗人采摘香花、佩食美草也恐怕不仅仅是象征培养美德。因而，这段诗我们是否可以这样解释：抒情主人公感到时光流逝，人生易老，壮志未酬，便想服药成仙，延年益寿，以成功业呢？这位主人公心里老是想着“老冉冉其将至兮，恐修名之不立”，担心“鹈鴂之先鸣兮，使夫百草为之不芳”，故曾“朝饮木兰之坠露兮，夕餐秋菊之落英”。王逸注曰：“言已旦饮香木之坠霜，吸正阳之津液；暮食芳菊之落华，吞阴阳之精蕊，动以香静，自润泽也。”他在后面也说：“耿吾既得此中正。”马王堆出土的《却谷食气篇》说：

> 春食一去浊阳，和以［銧］光、朝暇（霞），［昏清］可。夏食一去汤风，和以朝暇（霞）、行暨（注：即沆瀣，北方夜半气），昏［清可。秋食一去］□□，霜雺（雾）。霜雺（雾）和以输阳、銧，昏清可。冬食一去凌阴，［和以］□阳，銧光，输阳、输阴，［昏清可］。

却谷食气是神仙家求仙的方法。可见，《离骚》的主人公确实有求仙的念头，并且有求仙的行为。

《楚辞》的抒情主人公形象，诞生于楚国巫风和求仙风气特盛的文化氛围之中，他以浓厚的神性和仙性为《楚辞》增添了无比瑰丽的色彩。如果我们忽视这一点，就不能真正把握这些诗章抒情主人公的艺术特征。但是，另一方面，他又不可怀疑地再现了诗人在实际生活中那屡受排挤的坎坷的悲剧命运。正是这样，这些作品才具备着深刻的内涵，才能有千百年来不断地激发着人们情感的艺术魅力。假若我们将诗歌再现诗人实际生活的悲剧命运称为作品的人性因素的话，就《楚辞》艺术特质的构成而言，作品所表现出来的抒情主人公的神性和仙性因素，只不过是具有象征意义的表层特质，而那人性因素则是体现其思想内涵的深层特质。毫无疑问，诗歌抒情主人公对于世俗的深刻揭露，对于腐败现实的无情批判，都表现着诗人那愤世嫉俗的精神，而且为抒情主人公的精神内核。而他的神性、仙性都不过是这精神内核的外化和象征，是诗人理想和现实不可调和的矛盾的艺术化反映。

第三章　楚骚的精神氛围

说到《楚辞》，当然不能不谈“屈骚精神”。那么，到底什么是“屈骚精神”呢？是《楚辞》所表现出来的诗人对于君王的无限忠诚，还是王逸、刘勰、晁补之以及洪兴祖等人所称颂的如同《诗经·小雅》的那种“怨刺”，即对于现实的揭露和批判？抑或是朱熹和许多现代学者同口盛赞的对于宗国的热爱和对民族兴亡的忧虑？不能否定，这些说法都抓住了《楚辞》精神的某一方面。但是，当我们吟咏《离骚》、驰骋于诗人想象世界的时候，当我们看到诗人面对苍天而问个不停的时候，当我们惊叹《招魂》《大招》所描写的四方的诡怪和国人所沉醉的那醉饮狂呼、轻歌曼舞的情境的时候，我们所感触到的难道仅仅是这些？如果说这其中还有着更深的文化底蕴，那这底蕴是什么？它又怎样产生和形成？

第一节　屈骚精神

千百年来，人们都在称道“屈骚精神”。但“屈骚精神”到底是一种什么样的精神，却有着多种不同的看法。在近两千年来的《楚辞》研究史上，这一直是《楚辞》研究者争论的一个中心问题。

对于《楚辞》的研究，在西汉早期就开始了。那时研究经学注重“微言大义”，人们注意到《楚辞》，也是从《楚辞》所表现出来的精神现象着眼。淮南王刘安作《离骚传》，首先称颂的并不是《离骚》的文采，而是它所体现的作者的人格精神。他认为：“《国风》好色而不淫，《小雅》怨诽而不乱，若《离骚》者，可谓兼之矣。蝉蜕于浊秽之中，浮游尘埃之外，皭然泥而不滓，推此志，虽与日月争光可也。”刘安在肯定《离骚》的“怨刺”精神的同时，也肯定了诗人伟大而又高尚的人格。毫无疑问，刘安将屈骚表现的对自我人格完美的追求当作《离骚》的主旋律来看待。班固对于刘安对屈骚的评价则颇有微词，认为刘安“斯论似过其真”，批评屈原：“露才扬己，竞乎危国群小之间，以离谗贼。然责数怀王，怨恶椒兰，愁神苦思，强非其人，忿怼不容，沉江而死。”班固完全否定屈原，当然毫不足取；但是，他对于屈原及其作品的批评，却并非毫无根据。至宋代朱熹，他根据当时民族矛盾斗争的需要，以理学为指导思想来诠释《楚辞》，认为屈骚表现的主要是“忠君爱国”精神；屈原自沉，是“不忍见其宗国将遂危亡”①。

自从《楚辞》产生以后，人们对于它精神评论的言论不少，但归其趣，大抵没有超出这三说的范围。历代学者，他们生活的时代，各自的生活道路以及审美倾向都不尽相同，因而，他们所认识到的“屈骚精神”也略有差异。从接受美学的观点来说，这都是无可厚非的。就是今天，许多作者品评《楚辞》思想，也都旨归于忧国爱民，将屈原的死，理解成以身殉国。

毋庸置疑，屈原的许多作品都表现出一种强烈的爱国思想情感：忧国之思，乡国之情可谓溢于言表。他殷切希望楚王不要效法夏康、五子和后羿，应该像那些贤明的君主，明修政令，任用贤才，使国家繁荣富强，人民安居乐业。在他深感现实黑暗，自己苦苦追求的理想完全不可能实现而幻想云游太空，欲远涉他乡时，他忽地看到故乡的山山水水，对家国的眷恋之情又突然复萌，战胜了他到他国寻找出路的欲念；当郢都被秦军攻破，人民逃散时，他望着家乡大道旁的梓树长长叹息，流下了悲伤的眼泪。在《招魂》中，诗人历数东西南北的险恶，盛赞故里之美丽，把故里看作人间天堂，呼唤着“魂兮归来”。这些都表现出诗人对于乡国的拳拳之心、赤子之情。但是，我们也应该注意到，屈原没有离开祖国而远走他乡，不像纵横之士那样朝秦暮楚，并没有想过远离祖国。当自己屡被排挤，放逐山野而郁郁不得志时，他也曾想从灵氛之吉占，

---

① 朱熹．楚辞集注［M］．长沙：岳麓书社，2013：4.

“历吉日乎吾将行”，背井离乡，去找一个实现自己理想的地方。《离骚》全篇也都表现着诗人是留还是走的激烈的思想斗争。从屈原作品所歌颂的历史名人来看，也有许多是远离家国，帮助别国效力的人，如伊尹、姜太公、宁戚、百里奚，甚至还有背叛楚国，率领吴人来攻破故都的伍子胥。这说明屈原虽然热爱乡国，然他的心胸却又并非某些人所说的那样狭隘。

屈原与党人的斗争，我们很难说是爱国与卖国的斗争。我们不能否定屈原对于楚国君主的忠诚，因为在《楚辞》中，诗人对于国君思念和表白的言辞随处可见。《离骚》曰：“岂余身之惮殃兮，恐皇舆之败绩。”《惜诵》说：“所非忠而言之兮，指苍天以为正。”“思君其莫我忠兮，忽忘身之贱贫；事君而不贰兮，迷不知宠之门。”《哀郢》言：“楫齐扬以容与兮，哀见君而不再得。”在当时，君主与国家固然有着一定的联系，人们认为君在即国在，君亡即国亡。但忠君并不等同于爱国。倘若将忠君视同于爱国，那谁也难以否定令尹子兰之辈不忠于怀王。令尹子兰等或许人品不那么高尚，还犯有这样那样的错误，但我们不能因此说子兰之辈就是卖国贼。《屈原贾生列传》说，屈原在怀王时曾作过左徒，怀王对他很信任。他与党人矛盾的起因，是因为：

> 上官大夫与之同列，争宠而心害其能。怀王使屈原造为宪令，屈平属草稿未定；上官大夫见而欲夺之，屈平不与。

上官大夫于是向怀王进谗说：“王使屈平为令，众莫不知。每一令出，平伐其功，曰以为非我莫能为也。”[①] 怀王因此而发怒疏远了屈平。怀王是否是因为这一件事情就疏远屈原，固然是值得怀疑；但可以肯定，屈原与党人的矛盾，并不都具有什么爱国与卖国的性质。党人进谗，是因为嫉妒屈原的才能；而屈原被怀王疏远，也只是因为怀王听信谗言。我想，

① 《史记》卷八四。

假如屈原不再升迁，就那样一直做他的左徒，他是不会有什么怨言和愁绪的。因此，我们认为屈原奔走于楚王前后，对怀王抱着一颗拳拳之心，固然有着众多的爱国因素，但又并非完全出于爱国；其中还有一点，是他欲讨得怀王的重用，借助怀王去赢得自我价值的实现。

我并不以为班固批评屈原“露才扬己”就是否定屈原。屈原确是一个自我意识非常强烈的人。在他的整个作品之中，无不表现着他对于自我的狂热崇拜。也许那些伟大的人物都是如此吧！他崇拜自己的才华，自比于尧舜禹汤。名为正则、字为灵均意味着他坚信自己秉赋着天地神灵之智慧，治理国家将会“上能安君，下能养民”①，是“千里之驹”“亢轭之骐骥”。他崇拜自己的伟大人格，认定自己是真与善的化身。“众皆竞进以贪婪”“凭不厌乎求索”“忽驰骛以追逐”，他说，这“非余心之所急”。他借女媭之口，称道自己“博謇而好修兮，纷独有此姱节”。明言自己“重仁袭义”“谨厚以为丰”“怀质抱情，独无匹兮”。作为高尚人格的象征，他的穿戴打扮也和众人不同，《离骚》记载他“高余冠之岌岌兮，长余佩之陆离”，而且“自幼好此奇服”。他佩戴着香花美草，朝露、落英以为饮食，大有不食人间烟火之味；而且“年既老而不衰”。总之，在他看来，自己的品质可以光照日月；像幽兰美玉，芬芳莹洁；如出水芙蓉，泥而不滓，在整个楚国无与伦比。

正是因为他坚信自己杰出的才华和高尚的人格，所以，他有着一种常人所没有的强烈的责任感和使命意识。他要为楚王“导夫先路”，将楚国引向繁荣昌盛。他希望、也坚信自己能担负起楚国的历史重任。能和禹汤为伍，与尧舜比肩；作出一番伟大的业绩，名留青史。

但遗憾的是，屈原却在世为臣。他可以依靠自己的努力而保持自己的高尚人格，并通过不懈的修养而臻至完美，但他要实现自己的伟大理想，做出一番惊天动地的大事业，却必须凭借楚王对自己的信任。而当时的社会又是漆黑一团，美丑不分，凤凰在笯而鸡鹜翔舞，整个社会没

① 洪兴祖. 楚辞补注［M］. 北京：中华书局，1983：4.

有一个人理解他。在他面前，始终存在着一个强大的对立面。他们在楚王面前不停地搬弄是非，佞言巧语离间他和楚王的关系。于是，摆在屈原面前的道路便是，要么放弃自己的理想与党人同流合污；要么坚持自己的理想被疏远流放。但是，他那自我实现和自我人格完善的愿望又是那样强烈，决定着他既不能放弃自己的理想，也不能与党人同流合污。于是，这便构成了他理想与现实的尖锐的、难以调和的矛盾，注定了他被疏远流放、终身不能实现自己的理想而遭受深沉忧患折磨的痛苦命运。

从表面看，屈原主要是被他那强烈的自我意识推进了痛苦的深渊。正是因为他对自我实现和自我人格完善的要求极为强烈，而楚王又是那样昏庸，社会又是那样黑暗，使他无法赢得自我的实现，因此形成了他理想与现实社会尖锐的对立，使他的心灵长期处于破碎状态。但是，从更深层的本质看，这责任却又不在他强烈的自我意识方面，而是那黑暗的现实。正是这样，诗人的自我精神才具有了悲剧意义，《离骚》《九章》才得以产生，才得以有那样猛烈撞击人们心扉的力量。因为正是这黑暗才得以显示出诗人精神的光辉；正是小人的丑恶才得以显示诗人心灵的伟大；使人们觉得诗人“不应遭殃而遭殃”，而引起人们深深的同情。

屈原强烈的自我意识是他对理想追求的一种重要动力。“屈骚精神”精华的一个重要部分，也是他由自我意识而激发出来的那种深感理想难以实现而又追求不舍的、宁愿忍受无限孤独和深沉忧患折磨，至死也不改变初衷的那种自强不息的奋斗精神。应该看到，诗人在自恃才华出众、品格超群而遭到小人谗毁，以致被楚王疏远流放后，已深知整个楚国不光是没有人支持他，甚至连理解他的人也难以找到；因而，自己要回到楚王的身边，是完全不可能的了。在《涉江》中他便说：“接舆髡首兮，桑扈臝行；忠不必用兮，贤不必以；伍子逢殃兮，比干菹醢。”《怀沙》也曾这样叹息：“重华不可遌兮，孰知余之从容？”“汤禹久远兮，邈而不可慕。”“伯乐既没，骥焉程兮？”他对楚王是死了心了。但是，他那自我实现的愿望却始终没有泯灭，他所认定的道路始终没有改变。《离骚》后半部分所描述的自己一而再、再而三的探索便是明证。诗人反复表白：

“路漫漫其修远兮，吾将上下而求索。”“览相观于四极兮，周流乎天余乃下。”“和调度以自娱兮，聊浮游而求女；及余饰之方壮兮，周流观乎上下。”无疑，这都是诗人对于理想追求的象征，是那崇高的追求目标在诗人心里躁动的显现。

也许，诗人放弃自己的人格理想，随波逐流，可以永远受到楚王的宠爱，免遭被流放的命运和由此而带来的忧患的折磨。诗人知道，自古以来富有才华而又正直不阿的人都没有什么好结果。“鲧婞直以亡身”“伍子逢殃”“比干菹醢”。社会就是这样，《怀沙》记载“离娄微睇兮，瞽以为无明；变白以为黑兮，倒上以为下”。自己被流放，也是因为自己独立不迁，而遭受小人谗毁所致。如他在《离骚》中所说：“众女嫉余之蛾眉兮，谣诼谓余以善淫。”《昔往日》曾叹：“心纯庬而不泄兮，遭谗人而嫉之。”但是，他从没有想过变节从俗。他始终坚信，不义不善不可担当历史重任。因而，即便是自己“愁苦而终穷”，也不能“变心而从俗”。他以伟大的人格精神承受着社会现实给他带来的一切痛苦折磨。在《离骚》、在《九章》，我们随处可以感受到他那五内如焚的对于民族、对于君王、也对自己命运的忧虑；感受到现实的不平带给他的深沉折磨，他发出了撕裂人心的痛苦和愤怒的呐喊；他对于自己的人格理想却没有半句后悔的话。面对着被君王抛弃，被党人谗毁，被朋友出卖，甚至是连女媭也对他不理解而带来的无限孤独，他虽然感到无限痛苦，也想逃避，像仙人、像隐士那样远离现实，找一个安宁的去处去过一些清静的生活；但这是后悔当初看错了人，而不是对自己坚持完好内美的反悔。而且，随着痛苦折磨的加深，他对于完美人格的追求也愈来愈执着，愈来愈强烈。他在《离骚》中反复宣誓，“亦余心之所善兮，虽九死其犹未悔”“宁溘死以流亡兮，余不忍为此态也”“伏清白以死直兮，固前圣之所厚”“虽体解吾犹未变兮，岂余心之可惩”“阽余身其危死兮，览余初其犹未悔”。在《涉江》中说“苟余心之端直兮，虽僻远之何伤”“余将董道而不豫兮，固将重昏而终身”。自从被流放起，他似乎就做好了为自己的高洁而献身的准备。

从屈原到现在，社会已朝前迈进了几千年了。但是，由较为强烈的自我意识和社会黑暗而导致的个体和社会现实对立而形成的悲剧却层出不穷。从贾谊、司马迁到曹植、李白、辛弃疾，以及关汉卿、汤显祖、曹雪芹等，无不推崇屈骚，而又都在一次又一次地重复着屈原的这种悲剧。也许，这正是人类生存方式中主要的悲剧之一吧，故他们的作品也无不具有震撼人心、催人泪下的艺术力量。

在世界上，人是最为复杂的。而人的复杂，全在于人的精神和心灵的复杂。文学作为人的心灵的产物，表现的精神也必然不是单一的。伟大的作家的作品更是如此。屈骚的思想内涵是极为丰富的、复杂的，对于读者有着“横看成岭侧成峰”的不同效果。“屈骚精神”，既包含着他爱国忧民的思想，又饱含着诗人强烈的自我意识，以及由之而来的历史使命感，对现实社会、对民族、个人命运的深沉担忧；同时，也包含着诗人为自我实现、自我人格完善而甘愿承受现实不公而带来的一切痛苦的折磨那种强烈的自强自立的进取精神。它是一个多层次的全立体结构。我们反对将问题复杂化，但任何将“屈骚精神”片面化、简单化的看法也是不可取的。

第二节　原始遗存

当我们把文学同其他文化现象割裂开来看待屈原的作品时，我们会觉得“屈骚精神”不过是当时社会一种偶然的产物。但当我们将探索的目光从屈原这单个的人转向楚国的历史和当时的整个社会时，我们就有了不同的结论。从伍子胥报杀父之仇，从申包胥为救楚国而哭于秦廷七天七夜，从楚被秦灭亡后，时人“楚虽三户，亡秦必楚”的预言，我们都可以感受到楚人那种强烈的追求精神和悲剧意识。

“屈骚精神”实际上是楚国民族文化精神在楚国文学中的具体体现。这种精神的形成，既与当时的社会意识形态有着密切关系，也有着它悠久的历史渊源。

楚立国于西周初年，至公元前223年被秦国灭亡，前后共800多年。然而，楚民族的历史却比这年头要久远得多。立国之前，楚民族的祖先已经在楚这块沃土上不知道生活了多少年。在这漫长的岁月里，先楚民族在同大自然的斗争和中原民族的斗争中，通过他们对人类社会生活的独特体验，和这种体验的历史积淀，逐步形成了不同于中原那种强烈理性精神的先楚民族文化精神。毫无疑问，先楚民族文化精神对于楚文化的发展，有着极其巨大的影响。如果我们不否定一种新文化的形成是旧有文化积淀结果的话，我们就不妨认为先楚民族文化精神是战国时代楚民族文化精神的内核。那么，先楚民族文化精神到底是一种什么精神呢？

历史留给我们的除了遗憾再就是疑难。中华民族有着5000年的文明史，但有历史文献记载的却不过3000余年。同中原民族比较，有关楚民族的历史记载则更晚。中原民族在殷商时代的状况，我们还可以通过殷墟出土的片片龟甲看到一个较为清晰的轮廓，但那个时代的先楚民族，却没有甲骨文留下来。那时，他们似乎还处在结绳记事和刻木为契的时代。即便是西周时期的楚民族的历史，也只有少得可怜的点滴记载，给我们一个极为模糊的印象。至于先楚民族的历史，当然也是很模糊。虽然近年来在江汉流域发掘出一些新石器时代的文化遗址，但从那出土的石器和陶器碎片，我们到底能看到先楚民族文化精神的什么呢？

好在楚民族给我们留下了较丰富的南方民族的神话传说。这些神话传说当然不是信史，但是，它也非凭空捏造。神话是原始人类对于超自然物信仰和膜拜的结果。虽然它所述说的事情大都是虚幻的，但是，其中却饱含着神话创作者们的主观愿望，是映象和对象、主观和客观、内在和外在尚未分解的统一。在神话中，观念的东西与物质的东西是完全混同的。也就是说，“凡是物质的东西都显得仿佛是观念的东西”①。在社会神话中，神话实际上是对现存社会规章制度、风俗和伦理规范的合

① 乌格里诺维奇. 艺术与宗教［M］. 王先睿，李鹏增，译. 北京：生活·读书·新知三联书店，1987：68.

法化论证。只不过这种论证不是以抽象议论的形式，而是采用具体感性映像的形式。正是在这一意义上，荣格认为，原始人并不是以智力发明神话，而是以自己的思想行为体验神话。因而，神话既是虚假的，又是真实的，是虚幻和真实的合一。它所描述的事情无疑是不存在的，但它所反映的人们的思想观念却又是真实存在的。所以，包括维柯、爱默生、尼采等许多人都以为，神话像诗一样，是一种真理，或者是一种相当于真理的东西。神话或诗作为一种思维方式，比逻辑理念更接近真实。因而，通过南方民族的神话，我们不难窥探到先楚民族文化精神较为清晰的影像。

神话里先楚民族精神用阶级社会的伦理道德术语来说，就是自傲、贪婪、淫逸、毫无礼义。譬如蚩尤神话。蚩尤神话是炎帝系神话中流传极广的一个神话。传说蚩尤为三苗酋长，在黄帝摄政之前，有兄弟 81 人，“并兽身人语，铜头铁额，食沙石子，造立兵杖刀戟大弩，威震天下。诛杀无道，不仁不慈”。就是黄帝也拿他没有办法，只是在得到玄女送来的上天给他的兵信神符后，才得以制服蚩尤。但蚩尤死后，他的神灵仍然搅得天下不安宁，“八方万邦皆为殄伏”①。对于蚩尤的大逆不道，孔子也有过描述。他说：“蚩尤，众人之贪者也；及利无义，不顾厥亲，以丧厥身。蚩尤惽欲而无厌者也。”② 不光孔子，《尚书》也表现了中原民族对于蚩尤贪残的这种义愤。《吕刑》篇说：

> 蚩尤惟始作乱，延及于平民，罔不寇贼，鸱义奸宄，夺攘矫虔。苗民弗用灵，制以刑。惟作五虐之刑，曰法，杀戮无辜。爰始淫为劓、刵、椓、黥。越兹丽刑并制，罔差有辞。民兴胥渐，泯泯棼棼，罔中于信，以覆诅盟。虐威庶戮，方告无辜于上。上帝监民，罔有馨香德，刑发闻惟腥。

---

① 李昉，夏剑钦．大平御览：卷 79［M］．石家庄：河北教育出版社，1994：677．
② 王聘珍．大戴礼记解诂［M］．北京：中华书局，1983：209．

《尚书》以诘屈聱牙为病。据曾运乾先生训诂，这段话大意是说，蚩尤作乱，从上到下，没有一个不同草寇盗贼一般，强取豪夺，奸诈不义，反复无信的。苗民不用政令，于是，蚩尤就作劓、刖、宫、黥等肉刑来杀戮无辜。有罪与否，丝毫不容人辩解。上下纷乱，无忠无信，不遵盟约。被杀戮者向上帝诉说自己无罪，上帝下来一看，遍地充满了刑戮的血腥气味。①

共工大概也是楚民族的祖先。长沙子弹库出土的帛书曾载楚人将炎帝、祝融和共工放在一起祭祀。《山海经・海内经》也说："祝融降处于江水，生共工。"在中原人眼里，共工也是一个行欲而不忍的恶魔。《国语・周语下》说他不用礼义之道，"虞于湛乐，淫失其身，欲雍防百川，坠高堙庳，以害天下"。汉代的典籍也有类似的记载。《神异经・西北荒经》将他描述成一个怪物，说他"人面朱发，蛇身人手足，而食五谷禽兽。贪恶愚顽，名曰共工"②。

炎帝系神话中的重要神祇饕餮也是一个十恶不赦的形象。郭璞注《山海经》，以为狍鸮就是《左传》中所说的饕餮。在《神异经・西南荒经》中，他的外形虽没有被描写得很可怕，但仍然让人感觉到他的丑恶，说他"身多毛，头上戴豕，贪如狼恶，好自积财，而不食人谷。强者夺老弱者，畏群而击单，名曰饕餮"③。因而人们又称他为贪婪、强夺、凌弱。《左传》文公十八年也有大致与此相同的记载，说他"贪于饮食，冒于货贿；侵欲崇侈，不可盈厌；聚敛积实，不知纪极；不分孤寡，不恤穷匮。天下之民，以比三凶"。

从这些神话的形态来看，它们都不是原始神话。在它们的流传过程中，大多经过了阶级社会道德眼光的挑剔和审视。其中有些也许是叙述

① 曾运乾．尚书正读［M］．上海：华东师范大学出版社，2011：294.

② 张华，王根林等．博物志（外七中）・神异经［M］．上海：上海古籍出版社，2012：96.

③ 张华，王根林等．博物志（外七中）・神异经［M］．上海：上海古籍出版社，2012：95.

者囿于文明社会道德的偏见而对于原始人性所具有的野性的夸大，但我们不能因此说这纯为子虚乌有。从这些神话，我们隐约可以见到，先楚民族那裸露的人性和基于人性的对于欲望的强烈追求。他们的行为所表现出来的这种文化精神和中原民族文化精神的不同，在中原那些历史典籍对他们的批判中得到了充分的展示。

伴随着先楚民族的强烈欲望而来的，是先楚民族那种强烈的追求精神。这种追求精神首先表现在先楚民族对于英雄的狂热崇拜。在众多的炎帝系神话和南方神话中，我们可以强烈地感觉到先楚民族那强烈的英雄意识。

南方英雄神话最著名的是后羿、女娲和盘古神话。后羿的神话出现很早，《左传》襄公四年就有关于后羿的记载。不过，那不是神话，而是被当作历史来看待的。据说后羿非常善射。在尧的时候，天上十个太阳一齐出来，烤得大地上田地龟裂，草木枯焦。趁着这灾难，猰貐、凿齿、九婴、大风、封狶、修蛇都跑出来为害，搞得民不聊生。于是，尧便派后羿在畴华之野诛凿齿，在凶水之上杀九婴，在青丘之泽射下大风。“上射十日而下杀猰貐，断修蛇于洞庭，禽封狶于桑林。”自此之后，“天下广狭、险易、远近，始有道理”[①]。后羿有着这众多的业绩，而最受称道的当然还是射日的壮举。在今天南方的许多少数民族，如苗族、壮族、侗族、土家族、布依族、彝族、羌族、珞巴族、傈僳族、纳西族、布朗族、拉祜族也都还流传着射日的神话。虽然在这些少数民族射日的神话中，射手的姓名各不相同，太阳的数目也不一样，或为 9，或为 10，或为 12，但毫无疑问，它们都是后羿射日神话的衍变。

值得我们注意的是，被南方民族所崇拜的英雄后羿，在中原人眼里却是一个地道的昏君。《左传·襄公四年》说：

> 昔有夏之方衰也，后羿自鉏迁于穷石，因夏民以代夏政，恃其

① 刘安，许慎，陈广忠. 淮南子［M］. 上海：上海古籍出版社，2016：182.

> 射也，不修民事，而淫于原兽。弃武罗、伯因、熊髡、龙圉而用寒浞。寒浞，伯明氏之谗子弟也，伯明后寒弃之，夷羿收之，信而使之，以为己相。

这“淫于原兽”或许就是指后羿射杀猰貐、凿齿、大风、九婴、修蛇等，若是这样，后羿的英雄业绩也就被中原人当成罪恶的所在了。

女娲的英雄业绩完全可以与后羿比美。据《淮南子·览冥训》说：“往古之时，四极废，九州裂，天不兼覆，地不周载，火爁炎而不灭，水浩洋而不息，猛兽食颛民，鸷鸟攫老弱。”为了拯救自然与人类，“女娲炼五色石以补苍天，断鳌足以立四极，杀黑龙以济冀州，积芦灰以止淫水。苍天补，四极正，淫水涸，冀州平，狡虫死，颛民生，背方州，抱圆天。”

炎帝系神话中的许多神话也充分地表现着先楚民族的这种英雄意识。如蚩尤与黄帝逐鹿中原、共工与颛顼争帝、刑天与帝争神、夸父逐日、精卫填海，等等，都是伟大的英雄业绩。只不过有些表现为与巨大自然力的抗争，有些则表现为对巨大社会势力的反抗。

和先楚民族强烈的英雄意识相伴随的，是他们为理想而甘愿忍受一切痛苦磨难、甚至于献出宝贵生命的悲剧意识。英雄最终都会得到鲜花和荣誉，但这鲜花并不是在自由自在地观赏春光时轻而易举地得来。大凡英雄意识强烈的人，都有着承受各种磨难的精神准备，包括献出宝贵的生命。

遗憾的是，古代历史典籍对于神话的记载，只注重神祇的功绩和罪恶，而英雄取得这些业绩的历程则基本上被忽略了。但是，我们却不能认为他们取得这些业绩都是轻而易举的。如后羿射日就经历了种种痛苦的折磨。《山海经·海内经》便曾透露出他历受艰辛的一点信息：“帝俊赐羿彤弓素矰，以扶下国。羿是始去，恤下地之百艰。”在南方少数民族射日的神话中，我们也可以看到这射日的艰辛。布依族的射日神话便记载，勒戛射下太阳，成为英雄之前，经历了许多难以忍受的痛苦。过狂风岭，他浑身被斗大的石头砸得青肿，咬着牙爬了三天三夜才爬过来；过火烧山，他在火的空隙中钻了三天三夜，浑身被烈火烤起了水泡；越檬刺坡，他全身堆满了檬刺，边走边铺石头，三夜三天才得以通过。[①]

在其他炎帝系和南方的英雄神话中，很少有关于神衹饱受磨难的描述。但英雄们为追求理想而至死不渝的那种悲剧意识却毫无疑问地能给人留下深刻而又清晰的印象。蚩尤战死以后，神灵仍然战斗不息。《淮南子》记载共工与颛顼争帝失败，竟一怒之下触倒不周山，使“天柱断，地维绝”，将原来的宇宙秩序搅个混乱：天向西北倾斜，日月星辰改变原来的运行规律，由东南移向西北；地不满东南，山川河流由西北而流向东南。据说，尧舜时那次滔天的洪水便是他争帝失败而进行的报复；搞得“四海溟涬”，老百姓只得或登山而处，或爬树而居。致使大禹费了九牛二虎之力，才将洪水疏导干净。作为他臣下的浮游在这方面丝毫不比他逊色。在被颛顼打败以后，他投淮水之渊而死；其鬼“常为天下祟，见之堂上则王天下者死；见之堂下则邦人骇”[②]。《神异经》记载颛顼的后代，楚人用以名史的梼杌，不光是能斗，而且只知进而不知退。夸父与日逐走，“未至，道渴而死”[③]。刑天与帝争神，被帝砍掉了脑袋，“乃以乳为目，以脐为口，操干戚以舞”[④]。而精卫“常衔西山之木石，以堙于东海”[⑤]。也只不过是一种绝望的追求。他们都是悲剧性的英雄，功业未成就身首异处，但他们面对强大的敌人和无限的痛苦，既没有妥协，也没有后悔。

有些英雄虽然胜利了，但他们却为此献出了宝贵的生命。如盘古，天地间的一切都是由他的血肉之躯而化成。“气成风云，声为雷霆，左眼为日，右眼为月，四肢五体为四极五岳，血液为江河，筋脉为地里

---

① 汛河．布依族民间故事集［M］．北京：中国民间文艺出版社，1982.
② 严可均．全上古三代文　全秦文［M］．北京：商务印书馆，1999：202.
③ 袁柯．山海经校注［M］．上海：上海古籍出版社，1980：238.
④ 袁柯．山海经校注［M］．上海：上海古籍出版社，1980：214.
⑤ 袁柯．山海经校注［M］．上海：上海古籍出版社，1980：92.

（理），肌肉为田土，发髭为星辰，皮毛为草木，齿骨为金石，精髓为珠玉。”[①] 事实上是他以生命和躯体为代价才赢得了这功业成就。后来的许多南方少数民族的神话英雄，也莫不是如此。壮族神话《布伯》中的英雄布伯，最后在与雷王的斗争中，因寡不敌众，淹死在水中。[②] 阿昌族神话史诗《遮帕麻·遮米麻》说，遮帕麻·遮米麻织就了大地，用的是血肉的躯体。是遮帕麻自己扯下左乳房变成太阴山，扯下右乳房变成太阳山；遮米麻“摘下喉头当梭子”，拔下脸毛织成大地，是她流出的鲜血变成东海和西海，才有了这大地上的繁荣。[③] 布依族的神话英雄当万和蓉莲，也是牺牲了自己的身躯，燃烧着太阳和月亮，才使人间重新获得了温暖和光明。[④] 他们都是以牺牲自己的生命而求得永生；人们也是因为他们不惜以生命去换取理想的实现而崇拜他们。

现在，到底什么是先楚民族文化精神这个问题，在我们的头脑中不应该是一片空白。我们至少有这样一个不太模糊的印象：先楚民族是一个具有较强的追求意识、英雄意识和悲剧意识的民族；他们似乎从不甘于现状，有着百折不挠、至死也不放弃的斗争精神，并且心甘情愿将生命献祭于一种自己所追求的事业。

神话和原始宗教一样，是一种集体表象，“是一种核心性的传播力量，它使仪式具有原型意义，使神喻成为原型叙述”[⑤]。它的精神可以通过历史积淀，融入一个民族的集体无意识之中，对后来人产生众多的影响。若是将这些神话英雄和屈骚的抒情主人公形象加以比较，我们便可清楚地看到他们精神方面的许多相同点：同不甘寂寞，有着远大的抱负

---

① 马骕．绎史：卷1［M］．上海：上海古籍出版社，1993：68.

② 胡仲实．壮族文学概论［M］．南宁：广西人民出版社，1982.

③ 赵安贤，杨叶生，兰克等．遮帕麻和遮米麻：阿昌族民间史诗［M］．昆明：云南人民出版社，1983.

④ 汛河．当万和容莲［M］//布依族民间故事集．北京：中国民间文艺出版社，1982.

⑤ 弗莱．文学的原型［M］//叶舒宪．神话——原型批评．西安：陕西师范大学出版社，1987：15.

和对英雄的憧憬；同走着一条铺满荆棘的道路和有承受一切灾难所带来的痛苦折磨的毅力；同有着对于理想决绝的追求和献身于理想追求的精神。虽然他们追求的理想内容不一样，斗争的对象也不一样。但原型本是复杂可变的，它多通过置换变形而出现于后来者的身上。因而，这并不妨碍我们将“屈骚精神”和这些神话表现出来的先楚民族精神加以比较、联想。

第三节　骈拇枝指与国之纲纪

《楚辞》中文化意识的形成，除了楚民族传统文化精神的影响之外，也与当时楚人封建礼教伦理道德观念的淡薄有着很大的关系。

先秦时代，南北两大文化圈域的文化交流虽然有着源远流长的历史，但由于南方民族和中原民族的社会历程不同，文化传统不一样，因而，在春秋战国时代，处于文化深层结构中的伦理文化，依然在南北两大民族之间存在着巨大的差异。

“礼”是封建伦理文化的一个极其重要的范畴。它源于宗教祭祀，原指祭祀仪式中的仪态，是用来表明身份等级的，继而逐步转化为阶级社会的等级制度，并且具有孝、慈、恭、顺等道德属性，作为维护统治阶级统治的法宝。因而，作为等级观念和伦理道德观念意义的“礼”，可以说是阶级社会政治的结晶。楚进入阶级社会的时间较晚，阶级社会的历史较中原要短得多，而且在他的社会发展历程中存在一个巨大的断裂层带，这就决定了楚民族礼教伦理意识发展的先天不足。西周时代自不必说，即便是在楚已成为一个封建大国的春秋中期，楚人似乎也还与封建礼教格格不入。在当时人们的眼里，礼乐教化是用来区别华夏与蛮夷的重要标志。平王东迁时，辛有在伊川看见人们在野外披发而祭，于是大发感慨：“不及百年，此其戎乎？其礼先亡矣。”① 夷狄当时多披发而祭。

① 《十三经注疏·春秋左传正义》。

但在中原人眼里，这是违背礼的。所以，辛有看见伊川人披发而祭，便说此地人在不久的将来会变成夷狄。周定王曾骂戎狄说："夫戎狄，冒没轻谗，贪而不让；其血气不治，若禽兽焉。"① 所谓"冒没轻谗，贪而不让""血气不治"都是说戎狄之人还没有经过礼义的雕琢。他也是将礼义作为区别华夏和蛮夷的标志。

到春秋时代，楚民族仍然被中原人视为蛮夷。《国语·晋语八》载，周成王在岐阳会盟诸侯，因为"楚为荆蛮"，故不能参加会盟，与中原诸国平起平坐，而只是被派去干些杂事。这件事虽然发生在西周时代，而《国语》成书却早不过战国早期。因而，视楚为蛮夷的并不仅仅是西周时的中原人。《左传》僖公四年也说楚为夷狄，不遵礼义，屡犯中国。甚至到战国中期，中原人也同样对楚人采取歧视的态度。许行等到中原去传授自己的学术，孟子便骂他为"南蛮鴃舌之人"②。而且楚人也并不以此为辱，多次在中原人面前毫无愧色自称"南蛮"。在熊渠的时代，王还是周朝天子的称号。但熊渠在他兴兵讨伐庸和杨粤时，便立长子康为句亶王、中子红为鄂王，少子执疵为越章王，周人责备他不遵王宪，他回答说："我蛮夷也，不与中国之号谥。"③ 楚武王在伐随时也说："我蛮夷也……我有敝甲，欲以观中国之政。"④ 从楚人说这话的具体背景看，虽然不无强词夺理之嫌，然也表明着中原礼仪在那时对楚人并没有什么约束力；楚在春秋时代虽然在疆域的开拓上取得了卓著功绩，但在封建礼乐教化方面却仍然没有什么建树。《左传》庄公十年载，楚在辛地打败了蔡国，"以蔡侯献舞归"。杜预注曰："楚辟陋在夷，于此始通上国，然告命之辞犹未合典礼，故不称将帅。"这就是说，楚人到这时还不熟悉中原的那套典章制度。《左传》庄公二十三年载："荆人来聘。"杜预也以为，"不书荆子使某来聘，君臣同辞者，盖楚之始通，未成其礼"。杜预为晋

---

① 徐元诰. 国语集解［M］. 北京：中华书局，2002：58.

② 《十三经注疏·孟子注疏》。

③ 《史记》卷四十。

④ 《史记》卷四十。

朝人，但杜预的话绝不是什么主观臆测。因为在先秦历史典籍中，有关楚人不遵礼和不知礼的记载并不少见。《左传》僖公二十二年记："楚子入飨于郑，九献，庭实旅百，加笾豆六品。飨毕，夜出，文芈送于军，取郑二姬以归。"楚王的这行为和中原礼教大相径庭。故郑叔詹知道此事后说："楚王其不没乎？为礼卒于无别，无别不可谓礼，将何以没？"假若说这是楚王有意违礼，那么，下面两件事则完全可以说明楚人不懂礼仪了。一件是楚成王围许救郑，蔡穆侯带着许僖公来见成王，许僖公"面缚衔璧，大夫衰绖，士舆榇"[①]，向成王请罪；成王却不知道这是干什么。第二件是楚灵王在申地大会诸侯，却不知道会盟之礼，偌大个楚国也无人知道，最后只得派人去问宋国的向戌与郑国的子产。可见楚人原不懂中原礼法，楚在春秋时虽然已开始向中原学习礼乐，但总不得礼乐之精神。他们那时所仿效的，实际上不过是礼乐的皮毛。

即便是到了战国时代，楚国的礼乐气氛仍然不及中原那样浓厚。比如男女之别，婚姻问题被中原人认为是"礼"的重要内容。《管子》说："男女无别，则民无廉耻。"又说："闾闬无阖，外内交通，则男女无别。"因而，"郭周不可以外通，里域不可以横通，闾闬不可以毋阖，宫垣关闭不可以不修。"墨子曾称赞上古国君"宫墙之高，足以别男女之礼"。似乎那时候的围墙和屋宇都不是为生活的需要，而是用它来隔开男女。到孟子时，中原男女之间的关系更加严格了，已经到了授受不亲的地步。淳于髡问孟子说："男女授受不亲，礼与？"孟子回答说："礼也。"[②] 并且说：凡"不待父母之命，媒妁之言，钻穴隙相窥，逾墙相从"[③] 的人，路人都会鄙视他。男女相见相会，假若得不到父母的同意，则必须逾墙钻穴，可知男女关系严肃的程度了。荀子在这点上可谓是有过之而无不及。他说："人之所以为人者，非特以其二足而无毛也，以其有辨也。夫

① 《十三经注疏·春秋左传正义》。
② 《十三经注疏·孟子注疏》。
③ 《十三经注疏·孟子注疏》。

禽兽有父子而无父子之亲，有牝牡而无男女之别。故人道莫不有辨。”①

然在楚国，男女关系却似乎很随便。譬如《招魂》便以“二八侍宿”，递相替代为荣，并不认为“士女杂坐，乱而不分”，有什么不光彩。《大招》也不以蛾眉曼只，“善留客只”为耻。也许，他们还以此为无上荣耀。不然，他们何以为此津津乐道呢？传言为宋玉所作的《讽赋》，说他有次出游，因人渴马疲来到一户人家，正赶上主人夫妇二人外出，独有主人的女儿在家。主人的女儿便引宋玉到兰房之室，打扮得漂漂亮亮来请宋玉吃饭，并以歌寄意宋玉：“岁将暮兮日已寒，中心乱兮勿多言。”“内怵惕兮徂玉床，横自陈兮君之傍；君不御兮妾谁怨，日将至兮下黄泉。”这或许是子虚乌有之事，但作品所表现出来的意识，却表明着楚人不像中原人将男女问题看得那么重要。

在中国历史上，对于封建礼教伦理道德观念批判最为激烈的莫过于先秦的道家。在他们看来，“礼”简直是虎豹豺狼，十恶不赦。老子便认为：“失德而后仁，失仁而后义，失义而后礼。”“夫礼者，忠信之薄而乱之首。”故他极力主张“绝圣弃知”“绝仁弃义”。以为只有这样，国家才会兴旺，人们才无奸诈；仁义道德的出现，并不是社会的进步，而是社会倒退的表现。《庄子》不光是继承了老子这一思想，而且将其发扬光大，大有“青出于蓝而胜于蓝”的味道了。在《外物篇》中，作者以极其辛辣的笔触讽刺儒者“以诗礼发冢”，形象地揭露了礼教漂亮外衣下掩盖着罪恶，一针见血地指出，“礼”只不过是用来盗世的一种工具。他们认为，仁、义、礼、智败坏道德，伤害人性，因而应该坚决反对，完全排斥。在《骈拇篇》，庄子将“多方乎仁义”比作骈拇枝指，不光是对治理社会毫无用处，而且是破坏社会安宁的祸根。他认为人们“屈折礼乐，呴俞仁义”是“失其常然”。因而，对于“虞氏招仁义以挠天下也，天下莫不奔命于仁义”表示出强烈的不满，对于那些以仁义去规范自己情性的人，就是像曾参、史猷那样，他也不以为是善。在《马蹄篇》中，他

① 王先谦．荀子集解［M］．北京：中华书局，1988．

将人类社会发展过程中所出现的一切罪恶都归咎于礼乐仁义。他说："及至圣人，蹩躠为仁，踶跂为义，而天下始疑矣；澶漫为乐，摘僻为礼，而天下始分矣。"而天下一出现"疑""分"，便奸诈代纯朴而起，争斗也随之出现，并且愈来愈激烈。于是，道德被摒弃，人性被异化。他认为治理国家，若"道德不废，安取仁义！性情不离，安用礼乐"！因而，圣人最大的罪过，就在于"毁道德以为仁义"，"屈折礼乐以匡正天下之形，县（悬）跂仁义以慰天下之心"。在《胠箧篇》，庄子再次指出，仁义礼智只不过是统治者用以窃国的工具，是天下祸患的根源和丑恶勾当的遮羞布。他说，圣人以仁义来矫正统治者的残暴，但统治者却"并与仁义而窃之"。在现实中："彼窃钩者诛，窃国者为诸侯，诸侯之门而仁义存焉。则是非窃仁义圣知邪！"因而，他认为在这个世界上，"圣人不死，大盗不止"。人类要求得平安，就应该"绝圣弃知""攘弃仁义""殚残天下之圣法"。

在道家正面提出的各种主张中，有许多是与封建礼教精神尖锐对立的。比如那逍遥游的意识，小国寡民的理想，等齐万物的追求，还有对于隐逸生活的倡导，都与礼教精神格格不入。它们与道家公开对礼乐的抨击相为表里，是一股反对礼乐教化的强大潜流。如隐逸，子路说："不仕无义。""君子之仕也，行其义也。"故不仕而隐是"欲洁其身而乱大伦"①。但楚国隐逸之风流行；接舆、长沮、桀溺、汉阴丈人、申鸣等都是楚国著名的隐士，庄子则宁愿曳尾于泥涂，也不愿做官为牺尊。

长沙马王堆出土的帛书《经法》《十大经》《称》《道原》，学者多认为是公元前四世纪初的作品，可视作楚人政治思想的体现。这四卷古佚书虽然也吸收了儒、法、名、墨、阴阳等各家的学说，主张"贵贱有别"，衣备（服）不相緰（逾）"②，但对于伦理意义上的"礼"却只字未提。可见，楚国的政治不讲礼治；没有像中原那样，将仁义道德当作

① 《十三经注疏·论语注疏》。

② 马王堆汉墓帛书整理小组．马王堆汉墓帛书［M］．北京：文物出版社，1976：13.

统治的工具。

当然，我们也注意到《国语》、楚国的一些铜器的铭文，还有《楚辞》，都有表现中原民族的一些伦理观念的内容。但和中原人比较起来，楚人的这种观念又显然淡薄得多，而且有些概念的内涵也有不同。《楚辞》可充分说明这一点。如《离骚》说："夫孰非义而可用。"《惜诵》说："竭忠诚以事君。"《怀沙》："重仁袭义兮，谨厚以为丰。"《九辩》："与其无义而有名兮，宁穷处而守高。"然《楚辞》则完全不言礼。诗人最崇尚的却是"耿介""婞直""洁白""纯粹"等。这些词在《楚辞》中出现的频率要比仁、义、孝高得多。《离骚》说："昔三后之纯粹兮，固众芳之所在。""伏清白以死直兮，固前圣之所厚。""耿吾既得此中正。"《惜诵》："行婞直而不豫兮，鲧功用而不就。"《涉江》："苟余心之端直兮，虽僻远之何伤。""余将董道而不豫兮，固将重昏而终身。"《哀郢》："尧舜之抗行兮，瞭杳杳而薄天。"《抽思》："何灵魂之信直兮，人之心不与吾心同。"《九辩》："慷慨绝兮不得，中瞀乱兮迷惑；私自怜兮何极，心怦怦兮谅直。""独耿介而不随兮，愿慕先圣之遗教。"耿介、端直、纯粹、谅直、婞直等都是指行为光明正大，不伪不阿，与礼、仁、义、孝的内容完全不同。《论语·子路篇》载有这样一事：楚叶公告诉孔子说，我的家乡有个正直的人，他的父亲偷了人家的羊，他便去告发父亲。孔子回答说："吾党之直者异于是。父为子隐，子为父隐，直在其中矣。"①这正说明楚人的伦理道德观念的精髓与中原完全不同。

即便是楚人讲忠，讲义，偶然也说到仁，但他们所说的忠、义、仁的内容也和中原人所说的忠、义、仁似稍有不同。忠即指诚心相待，不搞欺骗，与端直、耿介的意义大致相同。《楚辞》所说的"忠"多为这一意义。比如屈原屡次说自己对楚王忠心耿耿，但他并不是百依百顺。对楚王他有怨恨、有批评、也有揭露；但是，他对楚王从没有什么虚假。而中原人所说的"忠"却包含着"孝"的内涵。所谓"事君不忠，非孝

① 《十三经注疏·论语注疏》。

也”，即表明着“孝”对于“忠”的制约。《论语》之中的“忠”，意思虽然也多为诚心相待，然《为政》也说：“孝慈，则忠。”就全段话来看，这句话意为：你对上孝、对下慈，那百姓就对你忠。“忠”与“孝”的联系已很明显了。从某种意义上说，孝就是敬、是顺。孟懿子曾问孔子什么是孝，孔子回答说：“无违。”而屈原却是对君敬而不顺，忠而有违。就义来说，义者，宜也；凡做事符合道理就叫义。但中原人与楚人的道理却是有差别的。叶公所谓的“直”和孔子所谓的“直”意思大不同。中原人讲“义”大多是对“利”而言。《论语·宪问》说：“见利思义。”《季氏》说：“见得思义。”孟子说：“为人臣者怀利以事其君，为人子者怀利以事其父，为人弟者怀利以事其兄，是君臣、父子、兄弟终去仁义。”① 然楚人讲义却似乎很少对利而言。长沙马王堆出土的四卷古佚书共二十多章，说到义的不过两篇。而他们所谓的“义”是“伐乱禁暴，起贤废不宵（肖）”②。《吴子·图国》也说：“禁暴救乱曰义。”可见，楚人所谓的“义”，其伦理道德方面的意义比中原人所谓的“义”要少得多。

和楚人相比较，中原民族的伦理道德规范要严格得多，对于礼乐教化也要重视得多。“礼”作为社会等级制度和伦理规范在中原于殷代就已开始。周人在商的故土建立东都时，都还是用殷礼进行祭祀。史载周公制作礼乐，实际上只是对殷礼加以损益，使之制度化。故孔子说：“周因于殷礼。”③ 因而，可以说中原民族礼乐教化的历史非常悠久。

或许是有这悠久历史的积淀，在中原，礼被抬高到了无以复加的位置，被当作治理国家的根本法则。在先秦的历史典籍中，中原人的这类言论的记载可谓屡见不鲜。如“礼，所以守其国，行其政令，无失其民

---

① 《十三经注疏·孟子注疏》。

② 马王堆汉墓帛书整理小组．马王堆汉墓帛书［M］．北京：文物出版社，1976：78.

③ 《十三经注疏·论语注疏》。

者也。”[①] “礼，经国家，定社稷，序民人，利后嗣者也。”[②] “礼，国之纪也。”[③] 于政治，礼的作用可谓无与伦比了。也许是因为礼有如此重要的作用吧，故中原人对于春秋时礼崩乐坏的状况，有如火焚一样心痛。中原诸子虽政治主张各有不同，然莫不对“礼”另眼相待，不约而同予以提倡、宣传，使它的作用进一步强化。这其中最卖力的当然要数儒家的始祖孔子。他一再倡言“为国以礼”[④]，认为治理国家“道之以政，齐之以刑，民免而无耻。”若是“道之以德，齐之以礼”，那么，老百姓就“有耻且格”了。[⑤] 因而，他极力主张“克己复礼”，说：“一日克己复礼，天下归仁焉。”[⑥] 至于他的后学孟子、荀子等也都非常注重礼教。而荀子则可说是一个典型的礼治主义者。他说：“礼之于正国家也，如权衡之于轻重也，如绳墨之于曲直也。故人无礼不生，事无礼不成，国家无礼不宁。”[⑦] 所以，他所著《荀子》一书，将礼作为核心，所有的内容都是围绕着礼而展开。法家最注重的是权、势、术，而礼也很受他们的青睐。《管子·牧民》便说，“国有四维”。这四维“一曰礼，二曰义，三曰廉，四曰耻”。《君臣篇》也说：“礼孝悌则奸伪止。”即便是韩非，也认为治国缺少不了礼。如他所说：“国小无礼，不用谏臣，则绝世之势也。”[⑧] 墨子对儒家也进行过猛烈的抨击，但他也给礼留有一定的地位。《墨子·尚同中》就说：“无君臣上下长幼之节，父子兄弟之礼，是以天下乱焉。”

礼有着作为政治的等级制度和伦理道德两个方面的属性。这两方面互为表里，等级制度为礼的本质，礼的伦理道德方面的属性则为等级制

---

① 《十三经注疏·春秋左传正义》。
② 《十三经注疏·春秋左传正义》。
③ 徐元诰．国语集解［M］．北京：中华书局，2002：326.
④ 《十三经注疏·论语注疏》。
⑤ 《十三经注疏·论语注疏》。
⑥ 《十三经注疏·论语注疏》。
⑦ 王先谦．荀子集解［M］．北京：中华书局，1988：495.
⑧ 王先慎．韩非子集解［M］．北京：中华书局，2003：324.

度的外在显现。作为伦理道德的礼的具体内容，包括孝、慈、恭、顺、敬、和、仁、义等。《左传》昭公二十六年说：

> 君令臣共，父慈子孝，兄爱弟敬，夫和妻柔，姑慈妇听，礼也。君令而不违，臣共而不贰，父慈而教，子孝而箴，兄爱而友，弟敬而从，夫和而义，妻柔而正，姑慈而从，妇听而婉，礼之善物也。

此处虽未说到仁，但孔子说："孝弟也者，其为仁之本与。"[①] 可知"仁"的核心就是孝。

中原统治者无不极为重视封建礼教，高扬仁义道德，是因为在一定意义上，封建礼教对于维护统治阶级的统治有着任何行政和法律手段无法取代和比拟的更为巨大的作用。它能够将仁义礼智等这些外在于人的伦理道德观念转变为人们的内在需求，使人们自觉地以它去规范自己的思想行为，而成为统治阶级的顺民。

第四节　生命的价值与人生的追求

人们的生命价值观念的取向是和人们伦理道德观念的取向密切关联的。由于中原民族和楚民族对待封建伦理道德的态度不同，因而，中原民族和楚民族的生命价值观念的取向也大不相同。

中国传统文化可说是一种伦理道德文化。它发源于先秦时代的中原。在中国传统文化的研究中，许多同志认为，中国传统文化，尤其是先秦儒家文化，体现着一种强烈的人文主义精神。从表面上看，儒家文化虽显得有些庄严，然也不乏笑意。它强调爱人，强调理性，不语怪力乱神而注重人事，反对暴政，甚至也主张人的尊严。不可否定，这些思想都带有一些人道主义的色彩。

① 《十三经注疏·论语注疏》。

楚人的生命价值观似乎和中原人有着极大的不同。他们肯定人和人的生命本身，主张人性自流，反对对于人性的任何雕琢。道家便不光是不主张，而且坚决反对牺牲人性，牺牲人的生命去服从封建伦理道德规范。他们主张“率性而行，”把人性视为天经地义的东西。《庄子·骈拇》篇便说：“彼正正者，不失性命之情。”意思是说，天下的至正之道，贵就贵在能够使人们不失固有的性情。[①] 他们和儒家反其道而行之，认为统治者要治理好天下，最为重要的是要保持老百姓的“常性”。若是以礼乐去雕刻人们，反而会将国家搅得一败涂地。他们指责当时的统治者以仁义礼乐治理百姓，就像伯乐治马，“烧之，剔之，刻之，烙之，连之以羁馽，编之以阜栈”，“饥之，渴之，驰之，骤之，整之，齐之，前有橛饰之患，而后有鞭筴之威”，而使其逐步丧失“真性”，最后悲哀而死[②]。在他们看来，对于人来说，没有比身心性命更为宝贵的了。庄子似乎一生都在想怎样保全“真性”，保全性命。他不要富贵，也不稀罕乌纱帽和绿袍玉带。楚王请他去作相，但为了避免官场污浊的空气给性情带来侵蚀，世事的烦恼给生命带来损害，而宁愿曳尾于泥涂。看见树木以无所可用而得终其天年，又看见人们杀雁杀不能鸣叫的雁，他便想到做人要处于“材”与“不材”之间。他非常仰慕庖丁解牛的技巧，但他不是想以此技谋生糊口，而是看到庖丁一把刀用了十九年，所解之牛数千，而刀却没有丝毫损坏，而想到人若能“游刃”于世事的空隙，便可以免除祸患忧虑，得以“保身”，得以“全生”。《庄子》一书，虽然谈到了不少政治的大道理，然怎样保全人的真性和性命，却是一条红线贯穿全书的始终。由庄子我们还可以想到楚狂接舆、汉阴丈人、长沮桀溺、渔父等一批隐士。他们虽然没有庄子的知名度高，但他们或许在怎样保全身心性命这一点上更深明道理。因为庄子还想到要写点文章，或发发牢骚，或告知世人一点什么，而他们似乎什么都不想，都不说。

---

① 俞樾说，上正字乃至字之误，“正正者”当作“至正者”。见郭庆藩：《庄子集释·骈拇》，中华书局 1961 年版，第 317 页。

② 郭庆藩. 庄子集释［M］. 北京：中华书局，1961：330.

当然，我们也应该注意到，道家在某种意义上也主张清静寡欲。所不同的是，道家的寡欲是要求人们顺乎自然，回到自然，而不是一味地禁绝人本性自然有的合理欲望。楚国的黄老学派认为，“生有害，曰欲，曰不知足”①。把“纵心欲”，追求物质的享受当作政治的大害②，但他们从没有提出过禁欲，要束缚人的性情。《老子》说：

> 五色令人目盲，五音令人耳聋，五味令人口爽，驰骋田猎令人心发狂，难得之货令人行妨。

但他并非主张禁绝五音，杜绝五色，而是说无止境地沉溺于声色感观的享受会引起人们感官的麻木，以至于不能领赏声、色、味的美。他主张“常使民无知无欲”③，也并非要人民根本无欲，而是要“少私寡欲”④。因为他那深邃的目光早已注意到，若是对欲望过度追求，其结果是使人异化，变成欲望的奴隶，而否定人自身。这与儒、墨对于欲望的深恶痛绝有着极大的不同。《经法·六分》曾说：“知王术者，驱骋驰猎而不禽芒（荒），饮食喜乐而不面（湎）康，玩好［嬛］好而不惑心。”⑤《称》也说：“得所欲而止。”⑥《鹖冠子·著希》也主张：“夫君子者……嗜利而不为非。”黄老学派本是道家的一个支派。应该说《经法》《称》《鹖冠子》与老庄的主张是基本相同的。子华子也说：“全生为上，亏生次之，

---

① 马王堆汉墓帛书整理小组．马王堆汉墓帛书［M］．北京：文物出版社，1976：1.

② 马王堆汉墓帛书整理小组．马王堆汉墓帛书［M］．北京：文物出版社，1976：35.

③ 朱谦之．老子校释［M］．北京：中华书局，2000：16.

④ 朱谦之．老子校释［M］．北京：中华书局，2000：76.

⑤ 马王堆汉墓帛书整理小组．马王堆汉墓帛书［M］．北京：文物出版社，1976：18.

⑥ 马王堆汉墓帛书整理小组．马王堆汉墓帛书［M］．北京：文物出版社，1976：91.

死次之，迫生为下。”[①] 而所谓“全生”，就是“六欲皆得其宜”。这充分证明，他们反对的只是过分的欲求。

并且，同道家节欲以保全人的心身性命的主张相反，楚人更多地把对于人性固有欲望的放纵视作合情合理的事。先楚民族的精神已充分地体现了这一点。随着社会的发展，楚人的神话时代虽已过去，但先楚民族精神却并没有随着成为过去的历史而烟消云散。春秋时期，随着楚国势力的发展，楚人对于疆土的欲望，权势的欲望、财富的欲望、享乐的欲望也急剧膨胀起来。宋楚弭兵，楚国令尹子木就公开宣扬，“事利而已，苟得志焉，焉用有信”[②]。令尹子反也说：“敌利则进，何盟之有!”[③] 他们公开倡言，只要有利，能满足自己的欲望，便可丢开一切伦理道德。这种胆量，不要说中原的诸国君主，就是力主法治的法家，恐怕也要听而惊叹了。管子曾说：“楚国之教，巧文以利。”可知楚人嗜欲，不拘礼法，实在是一种普遍的风气。

楚人随葬，礼器少而兵器居多，有很多楚墓只见兵器而不见礼器。这和中原墓葬多见礼器而少见兵器形成了极鲜明的对比。《鹖冠子·近迭》载，庞子曾问鹖冠子：“圣人之道何先?”鹖冠子说：“先人。”庞子问：“人道何先?”鹖冠子答：“先兵。”因而，楚墓多随葬兵器不是一个偶然现象。兵器本是攻城略地之物。鹖冠子将“人”与“兵”同言，不光说明楚人将对欲望的追求看作是人生合理的行为。同时也说明，楚多随葬兵器和楚国为利的政治风貌有着紧密关系。整个春秋时代，中原晋国和齐国等国的国力并非不及楚国，而楚却在二百多年间吞并了几十个小诸侯国，疆土扩展到南至九嶷，北至黄河南岸，东至淮、泗流域，西至川、贵部分地区，领土超过原来上百倍，则是为齐晋所远远不及。

楚人对于享乐的追求，也似乎为中原民族所不及。楚庄王和楚文王都是楚国历史上比较贤明的君主，但他们却又同是荒淫的国君。为了享

① 高诱. 吕氏春秋［M］. 北京：中华书局，1954：15.
② 《十三经注疏·春秋左传正义》。
③ 《十三经注疏·春秋左传正义》。

乐，楚庄王建筑的离宫就有匏居台、五仞台、层台、钓台等。[①] 据《说苑·正谏》说："楚庄王筑层台，延石千重，延壤百里。"台作成之后，庄王于其中"左抱郑姬，右抱越女"，日夜寻欢作乐。"荆文王得如黄之狗，箘簬之矰，以畋于云梦，三月不反；得丹之姬，淫，期年不听朝。"[②] 而楚灵王所造的章华台，其规模和气势都颇令人为之惊叹。据考古发掘证明，湖北潜江龙湾发掘的大型楚国台榭遗址就是章华台的所在。这遗址面积竟达到220万平方米。[③] 联想起《大招》《招魂》对于建筑的那些描写，我们不难想象章华台的雄伟与瑰丽。《春秋》庄公二十三年、二十四年说鲁庄公为迎齐女，而"丹桓宫楹""刻桓宫桷"，论者皆讥其非礼，同这章华台比起来算得了什么。不然鲁襄公何以一度游楚，看见楚国的宫殿建筑，就流连忘返呢！

屈原在《离骚》中说："众皆竞进以贪婪兮，凭不厌乎求索。"又说党人们"忽驰骛以追逐"。诗人固然有贬损党人之嫌，但这些话却似乎没有诓骗我们。招魂是在楚国流传极广的一种风俗。《大招》和《招魂》都是在原有民间招魂词的基础上改编而创作的。因而，它们所表现的是楚人普遍的意识。它们在招唤魂魄归来时，极言在外的困苦，和家中饮食的丰厚，楼台的绚丽，歌舞的盛大，美女的妖艳，宝玩的珍贵。这魂魄对于安逸享乐的追求，不正是整个楚民族对于欲望追求的一种普遍风气的象征性写照吗！

理想的产生离不开对原始欲望的满足。马斯洛认为，人的五种需求是以梯层形式分布的，位于梯层底部的需求比上层的需求更为有力、更为强烈。一般情况下，只有在前四种需求得到满足之后，人才能产生自我实现的愿望。换句话说，才能使自己成为有理想的人，人才能有最充分、最旺盛的创造力。相反，人的欲望愈遭到压抑，就愈难以摆脱这现实实在的困扰。因为超越必须在满足的基础上进行。若据此来推论，中

① 张正明. 楚文化志［M］. 武汉：湖北人民出版社，1988.

② 向宗鲁. 说苑校证［M］. 北京：中华书局，1987：221-222。

③ 潜江发掘东周时期大型楚国遗址［N］. 光明日报，1988-11-14.

原民族之所以极注重现实，缺少幻想；楚民族之所以爱幻想，重理想，对于理想有着至死不渝的追求精神；究其原因，很重要的一点恐怕就是中原人强调对于欲望的压抑，使人永远处于一种对基本需求的饥渴之中；楚人能在对于正常欲望的追求中得到基本需求的满足，然后超越它。所以，我们认为《楚辞》的浓厚的理想主义色彩，和它所表现的对于理想至死不渝的追求精神不是偶然的，而是被楚民族文化精神的特质所规定着的。

第五节　逍遥游与独立意识

有这样一种看法，原始社会的一切生产资料都归公有，在这样一种生产资料所有制的社会里，只能产生集体观念而不可能产生独立意识。但事实却似乎不是这样。集体观念和独立意识是相对存在的。没有善也无所谓恶，没有美也就无所谓丑。同样，没有独立意识也就没有群体观念。假若我们肯定原始社会人类存在着集体观念，那么，独立意识也同样在他们的思想中存在。

事实上，原始社会的一切制度正是人类独立意识得以产生和发展的沃壤。原始社会虽是野蛮社会，但是，它没有剥削和压迫，人人平等，个个自由。正如恩格斯在《马克思恩格斯选集》中带着称颂的口吻所描述的：

> 这种十分单纯质朴的氏族制度是一种多么美妙的制度呵！没有军队、宪兵和警察，没有贵族、国王、总督、地方官和法官，没有监狱，没有诉讼，而一切都是有条有理的……不会有贫穷困苦的人，因为共产制的家庭经济和氏族都知道他们对于老年人、病人和战争残废者所负的义务。大家都是平等的，包括妇女在内。他们还不曾有奴隶，奴役异族部落的事情，照例也是没有的。

还有，原始社会也没有看似文明而又极为严酷的伦理道德规范。虽然它也有些必须遵守的习惯条例，但还不至于束缚人性，压抑人的个性。因而，人们的人身是自由的，精神也是自由的；人们的欲望和个性都能够得到比较正常的发展。摩尔根在分析了印第安人的社会情况之后说，印第安人“普遍具有独立意识和自尊心”，其根本原因，就是因为印第安人的社会政治体系正是以氏族作为基本单元，“自由、平等、博爱，虽从来没有在形式上表现出来，却是氏族的主要原则”①。

“普天之下，莫非王土；率土之滨，莫非王臣”②，已成为众人的口头禅。君主被认为是认识的最高裁决者。“无偏无陂，遵王之义；无有作好，遵王之道；无有作恶，遵王之路。”③ 被当作政治理论和伦理道德观念的核心而加以宣扬。孔子、孟子、荀子、墨子、晏子、韩非、管子等虽然在具体的一些政治主张方面有很多的不同，几个学派不时相互攻讦，但是，这只不过是殊途同归。他们都毫无例外地走向了一个共同的终点——强调和维护君主的绝对利益和绝对统治。孔子的伦理道德学说，孟子的“仁政”思想，墨子“尚同”“兼爱”的主张，荀子“明分”“隆礼”的说教，管子、韩非对于“权”“势”的宣扬，都在客观地向统治者进言，怎样才能使千万个个体毫无条件地服从君主，个体利益毫无条件地服从国家利益——实际上的君主利益。

本来，王权意识和群体意识是根本对立着的。在其本质上，王权强调的是独裁，群体意识强调的是群体利益，在政治上则更多地表现为民主政治。但是，由于中国古代社会存在着一种特殊情况，即君主为国家的象征，君存即国存，君亡即国亡。因而，君主和国家的概念相互混淆。所以，君主的利益也就被认为是国家，即群体的利益。故“群”也被荀子纳入礼义范畴，作为维护统治阶级统治的重要措施。他说，人力气没有牛大，跑没有马快，而牛马却被人驱使，这是因为“人能群，彼不能

① 摩尔根. 古代社会［M］. 北京：商务印书馆，1977.
② 《十三经注疏·毛诗正义》。
③ 《十三经注疏·尚书正义》。

群也”[①]。而人之所以能够合群，就是因人有礼义，能够在一定的等级关系中相互协调。

中原的历史散文作为中原文化意识的产物，就充分地体现着这一点。春秋战国时代在中原出现的历史散文有《左传》《国语》《战国策》等。从体例上说，它们可以分为编年体和国别体，但叙事的方法却都是以历史事件为中心，而不是以人物为中心。一个重要的原因，就是因为中原民族个体独立意识相当薄弱。他们所认识的“人”，或者说他们所肯定的“人”，大都是群体意义的“人”。

楚国由于存在一个巨大的历史缺环，因而，它有幸避免了中原民族那奴隶社会严酷的历史积淀。虽然它在进入封建社会后，实行的也是君主集权政治，但由于它不存在中原那样浓厚的封建伦理道德观念，缺少严酷的思想统治。因而，他们的人性还没有完全扭曲，独立意识也未全部丧失。

独立意识和自由精神本是一对孪生兄弟。没有自由也就无所谓独立，没有那对自由的强烈追求，独立意识也不会根深蒂固。楚民族的独立意识正是他们对于人身和思想的自由追求之中得以存在和强化。在古代中国，从来也没有人像道家，尤其是像庄子那样强烈地去追求自由，花费那么多笔墨去论证人对于自由追求和个体独立的合理性。道家把“道”看成是世界一切事物的根本。从本体论的意义上说，“道”虽然也涉及宇宙的本体，宇宙的生成，但正如李泽厚、刘纲纪等先生所说，它最主要在于论证人类的生存和发展应该像宇宙本体那样，达到无限和自由。“道”的学说的根本意图，是想从事物的生成变化，从自然的无限和永恒之中，去寻找人类达到无限和自由的道路。[②] 老、庄的“道”是一个超越现实，超越时空的具有无限广袤的空间和无限时间的无形实体。它“自本自根，未有天地，自古以固存”，它化育万物，“生天生地”“神鬼

① 王先谦．荀子集解［M］．北京：中华书局，1988：164．

② 李泽厚，刘纲纪．中国美学史：第一卷［M］．北京：中国社会科学出版社，1984．

神帝”。[①]但是，它又“生而不有，为而不恃，长而不宰”[②]。正是因为它占有无限广阔的时空，又“无为无形”，并且从不将这一切据为己有，据为己功，所以，它能摆脱一切束缚而具有无限的自由。

在庄子看来，在这世界上没有什么比性命之情更珍贵的了。而要保持性命之情，就必须保持个体的绝对自由。他将人能够达到这种个体的绝对自由看作是人生的最高境界，也将对这绝对自由的追求看作是人的本性。他说：“彼民有常性，织而衣，耕而食，是谓同德。一而不党，命曰天放。”[③] 以为作为人，原本就有着不受任何束缚而享受充分自由的权利。因而，老、庄非常讨厌那言不得自由，行不得自由、甚至于生不得自由、死不得自由，想不得自由的现实社会，而仰慕那“至德之世”。因为在那个社会里，“山无蹊隧，泽无舟梁；万物群生，连属其乡；禽兽成群，草木遂长……禽兽可系羁而游，鸟鹊之巢可攀援而窥”[④]。人与自然已完全融为一体。人与人之间，“鸡狗之声相闻，民至老死不相往来”[⑤]，互无奴役，互无干涉，都可“鼓腹而游”[⑥]。在这里，人们可以感到自己与天地合而为一，世界上的其他一切都不存在，而享受不受任何羁绊的自由。有许多先生总认为老、庄的社会理想是对人类社会发展规律的一种反动，而没有看到于他们的“反动”之中，蕴藏着整个人类都为之而奋斗不已的对于自由的追求，这不能不说是一个遗憾。

毫无疑问，老、庄的这理想社会只不过是一个虚幻的乌托邦。老子和庄子也都看到了这一点。在现实社会里，人类要想获得无限的自由，只能在对于客观社会的完全超越之中才能得到。庄子从他那无限和自由的“道”中，寻找到了这无限自由的秘密，并通过对于“真人”“神人”

① 郭庆藩. 庄子集释［M］. 北京：中华书局，1961：246-247.
② 朱谦之. 老子校释［M］. 北京：中华书局，2000：204.
③ 郭庆藩. 庄子集释［M］. 北京：中华书局，1961：334.
④ 郭庆藩. 庄子集释［M］. 北京：中华书局，1961：334.
⑤ 朱谦之. 老子校释［M］. 北京：中华书局，2000：309.
⑥ 郭庆藩. 庄子集释［M］. 北京：中华书局，1961：341.

的形象描述而诉之于人。在庄子笔下，“真人”“神人”都是具有无限自由的楷模。他们有着超越自然的力量，不食五谷，入水不濡，遇火不热，故他们能不受自然的约束；他们能“乘云气，御飞龙，而游乎四海之外”，故他们能不受时空的限制，也不受现实社会的约束；他们能“无为名尸，无为智府”，超乎功利名禄，故他们能不受情欲的束缚。而这最后一点，却又是获得行为和思想绝对自由的路途所在。因而，庄子仰慕鲲鹏，能够扇动若“垂天之云”的翅膀，绝云气，一飞而上九万里，而进入逍遥游的境界。但他又不为此而满足，觉得它还“有所待”，还要凭借风云。真正的逍遥游应该是“乘天地之正，而御六气之辨，以游无穷”。也就是说，人只有在思想上完全超越现实，“无己”“无功”“无名”，才能真正进入一个广漠无垠的、没有时空界限的真正的完全自由的境地。庄子主张攘弃仁义道德，少私寡欲，力求消除人的异化，也都是为了达到个体的无限自由。

由庄子的逍遥游，我想到了楚人对于凤和龙的挚爱，以及楚人对神仙、仙游的向往。也许凤是楚人的图腾，但我们不能将龙也说成是楚人的图腾。而在楚国的绘画中，龙凤大多同见于一个图案。它们和庄子所仰慕的鲲鹏有着一个共同的特征，就是都能摆脱这大地在时空方面对于它们的束缚，能够在那广际的天空自由遨游。毫无疑问，活跃于楚民族心目中的龙和凤都不过是庄子所仰慕的鲲鹏的置换变形。它们来源于同一原型，都是楚人对于自由向往的象征。还有楚人对于神仙的向往，也并不仅仅表现楚人对于生命长久的追求。人们渴望成仙，正在于神仙能超越自然，摆脱现实社会的一切束缚，他们能和鲲鹏、龙、凤一样升入云天。这样，生命的长久能使他们获得永久的时间，而广阔的天空又使他们能摆脱大地有限空间的限制，而得到人世间得不到的自由。所以，我以为楚人仰慕神仙，最主要表现着他们对于自由的渴望与追求。

当然，成仙和庄子的所谓的逍遥游都只不过是一种幻想。世人要像神仙那样在无垠的空间和时间里获得个体的绝对自由当然也只是一种希望。但现实毕竟是现实，希望毕竟是希望。客观不会随主观而任意加以改变。于是，楚人便以隐居来作为对于神仙生活的替代。不可否定，小小的山间和那无垠的天空相比较，实在微不足道。但由于它能与世事隔绝，摆脱世间人与人之间的一切人为的羁绊，不受奴役，不受指使，能行我所行，想我所想；因而，较之在那纷乱的尘世，相对来说，人们又能获得更多的自由。楚人隐逸成风，正表明着楚人强烈的独立意识和对于自由追求的精神。

楚民族的这种独立意识和对自由的追求精神，在《楚辞》中也得到了反映。《远游》所表现的游仙思想和神仙思想一样，都可以看作是诗人追求自由意识的反映。《离骚》后半部分所描写的神游，如果说是表现诗人对于理想的追求，那这理想的主要内容就应该是诗人对于自由的向往。同神仙的飞升和鲲鹏的一飞九万里一样，《离骚》的抒情主人公之所以云游，也在于云天能让他摆脱现实和时空的束缚，而占有一个广袤而又自由的空间。在那里，作为自然物象征的风神、云神、日御、月神和诗人亲密无间；现实的一切束缚在那里烟消云散。他可以自由往来于苍梧、昆仑、游悬圃，折若木，饮马咸池，指使帝阍。真是海阔凭鱼跃，天高任我行。诗人在这样的一种境界里，才获得了一种真正的愉悦："奏《九歌》而舞《韶》兮，聊假日以媮乐。"这笑声正是因为诗人获得充分的自由而产生。

第六节　审美与情趣

楚民族与中原民族对于人性和人的生命价值的认识不同，审美倾向也存在着很大的差异。

中原民族审美所注重的并不在美本身，而是它经世致用的作用。譬如孔子。他区别了"善"与"美"，说："《韶》尽美矣，又尽善也。谓

《武》尽美矣，未尽善也。”[①] 在这里，孔子也强调“美”与“善”的统一，似乎也在肯定“美”独立存在的地位和价值，但实际上，他是认为“善”是凌驾于“美”之上的。也就是说，“善”是比“美”更为根本的东西。如他所说：“人而不仁，如乐何。”[②] 这便是说“仁”是乐的根本，假若是乐没有“仁”的内容，乐便也就难说是“美”的了。所谓“里仁为美”[③]，不仁当然也就不美了。郑声赢得了众多人的喜爱，无疑是一种美的显现。但孔子却认为“郑声淫”，要“放郑声”[④]。这个中原因，就是子夏回答魏文侯所说的：“今夫新乐进俯退俯，奸声以滥，溺而不止，……不可以道古。”[⑤] 不符合封建礼教规范。因此说，孔子判定美的标准，最主要是看审美对象是否“善”。

于儒家、于孔子来说，“善”的内容当然就是他们所宣扬的仁、义、礼、智、温、柔、恭、让等伦理道德规范。而这些规范的根本作用就在于压抑人的正常情欲，用来维护统治阶级的统治。因而，孔子审美尤其强调“善”，实际上是将审美对象的社会政治功用作为判断美的根本标准。郑卫之音之所以不美，是因为它于政教有百害而无一利；《诗》之所以美，是因为他认为《诗》充分体现着仁、义、礼、智、信等封建伦理道德规范，“可以兴，可以观，可以群，可以怨。迩之事父，远之事君，多识于鸟兽草木之名”[⑥]。

墨子似乎比孔子更讲求实在。他一方面承认“乐”是一种美，即承认美的客观存在；但另一方面又要非乐，反对对于美的追求。因为他认为“美”并无实用价值。他就是这样一个人，宁愿冻死，也不穿那有花纹的衣服。他说：

---

① 《十三经注疏·论语注疏》。
② 《十三经注疏·论语注疏》。
③ 《十三经注疏·论语注疏》。
④ 《十三经注疏·论语注疏》。
⑤ 《十三经注疏·礼记正义》。
⑥ 《十三经注疏·论语注疏》。

今王公大人虽无造为乐器，以为事乎国家，非直掊潦水折壤坦而为之也，必将厚措敛乎万民，以为大钟鸣鼓、琴瑟竽笙之声。……古者圣王亦尝厚措敛乎万民，以为舟车。既已成矣，曰：吾将恶许用之？曰：舟用之水，车用之陆；君子息其足焉，小人休其肩背焉。故万民出财，赍而予之，不敢以为戚恨者，何也？以其反中民之利也。然则乐器反中民之利亦若此，即我弗敢非也。

不能否定，墨子的主张对于减轻统治者对人民的剥削有一定意义，代表着人民群众的一些利益。但他从实用的角度去看待“乐”，只注意舟车的有用，全然不理会乐器的“无用”之用，认为作乐要花费财力、物力、人力，无“有用之用”这种观点却是不可取的。因为社会生活的色彩，正是靠着这些“无用”，才得以显得绚丽、烂漫。墨子既承认乐是一种美，而又因为它无实用价值加以反对；我认为，他实质上是以“美”为不美，以为有用才有美可言。孔子以为乐可以用来改造人们，以维护封建统治而主张作乐，墨子认为乐毫无作用而要非乐。从表面上看，二人的主张似乎完全不同，但在什么才是美这一问题的认识上却是完全一致的。

至于韩非，则完全将实用功利看作是决定事物价值最根本的东西。在他看来，一个事物仅仅具有观赏价值，而于实际毫无用处，那它对于人来说就毫无意义。《韩非子·外储说右上》载了这样一个故事：

堂谿公谓昭侯曰：“今有千金之玉卮，通而无当，可以盛水乎？”昭侯曰：“不可。”“有瓦器而不漏，可以盛酒乎？”昭侯曰：“可。”对曰：“夫瓦器至贱也，不漏，可以盛酒。虽有乎千金之玉卮，至贵而无当，漏，不可盛水，则人孰注浆哉！”

从某种意义上说，千金之卮比起至贱的瓦器来，当然更具有审美价值。但是，因为它漏不可以盛水、酒，因而无所可取。显然，韩非同墨子一样，把事物的实用功利置之于美之上了。

因为中原人审美极注重审美对象的社会政治功利作用，所以，他们看待文学艺术，首先注意到的是它的实用价值。《诗经》于春秋时期在中原广为流传，但中原人喜爱《诗经》并不是从中去求得美的享受。他们收集整理《诗经》，是要从中去观察民俗民情，用于政治。《国语・周语》曾说："故天子听政，使公卿至于列士献诗，瞽献曲……而后王斟酌焉，是以行事而不悖。"他们学习《诗经》也是为了政治，从中去求得伦理道德大义，或将它作为一种外交工具。孔子说："诵诗三百，授之以政，不达；使于四方，不能专对，虽多亦奚以为！"① 他还经常告诫他的儿子："不学诗，无以言。"② 其实，《诗经》中的不少作品也不过是以诗的形式而写成的稍带有文学意味的谏书。《魏风・葛履》《陈风・墓门》，《小雅》中的《节南山》《何人斯》《巷伯》等，《大雅》中的《卷阿》《民劳》《崧高》等，都是"为刺""为谏"，为政治教化的需要而作。后人将《诗经》当作封建伦理道德经典，认为它是先王用来"经夫妇，成孝敬，厚人伦，美教化，移风俗"的政治工具，虽不免有主观臆测之嫌，却也不是毫无客观依据。

于音乐、舞蹈，中原人也是把它们当作政治的工具来看待的。荀子说：

> 听其雅、颂之声，而志意得广焉；执其干戚，习其俯仰屈伸，而容貌得庄焉；行其缀兆，要其节奏，行列得正焉，进退得齐焉。故乐者，出所以征诛也，入所以揖让也。

荀子不失为一个伟大的思想家，曾在许多问题上独树己见，但对于文学艺术的认识，却完全囿于中原民族的思维。于音乐，他强调的是于人们

---

① 《十三经注疏・论语注疏》。

② 《十三经注疏・论语注疏》。

的思想有所补益；于舞蹈，他注重的是以之端正人们对于统治者态度的功效。《吕氏春秋·适音》说："凡音乐通乎政而移风平俗者也。"荀子对于音乐的认识和《吕氏春秋》是一致的。

所以，中原人总是企图将文学艺术纳入礼和封建伦理道德的范畴，或者说，将礼与封建伦理道德观念贯注于文学艺术之中。《礼记·乐记》说："乐者，通伦理者也。""是故不知声者。不可与言音。不知音者。不可与言乐。知乐则几于礼矣。礼乐皆得谓之有德。"孔子说："兴于诗，立于礼，成于乐。"[①] 都表现着他们将诗、乐与礼融为一体的希望。

《尚书·尧典》说："诗言志。"这无疑是中原民族对于诗歌创作的普遍要求。有些人认为，"情"与"志"没有任何区别。这是不符合实际的。《吕氏春秋·贵生》说：

> 天生人而使有贪有欲，欲有情，情有节；圣人修节以止欲，故不过行其情也。故耳之欲五声，目之欲五色，口之欲五味，情也。

无疑，情是人性所固有的，未经理性修饰的存在。但"志"则不同。荀子说：

> 曷谓一？曰：执神而固。曷谓神？曰：尽善挟治之谓神。万物莫足以倾之之谓固。神固谓之圣人。圣人也者，道之管也。天下之道管是矣，百王之道一是矣。故诗、书、礼、乐之归是矣。诗言是，其志也。

可知"志"是尽善的。它经过了理性的铸造，去掉了感性色彩和欲望的因素。他们所谓为善的伦理道德观念才是它的核心内容。因而，"诗言志"的主张实质上是要人们利用诗歌去宣扬他们所谓的善，以压抑人们

① 《十三经注疏·论语注疏》。

的性命之情，维护统治者的统治。

楚人审美注重审美对象的愉悦作用，譬如庄子学派。李泽厚、刘纲纪先生在《中国美学史》第一卷论庄子的美学思想时说，那自然无为的境界，庄子无疑是作为一种美来追求的。但是，要达到这美的境界，就要超出人世的一切利害得失，不为得而喜，不为失而哀伤。“这虽然讲的是一个人生态度问题，而从美学上看，这种态度恰好是一种审美态度，它的根本特性是超功利的。”庄子主张人应该超然物外，既不要被生死存亡、也不要被贫穷富贵所制约，而应该永远保持那种内心的安宁和精神上的愉悦。“这种超出了功利的愉悦，就其本质来看，正是一种审美愉悦。”①

在庄子看来，美的东西并不在于它有用无用。许多的东西之所以美，恰恰在于它的无用。在《逍遥游》中，有两个这样的故事：一是说惠施得到一种大瓠之种，种下后结了一个特大的葫芦。但是，这大葫芦“以盛水浆，其坚不能自举也；剖之以为瓢，则瓠落无所容。”因而惠施以为它毫无用处而将它打碎。但庄子却喜爱得不得了，要“以为大樽而浮乎江湖”。二是有棵大樗树，惠施以为“其大本臃肿而不中绳墨，小枝卷曲而不中规矩”而无所可用。庄子却以为这再好不过了，要将它“树之于无何有之乡，广莫之野，彷徨乎无为其侧，逍遥乎寝卧其下”。《人间世》中说，有一棵大栎社树，众人都将其谓之散木，匠石以为他毫无用处而去之不顾，而庄子却借匠石弟子之口誉赞，从来也没有见过这么美的大树。从表面看，庄子喜爱这瓠、这树也是因为它们有着特别的用处，或能用之浮于江湖，或能“逍遥乎寝卧其下”。但庄子自己也知道，这都不过是非非之想。它们都不可能给庄子带来任何实际利益。因而，庄子对于它们赞誉、喜爱，恐怕并不是因为它们有社会功利。

对于文艺，楚人也从不以社会政治功利的眼光去审视它们。他们既没有想到文学艺术的政治作用，也没有将文艺当作教化的工具。他们喜

① 李泽厚，刘纲纪. 中国美学史：第一卷 [M]. 北京：中国社会科学出版社，1984.

爱文学艺术，只是因为它美；想从它身上得到的也仅仅限于精神上的享受。《离骚》说："奏《九歌》而舞《韶》兮，聊假日以媮乐。"《大招》说："伏戏《驾辩》，楚《劳商》只；讴歌《扬阿》，赵箫倡只……二八接舞，投诗赋只；叩钟调磬，娱人乱只。"以此观之，楚人喜爱歌舞诗赋，一个劲地唱，一个劲地弹，一个劲地跳，只是仅仅从中去领略美，去求得娱乐。楚王极喜爱诗赋，身边似乎还养有一群文人，专门为他创作，如宋玉、景差、唐勒。但楚王并不像中原的统治者那样，想从中去观察民俗，了解民情，而只不过想从中去寻得一时的开心。《大言赋》《小言赋》说楚顷襄王与宋玉、景差、唐勒同游阳云之台，襄王令他们作《大言赋》《小言赋》。而这些赋都不过是以博一笑的文字游戏。

楚国的雕塑绘画，内容多为神仙鬼怪，大多荒诞不经，义不合儒家经典。显然，楚人也只是以此来寄托情感，求得心灵的宽慰，而并非为着教化。因为它们仅仅具有观赏价值。春秋战国时代，楚国盛行一种称为"鸟书"的文字，其体细长而像小鸟，书写起来比其他字体要麻烦得多。可知楚人也不是因为它实用而喜爱它，而是因为它不仅和其他字体一样具有表意功能，还很美，能够令人赏心悦目。

无疑，楚人审美也带有一定的理性色彩。庄子所追求的能够消除人的异化而达到个体的自由的逍遥游的境界，屈原所追求的那种完美的人格，都经过了理性的思索。还有，屈原也强调"美"与"善"的统一。他说他自己"纷吾既有此内美兮，又重之以修能。""汝何博謇而好修兮，纷独有此姱节。"这"内美"，这"姱节"，无疑是他所认为的"善"。但是，他们审美却又不完全受理性的支配，并没有以"善"去统属"美"。庄子对于"匠石斫垩"的称道，[①] 屈原在《招魂》中对于"高堂邃宇""层台累榭"的赞美，都只不过是感性的一见钟情般的愉悦。楚人讲善也不是中原人所谓的"善"。儒家都认为郑声淫，郑卫之音是亡国之音，要"放郑声"。但它们在楚国却有着广阔的市场。《大招》说："代、秦、郑、

① 郭庆藩．庄子集释［M］．北京：中华书局，1961：843．

卫，鸣竽张只。”只要它是美的，不管是合礼还是不合礼，唱起来响彻云霄。《九歌》使夏启失位，可能也是一种淫乐，但楚人照样要“奏九歌”，屈原还要用“九歌”作为诗作的标题。

也许是楚人审美尤其注重审美对象的愉悦作用吧，故楚人仅仅将诗歌看作是抒情的工具。《楚辞》在许多地方表现了楚人的这种文艺思想。《惜诵》说：“发愤以抒情。”“恐情质之不信兮，故重著以自明。”《抽思》说：“道思作颂，聊以自救兮；忧心不遂，斯言谁告兮。”《思美人》说：“申旦以舒中情兮，志沉菀而莫达。”《惜往日》说：“愿陈情以白行兮，得罪过之不意。”“焉舒情而抽信兮，恬死亡而不聊。”这些都是说，诗人之所以作诗，是要用诗去向众人表白自己的情感，抒发自己的悲愤，以求得人们的理解，宣泄心灵的痛苦，而求得心理的平衡，消除现实所给予的压抑。

文学虽然是社会生活的反映，但这种反映都经过了作者情感网的过滤。因而，说到底文学是作者情感的显现。诗歌尤其是这样。楚人主张诗以抒情，不光表明了楚人对于诗歌特点的正确把握，同时也表明了楚人对于文学艺术的正确认识，即文艺不是政治和说教的工具，它之所以具有价值，是因为它能以美感人，而不是其他。

中原民族和楚民族不同的审美情趣，决定着南北文学发展完全不同的方向。中原民族注重社会政治功用，因而，他们的文学多为历史散文和说理散文。因为任何一种文体都不及它们能更为直接地陈述政治理论和进行封建说教，诗歌更是如此。楚民族审美注重纯美感的愉悦性，更多地把文学当作一种美的艺术来看待，所以，楚国能产生《楚辞》这样的纯艺术作品。《楚辞》较之中原任何一种体裁的文学都具有更高的审美价值。

第四章　楚辞的文化组合

《楚辞》到底是哪个民族文化的产物？对于这个问题，有着两种截然不同的意见。多数人认为，《楚辞》产生于楚国，完全是楚文化的产物。也有些人认为，《楚辞》所表现的思想观念与中原人没有什么不同，因而是中原文化的产物。将《楚辞》完全看作中原文化的产物，似乎有失片面；但说《楚辞》完全是楚文化的硕果，似乎也不符合客观实际。这些学者在强调这一方面时就否定另一方面，其实他在否定另一面时，也就给他人留下了否定自己所肯定的那一方面的把柄。《楚辞》产生于楚地，当然表现了浓厚的楚文化特色。但我们也不能否定它包含着其他多种文化因素，尤其是中原文化因素。春秋时代，随着楚国疆域的逐步拓展，国家政治、军事斗争的需要，楚国开始大规模地吸收外来民族、尤其是中原民族的文化。这些外来文化给楚国原有文化注进了极大活力，给楚民族文化的发展以极大的影响。楚国的政治制度，楚人的政治思想，都曾吸收了外来文化的精华。楚人的文学创作当然不会例外。因而，可以说《楚辞》是多种文化交融、整合的结果。

要作出这样一个结论似乎并不困难。但对我们来说，重要的不是这结论，而是这结果所产生的个中原因。楚人为什么要、并且能吸收外来文化？中原文化为什么能对楚民族文化产生深远影响？这影响对于楚文化和《楚辞》最主要表现在哪些方面？明白了这来龙去脉，问题就会清晰地呈现在我们眼前。

第一节　“道”的蕴含

原始社会和封建社会是两种性质完全不同的社会。在原始社会，一切生产资料都归氏族公社所有，没有统治者和被统治者，当然也就不会有国家政权机构，以及保护国家政权的军队和一系列的政治典章制度，诸如法律、刑法、土地制度、赋税制度、俸禄制度等；也没有用以维护统治阶级利益的伦理道德观念。而封建社会是一个阶级社会，它不存在任何平等。为了一部分人对另一部分人的统治，它需要国家、国家政权形式，也需要与之相适应的一整套政治典章制度，以及维护这些制度的种种意识形态。楚是由原始社会，至多不过经历了一个奴隶制形态极不完备的过渡阶段进入封建社会的。因而，楚国在其成为一个泱泱大国，刚刚进入封建社会后，原来用以维系氏族集团内部利益的风俗习惯和纯朴的思想观念，在复杂的社会斗争面前，便显得非常脆弱而毫无统治作用了。在楚国吞并的那些小国和民族中，他们的民族不同，社会性质也不同，有的处于原始社会，有的则已进入封建社会；其文化、心理以及政治、经济也不尽相同。要管理好这样一个多民族、多种社会性质、多层次文化的大国，也就需要一整套与之相适应的政治制度和思想观念。由于楚国的历史要比中原诸国短得多，缺乏中原民族那种悠久的政治积淀，缺少成熟的统治经验，封建社会的种种事物，对于楚国统治者来说，就像赤道附近的赤道几内亚人第一次见到雪花一样新鲜。所以，楚人吸收外来文化，以建立一套适合楚国国情的政治制度和思想体系，就如同一个爱水而又不会水的人掉进了那波涛汹涌的江河，需要救生船一样迫切。

文化的交流，常常是如同流水从高处流向低处，即文明程度较低的民族学习文明程度较高民族的文化。尽管有时也有文明程度不同的各种文化的双向交流的情况出现，但更多的却是由高向低的单向输送。中原民族有着悠久的阶级社会历史，有着深厚的政治积淀。奴隶社会比原始社会符合人类社会发展的规律，带来了社会物质文化和精神文化的繁荣。正是因为中原民族有着这久远的历史，所以春秋以前，中原文化的文明程度要比楚文化高得多。这表现在物质文化方面，最主要为青铜器物的使用。根据考古发掘的青铜器来看，中原的青铜时代，大约始于夏代晚期。至商代和西周，青铜器已普遍地运用于饮食、军事等各个方面。在湖北黄陂发掘的商代中期的盘龙城遗址，出土的铜器种类就有鼎、鬲、爵、觚、戈、矛、刀、镢、钺和镞等。在李家嘴一座墓中出土的青铜器有鼎、觚、斝、爵、盉、钺等共63件。[①] 范文澜先生曾说："商朝的生产工具，已经不是石头工具而是金属工具……殷墟中发现许多铜器，有矢镞，有勾兵，有矛，有刀与削，有斧与锛，有觚有爵，有制造青铜器的范。铜器中以矢镞为最多。金属原料，只有到了最便宜时，才能用作箭镞。且矢镞的形制也完全一致，铜范技术确已臻至纯熟境界。"[②] 楚在西周、春秋早期，虽已有青铜冶铸业，但这一时期楚国的青铜器"除赵家湖甲类一期楚墓所出者外，尚有楚公逆镈和楚公钟"，数量"少得可怜"。[③] 而且赵家湖甲类一期楚墓已是西周晚年的墓葬了。

应该说，中原民族这悠久的文明史是中原文化发展的动力。实际上，它却成了中原文化发展的一个沉重的包袱。加上中原民族特殊的社会经历，也使他们的文化形成了一种同心圆辐射型的自成一统的封闭模式——社会政治结构为家族结构的辐射放大；国家的统治者实际上是整个家族中的最高统治者，他所代表的实际上也是一种最高的宗法血缘关系，具有族长和国君的双重性质。这种性质，确定着他在家族和整个社会的中心位置。在家族中，环绕着他的是宗族中的各小宗；在国家里，围绕着他的是王公大人，外层还有平民百姓。与这样一种政治结构相适应，在行政区域的划分上，居于中央的自然是天子所居的国都，然后是甸服、侯服、绥服、荒服，如同众星捧月，拱卫着这天子居住的祥瑞之地。[④] 天子不光是具有最高的权力，而且被视为天意的代行者。从他这里传出去的任何声音，都被视为最高真理和认识事物的标准，这样的一

① 方西生. 试论盘龙城商文化［C］//湖北省考古学会论文选集（一）. 武汉：武汉大学学报编辑部，1987.

② 范文澜. 中国通史简编（上）［M］. 北京：商务印书馆，2010：27.

③ 张正明. 楚文化志［M］. 武汉：湖北人民出版社，1988：6.

④ 《尚书·禹贡》和《史记·夏本纪》所说的"服"都是就贡赋而言，但也有行政区域划分上的意义。

种社会和文化结构，当然很自然地使他们形成了那种自我中心化的自我满足的文化心态；使得他们对于外族文化采取一种鄙视和排斥的态度，即便是其他民族的文化再先进，他们也不愿学习。《孟子・滕文公上》载有这样一件事：楚国学者许行到滕去传授自己的学术，宋人陈相等想向许行学习。而孟子却对陈相此举甚为不满，说“吾闻用夏变夷者，未闻变于夷者也”。他将中原文化比作乔木，将蛮夷文化比作幽谷，说：“吾闻出于幽谷而迁于乔木者，未闻下乔木而入于幽谷者。”许行的那套主张固然是不怎么先进，但孟子的话却并非针对许行一人。《史记・孔子世家》也载有这样一件事：孔子摄相时，鲁定公会齐侯于夹谷。献酬之礼过后，齐国有司说：“请奏四方之乐。”于是旍旄、羽袚、矛戟、剑拨，鼓噪而至。孔子趋而进，历阶而登，不尽一等，举袂而言曰：“吾闻两君为好会，夷狄之乐何为于此！请命有司。”使景公“麾而去之”。夷狄的音乐舞蹈虽然也能获得中原人们的喜爱，但是，却登不了中原的大雅之堂。中原民族对待外族的音乐态度尚且如此，那对于外族政治以及伦理道德观念的态度也就可想而知了。

然楚民族却不是这样。当中原民族已在强烈的理性意识的驱使下，按照历史的意愿精心设计本民族的社会蓝图时，他们还躺在原始社会的摇篮里，“咿咿呀呀”学着说话。在春秋前，楚民族的社会文明程度要比中原低得多，一直被中原民族视为蛮夷。虽然他们不为自己的这历史而自卑；但他们根本就没有什么政治积淀，缺少自傲的资本；因而，他们也就缺少自足文化心理赖以形成的历史条件。所以，楚人虽然不轻视本民族的传统文化，但其文化的大门，却始终向其他民族敞开着。对于外族文化，他们既喜爱那精美的青铜器，也不摒弃那粗糙的陶盆瓦罐；不管是好的还是坏的，都积极引进，然后再进行精心的筛选、过滤，吸取那些有利于民族文化发展的精华部分，和本民族的传统文化加以融合，以提高民族文化素质，发展民族文化。

道家哲学的最高范畴——“道”，正是楚民族这种开放性的文化心态在哲学上的显现。老庄的“道”，有着一个极为重要的特征——虚无。它有情、有信、有象，但又无为、无形，谁也看不见，摸不着。如庄子所说："视之无形，听之无声，于人之论者，谓之冥冥。"[①] 但正是因为它有这虚无的本质，所以能其用不尽。像老子所说："道冲，而用之久不盈。深乎！万物宗。"[②] 这"冲"，便是虚无的意思。它不仅能化育万物，雕刻众形，还有如风箱，"虚而不屈，动而俞出"[③]；犹如"元牝之门"，"绵绵若存，用之不勤"。[④] 它占有无限久远的时间和广阔无垠的空间，能容纳各种事物，"覆载天地"[⑤]，无所不包，具有无限的包容性。就像那浩淼无边的汪洋大海，百川归之而不拒，清江浊流都不弃。用庄子的话说，那就是"其为物，无不将也，无不迎也，无不毁也，无不成也"[⑥]。而这不弃不拒，不正反映着楚人对外来文化所采取的虚怀若谷的文化心态！尽管道家的"道"在于论证人生问题和解释宇宙的生成，并不是论证人们对待外来文化应该采取的态度，但"道"作为社会政治和人生态度的最高指导原则，却又对于人们的一切行为具有指导意义。

道家对于中原的社会制度以及封建礼教和伦理道德规范怀有强烈的敌意，对于它们所带来的一切罪恶进行了不遗余力的批判。但这并不表示他们对于外来文化采取闭门不纳的态度。因为任何一个民族对另一民族文化的吸收都不可能兼收并蓄，而是有吸收，也有扬弃；在批判中扬弃，在批判中吸收。

从道家的一些著作来看，他们似乎深明吸收外来文化，以提高本民族文化素质，加强物质文明和精神文明的建设。老子曾说："大国者下流，天下之交，天下之牝。牡常以静胜牝，以静为下。故大国以下小国，则取小国；小国以下大国，则取大国。"[⑦] 他从"江海所以能为百谷王，

---

① 郭庆藩．庄子集释［M］．北京：中华书局，1961：755．
② 朱谦之．老子校释［M］．北京：中华书局，2000：18-19．
③ 朱谦之．老子校释［M］．北京：中华书局，2000：24．
④ 朱谦之．老子校释［M］．北京：中华书局，2000：27．
⑤ 郭庆藩．庄子集释［M］．北京：中华书局，1961：281．
⑥ 郭庆藩．庄子集释［M］．北京：中华书局，1961：253．
⑦ 朱谦之．老子校释［M］．北京：中华书局，2000：248-250．

以其善下之，故能为百谷王”① 自然现象推出这一社会规律，虽然不无直观比附之嫌，但应该说，有着客观现实依据。近代中国的落后和遭受殖民主义者的蹂躏，固然与本民族的惰性有密切关系，但也与当时的中国政府实行文化闭关政策，拒绝吸收外来文化不无关联。“师夷才能制夷”，只有学习人家的长处，才能战胜人家，使自己立于不败之地。老子在这里说“大国下小国，则取小国；小国下大国，则取大国”，这“下”并不能理解为无为而顺从。因为小国一味顺从大国，是无论如何也战胜不了大国的。从全段话的意思看，老子是在告诫人们：凡是虚心学习对方长处的，必能最后战胜对方。

楚人不像中原人那样自傲，也不像中原人那样易于满足。他们的心似乎始终处于饥饿状态。春秋战国时代，楚国的疆域得到了不断的拓展，但他们并没有沉醉于这已取得的胜利。随着疆域的不断拓展，他们的眼光也越来越看得远，精神空间也越来越大。他们很清楚地意识到，天外有天，山外有山，九州之外还有海外。他们懂得，“物之生也，若骤若驰”，事物永远是发展变化着的。而人在天地之间只不过是短短一瞬，因而说：“吾生也有涯而知也无涯。”② 他们认识到：“夫物，量无穷，时无止，分无常，终始无故。”③ 人们是无论如何也不能客观地、全面地把握它们。因而，他们嘲笑那些把“管见”当作永久真理，“师其成心”④ 的所谓知者。他们深明，“计四海之在天地间”，就似“礨空之在大泽”；“计中国之在海内，不似稊米之在太仓”。因而，他们把那些“束于教”的“曲士”比作“拘于墟”的井蛙，“笃于时”的夏虫。⑤ 他们所追求的是“官天地，俯万物”，“注焉而不满，酌焉而不绝”的无限境界；故他们嘲笑那“起榆枋，突起而飞”，“三飡而反，腹犹果然”的蓬间雀，而

① 朱谦之. 老子校释 [M]. 北京：中华书局，2000：267.
② 郭庆藩. 庄子集释 [M]. 北京：中华书局，1961：115.
③ 郭庆藩. 庄子集释 [M]. 北京：中华书局，1961：568.
④ 郭庆藩. 庄子集释 [M]. 北京：中华书局，1961：56.
⑤ 郭庆藩. 庄子集释 [M]. 北京：中华书局，1961：563-564.

极为仰慕那“抟扶摇而上者九万里”，“去以六月息者”的鲲鹏鸟，以鲲鹏的飞翔为理想境界。《庄子·秋水》说：“天下之水，莫大于海，万川归之，不知何时止而不盈；尾闾泄之，不知何时已而不虚；春秋不变，水旱不知。此其过江河之流，不可为量数。”这既表明他们的自谦心态，也表明他们富于追求的精神。过去，人们时常指责老庄，说他们是没落奴隶主贵族的代表，这似乎是太简单化了。其实，在他们的“没落”之中，却饱含着中原民族所没有的那种进取。

唯其常不知足，故能自新；唯其能吸收外来文化的长处，故能图强。正因为楚民族有着常不知足的文化心态，故能敞开文化大门，不断地吸收外来文化的精华，给本民族文化注入新的活力；使自己能从荆山山隅走向四方，从一个方圆不过五十里的小国发展成为一个占地五千里的大国。所以说，楚国的强盛不是偶然的！

当然，最能说明楚民族文化心态的，还是楚民族吸收外来文化的实际行为。这在本章还要谈到，这里就不赘述了。

第二节 源远流长的文化交流

先秦时代，我国大致可分为秦晋、赵燕、齐鲁、荆楚、吴越等几个大的文化区域。秦晋、赵燕、齐鲁等区域的文化，虽然也各有特色，但由于长期的中原逐鹿战争，东西方两大民族交替入主中原，较早地造成了它们之间的文化的交流，因而，这几个区域的文化多大同小异，到春秋以后，其文化特征已基本趋于一致了。故我们可以将它们统称为北方文化，或中原文化。荆楚文化与吴越文化虽然也有不同，但由于荆楚、吴越所处地理环境大致相同，风俗、习惯也相差不多，原本属于一个大的文化系统。尤其是越灭吴后，楚又灭越，吴越最终并入荆楚；因而，我们可以将其称为南方文化或楚文化。

楚同其他民族的文化交流，既有和北方文化，而且最主要也是同北方文化的交流，也有南方文化内部、即同南方与楚族别不同的民族文化交流。由于楚同其他南方少数民族的社会文明程度基本相同，并且与他们错杂而居，因而，楚同南方其他民族的文化交流，最主要是深层文化，即风俗习惯方面的相互渗透、相互影响。而且这种交流大多是双向的。解放后在云南晋宁石寨山发掘了一个古墓群，其文化属于战国至西汉时期濮僚系统的滇文化。从这些墓葬出土的铜盉、铜熏炉等基本上都是楚器。陶豆、平底陶罐、圈足陶盆的形制也与楚器相同。“某些文物所反映的宗教信仰、风俗习惯，生产技术中，我们也可以发现与楚人的共同之点。”[①] 在这古墓群中出土的有盖虎耳细腰铜贮贝器，上面镂刻着杀人祭铜柱和杀人祭铜鼓的场面的花纹。可以看出，濮系民族也重鬼巫，而且祭祀仪式由妇女主持。而这种风俗在楚国兼并了的陈地也很盛行。《汉书·地理志》说，在陈国、淮阳之地，“妇人尊贵，好淫祀”。可知濮系文化曾受楚文化的影响。但是，楚也曾受濮族文化的影响。在长沙陈家大山出土的战国帛画中，妇女的发式为椎髻，而这种发式在楚却不常见，在楚国的出土文物中仅此一例。但濮系民族的发式均为椎髻。故我们以为楚民族的这种发式大概是受濮族文化的影响。

在南方文化内部，楚与其他民族文化交流范围较广。而给楚文化影响较大的当是巴文化和越文化。巴与楚为邻里关系，在楚国全盛时期，巴的疆域曾被楚国疆域包围。因而有“江州以东，滨江山险，其人半楚”的说法。[②] 因为这样，他们之间的文化在很早就相互融合。据考古发掘情况来看，春秋以后三峡已属楚地。但在春秋以后的一些文化遗址中，却常见有属于巴文化的青铜虎钮錞于、柳叶形剑、钺、矛出土。在奉节白帝城附近的盔甲洞、狮子洞、风箱峡等墓葬的随葬品，主要是柳叶剑等巴文化遗物。在属于楚地的湖南许多地方，也发现了不少巴文化遗存。常德、益阳等地出土的虎首形弧刃铜钺、虎纹剑，湘西出土的众多的虎

---

① 童恩正. 从出土文物看楚文化与南方诸民族的关系［M］//中国西南民族考古论文集. 北京：文物出版社，1990：201.

② 严可均. 全后汉文［M］. 北京：中华书局，1958：1670.

钮镎于等，都属于巴器。[1] 尤其值得注意的是，巴人的歌舞曾受到楚人的普遍喜爱。宋玉《对楚王问》中曾记载："客有歌于郢中者，其始曰《下里》《巴人》，国中属而和者数千人。"这《下里》《巴人》就是巴人的歌曲。巴人的歌曲在楚国的郢都一人唱而有千人和，足见巴人歌舞对楚人的影响之大。《隋书·地理志》载南郡、夷陵、竟陵、沔阳、沅陵、清江"颇与巴渝同俗"，虽然说的是隋朝的情况，但这种情况却在春秋战国时已存在了。

吴越文化与楚文化的关系也十分密切。春秋时期，吴楚常有战争。吴王阖闾在伍子胥的帮助下，还率兵攻入楚郢都。吴人的民族本属越，而越在春秋早期还有一部分分布在江汉流域。因而，楚在灭越以前，始终和越民族相邻。正是因为如此，荆楚文化和吴越文化在许多方面难分彼此。在湖南境地的楚文化遗址中，便时常混杂着越文化的因素。吴铭生说，从考古发掘情况来看，在湘东北、湘中，以及湖南其他地方的一些春秋晚期文化遗址与墓葬中，都有楚越文化遗物共存。如在湘东北平江瓮江遗址中，出土有绳纹类砂陶片，共存的有米字形印纹硬陶。湘中的湘乡何家湾 M1 既有越式鼎，伴出的还有楚式铜敦；其形制与当阳赵家湖甲类墓第四期敦相同。湖南的郴州高山背一座有头龛的窄坑楚墓，随葬物中同样有楚、越文化遗物共存，既有楚式陶鬲，又有一件米字形印纹与方格纹组合纹饰的越式陶罐。[2] 据张光直先生说，在解放前长沙出土的楚国木俑，有许多"黥面"者。商承祚先生《长沙古物闻见记》卷上说，1936 年在长沙嵩山镇楚墓出土的女俑面専粉，尚未尽脱，朱唇，两颊有朱点各十九，又于其旁注大红点，左右戾至耳后。[3]《汉书·地理志》曾说，越人有"文身断发，以避蛟龙之害"的风俗。其文施于

---

① 邓辉．试论巴楚文化交流［C］//湖北省考古学会论文选集（一）．武汉：武汉大学学报编辑部，1987．

② 吴铭生．从考古发现谈湖南古越族的概貌［J］．江汉考古，1983（1）．

③ 童恩正．从出土文物看楚文化与南方诸民族的关系［M］//中国西南民族考古论文集．北京：文物出版社，1990：209．

面部即为“黥面”“绣面”。因而，楚墓中出土的楚俑出现的这种情况当是受越文化的影响。1988年在湖南省汨罗召开的中国屈原学会第三次年会上，我听湖南省侗族民俗学家李鸣高说，他将侗族（即越人的后代）和湘西一些少数民族的风俗和《九歌》所描写的风俗对照研究，发现《九歌》所描写的风俗和现在侗族以及其他一些少数民族的风俗相同。

楚民族和中原文化的交流在夏商时代就已开始了。从江汉地区发掘的屈家岭文化遗址来看，在屈家岭文化晚期，就开始出现一些包含类似黄河下游地区的龙山文化特征的文化遗存。在江南地区的相当于商代的文化遗址中，有较明显的商文化因素。到西周，从湖北境内发掘的24处文化遗址的资料看，出土遗物的特点和以前相比较，具有更多的中原文化因素。① 在湖北孝感地区的澴水、溭水流域，如孝感市台子湖、龙头岗，云梦胡家岗以及黄陂甘棠小头墩、程家墩等文化遗址中，都发现包含有仰韶文化因素的遗物。“这些遗存的陶系，以泥质红陶为多；其次为泥质黑陶和磨光黑陶，有少量的灰陶和橙黄陶；纹饰以素面为多，其次以剔纹、弦纹、戳印纹、划纹、附加堆纹，以及少量兰纹，并有一定数量的彩绘陶片；类似仰韶文化的器形有：鼎足；鼎足有尖锥形和圆柱形两种，均为夹砂红陶，红顶盆、钵、碗、红陶缸形器。这里的鼎足，足身较长，有的足上端饰有按窝纹，这种鼎足与后岗类型鼎足十分近似。”② 包含仰韶文化因素的遗存，在黄冈的螺蛳山，麻城岐亭，鄂城和尚山也都有发现。在商代，中原文化大举南下，对荆楚文化曾发生过极大的影响。据方酉生统计，在湖北境内发现的商文化遗址，有黄陂盘龙城、袁李湾、柏木岗，江陵张家山、荆南寺，蕲春易家山，黄冈螺蛳山，大冶铜绿山，沙市周梁玉桥，随州淅河、庙台子，安陆晒书台，应城盛滩，汉阳东城垸、沙帽山，崇阳大市，阳新白沙等，至少有50处以上，

① 王劲．楚文化渊源初探［C］//中国考古学会第二次年会论文选集．北京：文物出版社，1982．

② 周厚强．对孝感地区新石器时代文化的几点认识［C］//湖北省考古学会论文选集（一）．武汉：武汉大学学报编辑部，1987．

分布于整个江汉流域。[1] 这足以说明，生活于江汉流域的先楚民族和中原民族的文化关系十分密切。在江汉地区发掘的西周文化遗存，则更加表明中原文化对这一地区文化影响加强的趋势。因而，甚至有人认为："这些商、西周时期的文化遗存所反映的并不是原来本系统原始文化的继续，而更明显的则是黄河流域系统青铜文化的传入。"[2] 到春秋战国时期，随着楚民族事业的发展，楚政权建设的需要，楚民族对于外来文化的吸收愈来愈采取主动态度。《孟子》中便有楚人北学于中原的记载。楚人甚至以中原的教育内容来对贵族的后代进行教育。《国语·楚语》有这样一段记载：楚庄王派士亹做太子箴的老师，问申叔时应该教些什么东西。申叔时说：

> 教之春秋，而为之耸善而抑恶焉，以戒劝其心；教之世，而为之昭明德而废幽昏焉，以休惧其动；教之诗，而为之导广显德，以耀明其志；教之礼，使之上下之则；教之乐，以疏其秽而镇其浮；教之令，使访物官；教之语，使明其德，而知先王之务，用明德于民也；教之故志，使知废兴者而戒惧焉；教之训典，使知族类，行比义焉。

这里面的一些课程的内容虽然不是全部来自中原，诗、礼、乐等也未必就是儒家所乐道的诗、礼、乐，但是，从学习这些课程所要达到的目的来看，它又和中原礼乐教化的目的基本相同。楚人对于中原文化采取的积极态度，由此可见一斑。

先秦时代南北文化的交流，大致可以分为三个阶段：春秋以前为第一阶段，春秋至战国早期为第二阶段，战国中、晚期为第三阶段。由于楚国社会发展阶段有着不同的性质，对于外来文化的需求不一样，因而

---

① 方西生. 试论盘龙城文化［C］//湖北省考古学会论文选集（一）. 武汉：武汉大学学报编辑部，1987.

② 杨权喜. 试谈鄂西地区古代文化的发展与楚文化的形成问题［C］//中国考古学会第二次年会论文集. 北京：文物出版社，1982.

各个阶段文化交流的内容也存在着较大的差别。

在第一阶段，楚虽在周成王时受周子男之封，但由于那时楚还基本处于原始社会，氏族或氏族部落联盟的管理都可以依据传统的习惯条例来进行，人也都还比较单纯，因而，制度文化以及礼教伦理对于他们来说，还无用到的地方，或用处不大。他们迫切需要解决的，是怎样摆脱落后的生产状态，以提高物质文化水平。因而，这一阶段楚人吸取的中原文化最主要为物质文化，如青铜器，青铜冶铸技术等。在各类文化中，物质文化处于表层，也最为活跃。因而，各民族的文化交流首先是物质文化的交流。物质文化的交流虽然对于人们的精神世界影响不大，但对于精神文化的交流却起着至关重要的作用。因为一个民族对于另一个民族文明程度高低的认识最主要是从物质文明的程度来作出判断。比如我们今天强调学习西方文化而不是非洲文化，就是因为西方的物质文明远远超过非洲；故我们有学习西方的一些制度和各种学术理论的必要。所以，中原物质文化大量涌入楚国，对于楚人学习中原的制度和思想伦理文化有着极大的推动作用。

春秋中晚期，楚已逐步建立起一个封建帝国。它所面临的最为迫切的任务是如何建立一整套适合楚国国情的规章制度，以适应国内政治和对外军事斗争的需要。由于楚人基本上没有什么统治经验，而中原却有着一整套现成的封建制度，于是，楚人采取“拿来主义”的态度，先“拿来”，后改造，逐步建立起了一套介乎夷夏之间的统治制度。因而，第二阶段的南北文化交流，楚民族最主要是吸收中原的制度文化。当然，伴随着中原制度文化的输入，也必然随之输入一些思想方面的文化。

中原文化对楚文化影响最大的，当首推制度文化。楚国的许多制度从形式到内容都和中原的制度有密切关系。譬如土地所有制，中原是实行国有条件下的分封制，土地全归国有，由天子封给各诸侯，再由诸侯封给家大夫。楚国是实行国有前提下的里社所有制，但楚国也有分封的现象出现。《左传》哀公十八年曾载，楚公孙宁、吴由于等在鄾地打败了巴军，便将析封给子国。只不过这种情况远不及中原那样普遍，封地的数目远不及中原那样大。楚国的官制，也带有特殊性，官名与中原诸国也有很多的不同。如顾炎武所说："其（指楚）官名，大抵异于他国。"[①] 楚官多以尹为名，如令尹、县尹、工尹、门尹、郊尹、乐尹、箴尹、中厩尹、连尹、宫厩尹等。同时，还有些官名和中原同名而异实。周制太宰官位极高，而在楚国其职位却较低。清人顾栋高便说："太宰之官非楚所重。"[②] 但楚国和中原的官制名同职同，或名异而职同的却也不少。名同职同的如司马、太师、师、傅或太傅、少傅、司徒等。司马在中原职典军事，楚国也是如此。《左传》僖公二十六年载："司马子西帅师伐宋。"周有太师、太傅、太保三公，楚也有太师。《左传》哀公十七年说："楚子问帅于大（太）师子穀与叶公诸梁。"师和傅在中原职主太子教育之事，楚也是如此。《左传》文公六年便说太子商臣有师潘崇。《国语·楚语》也有"申公子仪父为师，王子燮为傅"的记载。名异而职同的如司败、廷理、工尹等。《左传》文公十年记子西说："臣归死于司败也。"楚司败相当于中原的司寇，掌管刑狱。廷理和司败异名而同实。《韩非子·外储说右上》："荆庄王有茅门之法，群臣大夫诸公子入朝，马蹄践霤者，廷理斩其辀，戮其御。"工尹相当于中原的工正，为掌管百工的官员。《左传》昭公十二年曾载，楚国"工尹路请曰：君王命剥圭以为鏚柲，敢请命"。当然，楚国也有许多中原所没有的官职，如左徒、莫敖、柱国等。

战国中晚期，是各家学说争鸣的时期。南北文化的交流在此阶段最为活跃。在这一阶段，楚国的物质文化水平已完全赶上、甚至超过中原。从青铜器的失蜡铸造法来看，楚国的青铜冶铸工艺水平已大大超过中原。漆器的生产更不用说。楚国的政权建设也基本完善，各种制度已基本确立。因而，此期楚人主要是吸收中原的各种学说思想。这个问题在后面将有专节论述，这里就不详述了。值得注意的是，此期南北文化的交流，

① 顾炎武. 日知录集释［M］. 上海：上海古籍出版社，2014：100.

② 顾栋高. 春秋大事表［M］. 北京：中华书局，1993：1039.

不管是物质文化还是思想文化，都已是双向的了。

第三节　屈原与诸子百家

在南北文化的交流过程中，中原文化不光是对楚国的物质文化和制度文化有较多的渗透，同时，对楚人的政治思想有着很大的影响。屈原的思想体系，便是在中原诸子的影响下，吸收各家学说的精华而形成的。

就屈原的思想来看，也许将他看作杂家并没有什么大的不适当，但屈原却并不是杂家。因为古代以《吕览》为杂家，是指它为不同流派学者的集体著作，中国似乎并不以一人有多种思想称杂家。若是我们将屈原的思想和黄老学派的思想作一比较，那么，屈原的思想到底属于哪一体系这个问题便会豁然开朗。

战国时代，在我国的思想阵营中，出现了一个新的学术流派——黄老学派。秦汉之间的历史典籍常谈到黄老学派，但都不过是一个简单的介绍。黄老之学虽然在西汉初年曾显赫一时，压倒其他一切学派，但至汉武帝“罢黜百家，独尊儒术”，黄老之学便被打入冷宫了。因而，时过境迁，黄老之学中除了留下一部《道德经》叫人去猜谜外，黄学的尊颜，人们便无由而睹了。值得庆幸的是，1973 年，在长沙马王堆三号汉墓出土了一批帛书，其中有《老子》甲本、乙本。在《老子》乙本前，附有《经法》《十大经》[①]《称》《道原》四卷古佚书。这四卷古佚书虽不是一人所作，但“思想基本属同一体系，具有浓厚道家色彩”。它们都不见著录于《汉书·艺文志》。根据“书中清楚地显露出诸侯兼并、争斗，尚未出现全国统一这样一个时代背景，文章中使用了战国时期流行的词汇如‘刑德’‘黔首’等”情况来看，研究者基本认为，“它应是战国时期的作品”。《汉书·艺文志》曾著录有《黄帝四经》的目录，而这些古佚书也是四篇，且四篇思想前后互为联系，因而，一些学者认

① 《十大经》也有人认作《十六经》。

为这就是《汉书·艺文志》所著录的《黄帝四经》。这种结论是否成立，尚可探讨。但“这四种古佚书是先秦黄老学派的重要著作”[①]，却是大家所公认的。

从出土的这批珍贵资料来看，黄老学派与道家有着极紧密的关系。它是以道家学说为基础，融合中原儒、墨、法、刑名、阴阳等各家学说而产生于战国时代的一个新的学术流派。我们基本可以将它看作道家的一个支派。道家的哲学有着一个最高范畴——道，它浑沌一团，无名无形，不可捉摸；但它又无处不在，无时不有，世界上的一切事物都是从那里诞生。正如老子所说：“有物混成，先天地生，寂兮寥兮，独立不改，周行而不殆，可以为天下母。”[②] 这“有物”便是“道”。黄学的哲学以道家哲学为核心。它不光有着一个和道家一模一样的“道”，而且“道”同样是黄学哲学的最高范畴和政治思想最根本的原则。请看出土的《马王堆汉墓帛书》中有关“道”的论述：

虚无刑（形），其裻冥冥（裻，衣之中缝，此引申为中枢），万物之所从生……故同出冥冥，或以死，或以生，或以败，或以成。（《经法·道法》）

道者，神明之原也。神明者者[③]，处于度之内而见于度之外者也……有物始［生］，建于地而洫（溢）于天，莫见其刑（形），大盈，冬（终）天地之间而莫知其名。（《经法·名理》）

恒无之初，迵同太虚，虚同为一，恒一而止。湿湿梦梦，未有明晦。神微周盈，精神不〔巸〕（熙）。古（故）未有以，万物莫以。古（故）无有刑（形），大迵无名。天弗能覆，地弗能载。小以成小，大以成大。盈四海之内，又包其外……万物得之以生，百事得之以成。人皆以之，莫知其名，人皆用之，莫见其刑（形）。一者其号

① 唐兰. 马王堆出土《老子》乙本卷前古佚书研究［J］. 考古学报，1975（1）.

② 朱谦之. 老子校释［M］. 北京：中华书局，2000：100-101.

③ 后一者字为衍文。

也，虚其舍也，无为其素也。（《道原》）

从这几段话来看，黄学的“道”其功用性质都与道家的“道”没有什么不同。可知它原本是道家学说的沿袭。

阴阳学说产生很早，在战国时代，阴阳学术已成为众多学派中的一大流派。阴阳家认为，天地间原只有阴阳二气，阳气上升为天，浊气下沉为地。阴阳二气相互调和，保持平衡，便产生了万事万物。这学说应用于自然、社会、人体本身，便是天阳地阴，春阳秋阴，君阳臣阴，男阳女阴、外阳内阴等等。早期道家就已开始吸收阴阳学说。老子就说：“万物负阴而抱阳，冲气以为和。”[①]认为万物都是阴阳平衡、相互调和的结果。黄学很明显地融合了阴阳学说。《经法·四度》说：“极阳以杀，极阴以生，是胃（谓）逆阴阳之命。极阳杀于外，极阴生于内，已逆阴阳有（又）逆其立（位），大则国亡，小则身受其央（殃）。”[②] 阴阳本是相互对立而又统一的。当它们相互调和时，事物才会兴盛，偏于阴或偏于阳都是不好的。因而，不管是人生，还是社会政治都不要失阴阳——极阴极阳。因而，《称》明示“凡论必以阴阳［明］大义”，人应该懂得“天阳地阴，春阳秋阴，夏阳冬阴，昼阳夜阴，大国阳小国阴，重国阳轻国阴，有事阳而无事阴，信（伸）者阳者（“者”当作“而”）屈者阴，主阳臣阴，上阳下阴，男阳［女阴］，［父］阳［子］阴，兄阳弟阴，长阳少阴，贵阳贱［阴］，达阳穷阴，取（娶）妇姓（生）子阳，有丧阴，制人者阳，制人者（当为衍文）制于人者阴，客阳主人阴，师阳役阴，言阳黑（默）阴，予阳受阴。诸阳者法天，天贵正……诸阴者法地，地［之］德安徐正静。柔节先定，善予不争”。[③]

---

① 朱谦之．老子校释［M］．北京：中华书局，2000：175.

② 马王堆汉墓帛书整理小组．马王堆汉墓帛书［M］．北京：文物出版社，1976：23.

③ 马王堆汉墓帛书整理小组．马王堆汉墓帛书［M］．北京：文物出版社，1976：94-95.

司马迁在《孟子荀卿列传》中说邹衍："深观阴阳消息而作怪迂之变，《终始》《大圣》之篇十万余言，其语闳大不经，必先验小物，推而大之，至于无垠。先序今以上至黄帝，学者所共术，大并世盛衰，因载其机祥度制，推而远之，至天地未生，窈冥不可考而原也。"① 是阴阳学术和黄学原本有一定联系。出土帛书将阴阳学说运用于自然乃至于社会人生，正说明阴阳学术对黄学的深刻影响。

在政治上，黄学既吸收了道家"无为而治"的思想，也吸收了法家关于政治的理论。法家力主耕战、法治和中央集权，黄学的政治思想也十分明显地具有这些内容。

耕战：《马王堆汉墓帛书·经法·君正》说：

> 人之本在地，地之本在宜，宜之生在时，时之用在民，民之用在力，力之用在节。知地宜，须时而树，节民力以使，则财生。赋敛有度则民富，民富则有佴（耻），有佴（耻）则号令成俗而刑伐（罚）不犯。号令成俗而刑伐（罚）不犯则守固单（战）朕（胜）之道也。

法治：《马王堆汉墓帛书·道法》开篇就说：

> 道生法。法者，引得失以绳，而明曲直者也。故执道者生法而弗敢犯也，法立而弗敢废也。

《马王堆汉墓帛书·君正篇》也说：

> 法度者，正（政）之至也；而以法度治者，不可乱也。

① 《史记》卷七四。

中央集权：《马王堆汉墓帛书·经法·六分》说："凡观国，有六逆：其子父，其臣主，虽强大不王；其谋臣在外立（位），其国不安；其主不吾（悟）则社稷残。"认为"其主失立（位）则国无本"。那样，国家就会荒亡；"臣失处则令不行"，国家就会一盘散沙；"大臣主"，便会"在强国削，在中国破，在小国亡"。因而，它极力主张"主主臣臣，上下不赾者。""主执度，臣循理。"

法家本来与刑名之学有裙带关系。黄学在吸取法家学说的营养时，也吸取了刑名学术的精华。《经法·道法》说："虚无有，秋稿（毫）成之，必在刑名。刑名立，则黑白之分已……是故天下有事，无不自为刑名声号矣。刑名已立，声号已建，则无所逃迹匿正矣。"这段话意思是说，万事万物都是从虚无中产生，在它们产生以前是没有"形"，也没有"名"的。但它一经产生，便有了"形"，有了形也就有了名。有了形名，也就有了区分事物的标准。然后循名而责实，就能区别真伪好坏。所以，他们主张"执道者之观天下也，必审观事之所起，审其刑（形）名"①。

对于儒家学说，道家的老、庄、墨家和法家都采取了不遗余力的批判态度。但黄学则不同。它在对儒家批判的基础上，也吸收了儒学的一些长处。《经法·论》就说："臣不亲其主，下不亲其上，百族不亲其事，则内逆矣。"在《十大经·立命篇》，作者借黄帝之口说："吾畏天爱地亲民……吾苟能亲亲而贤，吾不遗亦至矣。"这都与儒学的"亲亲""爱贤"的主张是一脉相承的。《鹖冠子》的儒学气味似乎更浓些。《道瑞篇》主张选用人才"必贤、必能、必仁、必义、必贵"。认为"仁是君之操，义为君之行，忠为君之政，信是君之教"②。这些都与儒家的思想观念是一致的。

屈原的思想具有黄老思想的同一特点，即融道、儒、法、阴阳、刑名诸家的学说于一体。当然，屈原不是一个职业思想家，他的思想又是

① 马王堆汉墓帛书整理小组. 马王堆汉墓帛书［M］. 北京：文物出版社，1976：39.

② 黄怀信. 鹖冠子汇校集注［M］. 北京：中华书局，2004：100.

通过诗歌这一艺术形式而表现的，因而，他的思想也就不像黄老学者的思想在政论文的形式中表现得那么系统。

屈原具有浓厚的道家思想色彩，前文已经论及。因而，这里就只谈屈原和其他各学术流派的关系。

楚人对于法家学术是有一定感情的。吴起是一个法家论者，楚悼王听说他贤明，便用以为相。吴起“明法审令，捐不急之官，废公族疏远者，以抚养战斗之士”，“南平百越，北并陈蔡，却三晋，西伐秦”①，致使诸侯以为大患。悼王死后，虽然吴起被宗室大臣作乱而杀死，但吴起的那套政治法术却“行之于楚”，并没有随着他的死亡而马上被废除。吴起变法距屈原不过几十年时间，屈原对这一历史事件当是很熟悉的了。因而，在政治上，屈原对于法家的那套治国以法为根本的主张也很赞成。所以，在他作左徒的时候，怀王便命令他“造为宪令”②，他也由此而受到楚国贵族的嫉妒。他说“国富强而法立。”这句话虽是一个联合结构，但“国富强”与“法立”却是因果关系。这无疑是说：国家要富强，必须要有一套可行的法令制度，使君臣上下有法可依，有法可循。因而，他希望君王“举贤而授能兮，循绳墨而不颇”。他辅佐怀王，也是将“明法度”作为第一件大事。在《惜往日》中，诗人曾说：“惜往日之曾信兮，受命诏以昭时；奉先功以照下兮，明法度之嫌疑。”在他和别人的尖锐矛盾中，就有他们对于法治态度的不同。《离骚》中，诗人曾多次批判他们说：“固时俗之工巧兮，偭规矩而改错。”“背绳墨以追曲兮，竞周容以为度。”可知，屈原鄙弃“小人”，并不仅仅是他们贪婪而“冯不厌乎求索”。他对楚王存在着强烈的不满，除了他被怀王疏远的原因之外，恐怕也与楚王治国不以法度有着内在的关联。因为他在《惜往日》中对楚王“背法度而心治”进行了严肃的批判。这与黄老将法度看作为政治的根本，认为“以法度治者，不可乱也”，是完全一致的。

---

① 《史记》卷六五。

② 《史记》卷八四。

当然，和黄老学派的思想家们一样，屈原也并不是认为法家的一切都好。要治理好国家，法度固然重要，而思想方面的统治也是必不可少的。所以，对于儒家的忠孝仁义，他也很感兴趣。他主张“竭忠诚以事君”，强调“重仁袭义”，既赞美申生的“孝”，也很欣赏儒家的那种人格精神。尽管诗人的最高道德标准是“耿介”“婞直”“纯粹”，而且有些观念的内涵也不尽同儒家，但同黄老一样，屈原的思想与儒家确有许多相通之处。

在屈原的思想中，也含有阴阳学说的成分。阴阳家认为，万物（当然也包括人）都是阴阳调和的产物。《九歌·大司命》中的司命是人们生死的掌管者，所以，屈原说他总是“乘清气兮御阴阳”。《天问》问：“阴阳三合，何本何化?”“伯阳何处，惠气安在?”“天式纵横，阳离爰死”等问题，也都是根据阴阳家的理论来提问题的。所谓“阴阳三合，何本何化”，便如洪兴祖所说，“凡生类禀灵知于天，资形于二气”①。“伯阳何处，惠气安在?”就是问“阴阳调和则惠气行，不调和则厉与鬼，二者当何所在乎”②？而“天式纵横，阳离爰死”，也是说“天法有善恶阴阳纵横之道，人失阳气则死也”③。在《涉江》之中，诗人将楚国政治的黑暗，社会的动乱都归之于“阴阳易位”。那套自然和社会的结构模式被扰乱，便是国受其殃理论的应用。

屈原也有刑名思想，但这思想在他的诗作中表现较为隐蔽。《怀沙》揭露统治者“变白以为黑”“同糅玉石”“一概而相量”，实际就是指责统治者没有循名责实，区分好坏。《经法·道法》说：“刑名立则黑白之分已。”④ 屈原的这种指责完全是以刑名学说为理论根据的。所以，他认为自己被疏远流放是因为统治者“弗省察而按实”。

---

① 洪兴祖. 楚辞补注［M］. 北京：中华书局，1983：85.
② 洪兴祖. 楚辞补注［M］. 北京：中华书局，1983：90.
③ 洪兴祖. 楚辞补注［M］. 北京：中华书局，1983：102.
④ 马王堆汉墓帛书整理小组. 马王堆汉墓帛书［M］. 北京：文物出版社，1976：2.

通过上面的分析，我们不难看出，屈原的思想特征是与黄老学派很接近的。由此，我们会很自然地联想到司马迁对屈原的评价。

先秦时代，像管仲、子产、晏婴这样杰出的政治家不乏其人，但司马迁作《史记》，洋洋数十万言，却很少对他们的政治才能给予较高的评价。然而，对于诗歌而名世的屈原，司马迁却刮目相看，说他“明于治乱”。司马迁如此称赞屈原的政治才能，果真是屈原在治国理乱方面比管仲他们高出一筹，抑或是他们和屈原一样，同有八斗之才却都遭不幸而同病相怜？

我不否定有这些方面的因素，但最主要的原因，则恐怕是因为司马迁也是一个黄老的信仰者。司马迁的父亲司马谈原本“学天官于唐都，受《易》于杨何，习论道于黄子”[①]。这黄子就是一位黄老论者。司马谈评六家学术，独推崇道家。他在《太史公自序》中说：

> 道家使人精神专一，动合无形，赡足万物。其为术也，因阴阳之大顺，采儒墨之善，撮名法之要，与时迁移，应物变化，立俗施事，无所不宜，指约而易操，事少而功多。

其实，这“道家”实则包括黄老。汉人道家和黄老不分，不独司马谈，班固也是如此。司马迁受他父亲的影响，特别是他作为历史学家，对于各家的得失都有比较。所以，他对道家、黄老也很推崇。从他的《太史公自序》来看，他是非常同意他父亲对于诸家学术的品评的。班固曾批评司马迁：“论大道则先黄老而后六经。”[②] 正证明着司马迁对于黄老的推崇。那么，我们是否能说司马迁将屈原当作知己，是因为屈原的思想接近黄老呢？

屈原的思想到底该归入哪一体系我们是可以再商榷的。也许，他原

① 《史记》卷一百三十。

② 《汉书》卷六二。

本就不属于任何一家。而我之所以这样说，正是因为他的思想与诸子百家都有瓜葛。

第四节　屈原人格精神的形成

尽管我们强调《楚辞》是楚国特有文化的产物，尽管我们认为“屈骚精神”植根于楚民族文化的深厚土壤之中，但这并不妨碍我们谈屈原悲剧精神和性格中的中原文化因素。就如我们既注意到了楚国传统文化艺术对于《楚辞》的巨大影响，也不能否定《诗经》从艺术精神到表现形式对《楚辞》的作用一样。我们虽然反对那种模棱两可的方法，但片面强调只能把复杂的问题简单化，将事实主观化，而使我们的研究丧失真理性。朱熹说：“原之为书，其辞旨虽或流于跌宕怪神，怨怼激发而不可以为训，然皆生于缱绻恻怛，不能自已之至意；虽其不知学于北方，以求周公、仲尼之道，而独驰骋于变风变雅之末流，以故醇儒庄士或羞称之。”① 朱熹看到了《楚辞》的南方文化特色，不能不说具有眼力；但是，他完全否定屈原精神意识中的北方文化因素，则又失之片面。我相信，只要是我们不带南方人的感情因素，谁也不会否定，在屈原悲剧精神的血管中流有中原民族的血液；屈原悲剧性格的形成，深受中原文化精神的影响。

促使屈原走向汨罗深渊的关键，一是他那强烈的自我意识，以及由此而带来的那至死也不改变初衷的固执性格；二是他那自我人格完善的不倦追求。毫无疑问，屈原那强烈的自我意识植根于楚国的肥沃的文化土壤，是中原文化所缺少，为中原思想家们所羞称的。但是，他那自我人格完善的追求，却更多地表现着中原人的生命价值观念；他所追求的人格，虽然不尽同于孔子、孟子，却又有着许多的相似之处。

春秋战国时代，随着中原民族理性精神的觉醒，统治阶级专制统治

① 朱熹．楚辞集注［M］．上海：上海古籍出版社，1979．

的加强，以及属于统治阶级的思想家们对于封建伦理道德观念的极力宣传，中原人的那种自我需求得以超越人的基本需求的低等层次，而进入更高层次；人们的自我完善的要求得到了极端的强化。他们歪曲人的本质，将人的道德属性当作人的本质而大力宣扬；他们对于人的基本需求中的低等层次的需求采取基本否定的态度，将人格的自我完善当作人的生命的全部价值去追求。《左传》襄公二十四年载：

> 穆叔如晋。范宣子逆之，问焉，曰：古人有言曰，死而不朽，何谓也？穆叔未对。宣子曰：昔匄之祖，自虞以上，为陶唐氏，在夏为御龙氏，在商为豕韦氏，在周为唐杜氏，晋主夏盟为范氏，其是之谓乎？穆叔曰：以豹所闻，此之谓世禄，非不朽也。鲁有先大夫曰臧文仲，既没，其言立。其是之谓乎？豹闻之，大上有立德，其次有立功，其次有立言，虽久不废，此之谓不朽。

这“立德”的内涵，便是用封建伦理道德观念去培养自己的人格。它和孔子所宣扬的“杀身以成仁”，孟子所称颂的“舍生而取义”，虽然话不一样，但其内涵却没有什么不同。而在楚国，人们如此般地追求自我人格完善的情况并不普遍。老、庄学派把这种外在于人的东西似乎是看得一钱不值；认为对于人来说，生命才是第一可宝贵的。他们所追求的是个性的放荡和思想行为的自由。楚国有不少的隐士，但他们的“隐”，和伯夷、叔齐的“隐”，有着本质的不同。伯夷、叔齐的“隐”是为“义”，而他们的“隐”，并不是为自我人格的完善，而是为逃避世事所带的烦恼，以求得保存身心性命的自由。不能否定，屈原那强烈的自我意识的觉醒，更多地受到了道家思想的启迪；但他那自我人格完善的要求，却又为老、庄所不同。庄子把功名利禄看得轻于鸿毛，认为人不光应该追求“无功”“无名”，还应该超越自我，达到“无己”的境界。而屈原却不是这样。他将功名看得远比生命重要，所追求的是叔孙豹所谓的“死而不朽”。在生命的价值观方面，他有着近乎孔子和孟子的认识；认为人们谋虑的终极，终究要归于善和义。因而，不善不义的人是难以自立于世的。如他所说："瞻前而顾后兮，相观民之计极：夫孰非义而可用兮，孰非善而可服。"所以，他对于"党人"的贪婪和钻营极为不满。他既无意于钻营，也无意于利禄，所担心的只是"老冉冉其将至兮，恐修名之不立"。在他一再被"党人"谗毁，遭受放逐而受到无限痛苦的折磨时，他坚持不与"党人"同流合污，始终保持着品质的高洁，发誓"余将董道而不豫"，"伏清白以死直"。很明显，屈原的这种信念，在中原大有同调，而在楚国却没有和声，不光是世人不理解他，甚至于连他最亲密的女媭也不理解他。

屈原自我人格完善的要求和人格精神受着中原文化精神、尤其是儒家精神的影响是不可怀疑的。但这还不是问题的关键。屈原是楚国人，并没有谁逼迫他去走自我人格完善的道路，而且，楚国当时也不存在这样一种精神氛围，他既可以接受中原文化的这种影响，也可以对此视而不见，听而不闻。按照马斯洛的理论，自我完善是人最为高级的一种基本需求。也就是说，凡是人都应该有着这种要求。但我们却不能将屈原的这要求的产生的决定因素归结于人的本性。因为在现实中，并非人人都有着自我完善的追求。也许，凡人原本都有这种要求，但它的萌发要有一个觉醒的过程。那么，是什么滋润着屈原这种要求的种子得以萌芽和生长呢？

也许，我们要探索屈原这一要求和人格精神产生的心灵历程，不应忘记他特殊的生活经历。因为每一个人精神的形成，与各自独特的生活环境密切相关。据王逸说，屈原曾做过三闾大夫，具体的工作是掌管王族屈、昭、景这三姓子弟的教育。关于楚国贵族的教育内容，据《国语·楚语》说有《春秋》《诗》《礼》《乐》、令、语、故志、训典等。这些东西虽然不一定全都来自中原，但至少可以肯定，这里有不少儒家的经典，如《诗》《礼》《乐》等。先生要教学生这些东西，当然先生比学生对这些教科书的内容要更为熟悉，其精神也必然要受到它们的影响。从屈原的作品来看，屈原不光是具有儒家的一些伦理道德观念，而且他的作品许多地方化用了《尚书》《诗经》等儒家经典术语。可以看出，屈原对于儒家的经典是很熟悉的。因而，可以肯定，屈原在青年时期（他作三闾大夫大概在30岁左右），也就是说，在他世界观的形成时期，有着比他人更多的接触儒家经典的机会。当然，他也就比他人更容易受到儒家人格精神的影响。

但是，屈原有比他人更多接触儒家经典的机会，只是他人格完善要求产生和人格精神形成的一个外在条件，而并不是决定性因素。决定着屈原这要求产生和人格精神儒家化的，是他在接触中原文化的过程中，在中原文化氛围中，对于人的本质和生命价值观念的理性思索。在战国时代，许许多多思想家都在对“人”进行更为广泛的研究。中原的儒家、杨朱学派、南方的道家学派的研究都是以“人”为基本主题。也许，屈原根本无意于作一个思想家，也无意于对这些问题作专门阐述，但屈原并不排斥对这些问题作深刻的思考。

根据《橘颂》没有一丝抑郁的情绪这一点，人们一般将它定为屈原早期的作品。《橘颂》是一首咏物诗，但这橘树的秉性，肯定是诗人理想人格的象征。诗人以极崇敬的心情赞美橘树：“独立不迁，岂不可喜兮？深固难徙，廓其无求兮。苏世独立，横而不流兮。闭心自慎，终不失过兮。秉德无私，参天地兮。”显然，这橘树的“独立不迁”“横而不流”“秉德无私”正是诗人所追求的理想人格。从《橘颂》来看，似乎在青年时代，屈原的人格理想就已经确立。但是，在以后的漫长岁月里，诗人并没有中断“人怎样才有价值”这个问题的思考。而且自己曲折而又坎坷的命运，促使他对这一问题进行更为深刻的思索。从《天问》《离骚》都可以看到这一点。

王逸以为《天问》是屈原在放逐途中作的。人们也多认为诗后面“伏匿穴处爰何云”一句，是诗人被放逐途中的自况。若果真如此，《天问》就是屈原晚年的作品了。关于《天问》的主旨，有多种不同意见。或以为是抒写愁绪，或以为在谈天人关系。夏大霖《屈骚心印》说，《天问》是在探讨“人心之背向”“天命之去留”。从全诗来看，对历史的兴废存亡之间，确是在诗中占有主要的地位。而春秋战国时的人又喜欢从天人关系的角度探索历史盛衰的原因。因而，夏大霖的目光似乎更接近《天问》的实质。但我以为，《天问》不仅探索历史盛衰的原因，还在探讨人的本质和价值。我们不要以为《天问》中对于天的设问，对于自然现象的设问，对于古代神话传说的设问，都与对于人的本质和生命的价值的探索毫无关联；须知道家、尤其是庄子，便爱将天、自然现象和一些神话传说融为一体来谈人的本质、人的价值。《天问》对于历史的设问，固然多着眼于历史帝王，但帝王也有着两重性质。对于他统治的国家和人民来说，他是帝王，代表着国家；但他同时又是作为社会中的一个而存在。他的成功与失败，既是他统治的国家的成功与失败，又是他个人的成功与失败。因而，他们统治的国家的绪业的长短，总是与他们是否流芳百世紧密地结合在一起。

我们不应对此视而不见：在《天问》关于人事的设问中，诗人所思索的对象并不都是那些名垂青史或遗恶后世的帝王，其中还有许多流芳百世的贤人。如“初汤臣挚，后兹承辅；何卒官汤，尊食宗绪”？问的便是伊尹曾作汤的小臣，后被举拔为相，伊尹便终身专一于汤，死后与殷的宗庙系统一样享受祭祀的事。“惊女采薇鹿何祐？北至回水萃何喜？”问的则是伯夷与叔齐不食周粟，采薇首阳的事。“何圣人之一德，卒异其方；梅伯受醢，箕子佯狂？”则是问纣的诸侯梅伯为什么被杀，箕子为什么要装疯。还有些奇怪的问题，如“蜂蛾微命力何固？”则是问蜂蚁的生命很微渺，而力量却为什么那么顽强？它如“何所不死”，“延年不死，寿何所止”？“彭铿斟雉帝何飨？受寿永多，夫何久长？”则都是神仙家们的事情。假如说诗中关于女娲、后羿、尧、舜等设问与国家的盛衰还有些关涉，那对这些问题，我们就不能作此联想了。

春秋战国时代，人们的生命价值观大概可分为三种类型：一部分人把欲望的满足视作人的本质。他们贪图享受，沉湎声色，追求在有限的生命之中更多地享受人生的乐趣。一部分人则把追求物质的享受视为大恶不善。他们认为人应该注重自己的德行，追求的是人格的完善和死而不朽。还有一部分人对这两种人都采取鄙视的态度。他们把生命看得极为重要，拼命去追求生命的长久。而《天问》的设问，都与这些问题相关联。它既有对于那些遵循正道而名垂青史的圣贤的设问，也有对那些贪婪淫逸，而身败名裂之类的恶人的设问，还有对那些寿比南山、延年不死的传说的设问。从诗歌的那语气，我们不难看到，诗人要从他所设问的对象身上，通过他们善与恶、真与美的比较，去探讨人生的价值，求得“人的本质到底是什么”这一问题的解答，弄清楚人怎样才能流芳百世，怎样就会身败名裂。不然，诗人为什么最后要问“何试上自予，而忠名弥彰”呢？

然而，《天问》对这些问题到底没有回答。但我们无须遗憾。《天问》中的这些“为什么”，都可以在《离骚》中找到答案。我们不要以为《天问》和《离骚》在思维方法上有着一致性，而它们的内容全然没有联系。《离骚》不是一再说到贪婪淫逸终没有好下场，遵循正道方能流芳百世么！不是一再表明诗人要坚守高洁的品质么！显然，诗人在《离骚》中表现出来的那自我人格完善的追求和人格精神，正是诗人在对《天问》所提出的那些问题长期探索的结果。

我们应该充分注意到，诗人的这种探索不是在楚国特有的历史文化环境中，而是在中原的历史文化环境中进行。在《天问》中，诗人思考的对象除楚子文、吴王寿梦等人外，绝大多数是中原各朝的著名历史人物、神话传说中的人物。这种情况正说明屈原的生命价值观和人格理想，是在对中原历史文化的思索中形成。如果说，在《天问》中还不能极为明显地看出这一点，那么，通过对《离骚》的分析，我们便不难很清晰看见诗人的这一心路历程。

在《离骚》中，诗人反复表示要抓紧时间，培养自己的美好品质，要“伏清白以死直”。为着人格的完善，即便是长期面黄肌瘦也无所谓，即便是九死一生也毫不后悔。诗人之所以有这坚强的信念，正是因为他从大量的中原的历史事实中看到：凡不遵正道，骄奢淫逸，贪婪求索，于国家，使国家衰败；于个人，使个人身败名裂。他从“昔三后之纯粹兮，固众芳之所在”“彼尧舜之耿介兮，既遵道而得路；何桀纣之猖披兮，夫惟捷径以窘步”，看到了淫逸贪婪败国败身，只有坚持完美的内操，前途才光明远大。在女媭劝告诗人“鲧婞直以亡身”，要他改变自己的操守，随波逐流，与世同俗时，他从启以《九辩》《九歌》淫乐自纵，羿淫游于畋猎，浇不重德行“纵欲而不忍”，夏桀趋于邪僻，殷纣残忍不仁而至于身败名裂，以及“周论道而莫差”等，看到了不善不义，终被历史和社会所抛弃，更坚定了他坚守行操的决心。在灵氛告诉他这世界昏暗而惑乱，没有谁能辨明善恶，劝他“勉远逝而无狐疑”时，他从傅说、吕望、宁戚等中原贤人因有高尚的品质和美好的才能终于得以举用，看到了只要自己爱好修洁，必将最后为君主所信任，为世人所理解，而更坚定了他“伏清白以死直”的信念。所以，我们说，屈原人格完善的要求的产生和人格精神的形成，深受中原圣贤人格的影响。

正是因为如此，屈原的人格包含着众多的中原文化内涵。他对君忠诚，崇尚“耿介”“婞直”，光明正大，独立不迁。从《离骚》《九章》等可以很明显地看出，他这是在效仿中原圣贤。《离骚》说“彼尧舜之耿介”“鲧婞直而不豫”“吾将从彭咸之所居”。《橘颂》说：“行比伯夷，置以为像。”《抽思》说“望三五以为像兮，指彭咸以为仪”。而这些人都是中原民族称道的楷模，其中如尧、舜、伯夷等尤其深受儒家的爱戴。显然，屈原是以中原圣贤的人格为自己的理想人格。因而，我们说，如果说屈原对于自我完善的追求对于屈原的悲剧有着不可忽视的影响，他的人格精神属于他悲剧精神的一部分的话，那么，屈原悲剧精神的形成和发展与中原文化对他的影响是分不开的。

第五节　《诗经》与《楚辞》

中原文化的大举南下，不仅对楚民族的物质文化、制度文化、思想理论、伦理观念等产生了深刻的影响，同时，中原的艺术从形式到内容都对楚国的艺术起到一定的作用。试比较一下《诗经》和《楚辞》，便可在《楚辞》中看到中原艺术精神的某些成分。

《诗经》是中原人极喜爱的一部作品。它一诞生，便在中原地区广为流传，在政治、外交和伦理教育等方面发挥着重要作用。由于南北文化大范围的交流，《诗经》也得以在楚国一定的范围内流传，并产生过一定的影响。当然，楚人学习《诗经》，并非像中原人那样更多的是为政治和伦理教育；楚人的目的，更重要的也许是为了对外军事斗争和应付各种外交场面。因为在那个时代，中原各国在外交活动中赋诗言志，借诗来委婉地表达自己的意愿和对某些事情的意见，是一种极时髦的事。但是，当《诗经》被引进楚国之后，《诗经》便不仅仅是一种外交工具，它还对楚人的艺术及艺术精神也在不知不觉地产生影响。

从《左传》等历史典籍的记载来看，楚人对于《诗经》是很熟悉的。公元前 619 年，陈、郑、楚三国君主会于息地。宋公不听楚王的命令，楚左司马文之无畏“抶其仆以徇”。有人对子舟说：“国君不可戮也。”子舟说：“当官而行，何强之有?《诗》曰‘刚亦不吐，柔亦不茹’。‘毋纵诡随，以谨罔极。’是亦非辟强也。”子舟引的诗，前两句见《大雅·烝民》，后两句见《大雅·民劳》，晋、楚邲之战，楚人担心楚王被晋军包围，便想先发制人。楚孙叔说“进之。宁我薄人，无人薄我。《诗》云：‘元戎十乘，以先启行。’先人也。”楚人胜后，潘党劝楚王筑军营，收晋人的尸体码成堆垛，用土掩封，以为京观，而向子孙宣扬功绩。楚王说：“非尔所知也。夫文，止戈为武。武王克商，作《颂》曰：‘载戢干戈，载櫜弓矢，我求懿德，肆于时夏，允王保之。’又作《武》，其卒章曰：‘耆定尔功。’其三曰：‘铺时绎思，我徂惟求定。’其六曰：“绥万邦，屡丰年。’夫武，禁暴、戢兵，保大，定功，安民，和众，丰财者也。”孙叔引的两句诗见于《小雅·六月》；楚王所说的《颂》即《周颂·时迈》。虽然楚王所引的诗“三、六之数，与今《诗·颂》篇次不同”，但这并不能说明他们对《诗经》不熟悉。《左传》成公二年载，夏姬长得很美，楚庄王想纳夏姬，申公巫臣加以制止。后巫臣偷偷携带夏姬奔齐，在郢都外遇见申叔跪。申叔跪讥讽他说：“异哉！夫子有三军之惧，而又有桑中之喜，宜将窃妻以逃者也。”《卫风·桑中》诗写诗人与孟姜情意缠绵，多次秘密约会于桑中。申叔跪讥巫臣有“桑中之喜”，便是借用《卫风·桑中》之诗意。《左传》所记载的楚人赋诗言志，虽不见得事事都是完全真实的，如何人、何时曾引何诗，很可能是《左传》作者追述所附增，但从总的方面看，楚人对于《诗经》较为熟悉，当是无可置疑的。

楚人眼里的《诗经》，不同于中原人眼里的《诗经》。由于楚文化与中原文化有着本质的区别，且《诗经》诞生于西周至春秋时代，而《楚辞》则产生于战国中晚期，因而，《诗经》与《楚辞》不光在表现形式上有着各自的特点，就是其精神也存在着极明的差别。《诗经》多反映现实，反映人们对于那深厚黄土地的深情厚意，被誉为中国文学创作的现实主义源头；《楚辞》则多表现理想，体现着楚人对于那无限苍穹的向往，被认为是中国古典文学中浪漫主义最为杰出的代表；《诗经》中的一些作品，尤其是《雅》《颂》表现出较为浓厚的封建礼教色彩，存在着封建伦理道德的说教意味；而《楚辞》则表现出强烈的自我意识和反礼教、反束缚的精神；《诗经》的《雅》，许多可视作谏书，是为维护统治而创作，而《楚辞》则基本可视作“独抒性灵”的产物。在形式方面，《诗经》虽然有三言、五言、六言、七言、八言等，但最为主要的是四言。而《楚辞》虽有四言，但多为长句。《诗经》多重章复句，篇幅短小；而《楚辞》鸿篇巨制，不见章句重复现象。刘师培在谈南北文学的不同时说，《楚辞》“叙事记游，遗尘超物，荒唐谲怪，复与庄、列相同。南方之文，此其选矣”①。刘师培虽不是专门比较《诗经》与《楚辞》，但他承认《诗经》和《楚辞》为南北两种不同文化的产物，存在着极大的差别却是可以肯定的。鲁迅先生曾说，《离骚》“较之于《诗》，则其言甚长，其思甚幻，其文甚丽，其旨甚明，凭心而论，不遵矩度”②。鲁迅先

---

① 刘师培．南北文学不同论［M］//刘申叔先生遗书．宁武南氏校印本，1934 年．
② 鲁迅．汉文学史纲［M］．北京：人民文学出版社，1973：20.

生的话虽然有些笼统，但确是较为客观。

但是，我们也不能忽视，《诗经》和《楚辞》从形式到内容也存在着许多相同的地方。这种相同，与南北文化存在着某些共同的东西不无关系，但又仅非这些相同的文化因素所致，而是《楚辞》在许多方面直接受到了《诗经》的影响。这一点，古来已有很多人注意到了。《楚辞补注》记载了王逸在驳斥班固对屈原的攻击时说：

> 周室衰微，战国并争，道德陵迟，谲诈萌生。于是杨、墨、邹、孟、孙、韩之徒，各以所知，著造传记，或以述古，或以明世。而屈原履忠被谗，忧悲愁思，独依诗人之义而作《离骚》。上以讽谏，下以自慰，遭时暗乱，不见省纳，不胜愤懑，遂复作《九歌》以下凡二十五篇。

明朝李维桢曾为朱熹的《楚辞集注》作序，序中便说："《骚》出于《诗》而衍于《诗》。"陆时雍也说："余观于《骚》，而知《诗》之所变也。和平之失，沿而哀怨。哀怨之极，至于凄湎。"①

说实在的，说《楚辞》的思想意蕴完全等同《诗经》，并以此来肯定《离骚》或其他《楚辞》作品的思想价值和艺术价值，这完全是经学家们的偏见，是不符合作品本身的实际的。《离骚》和《诗经》的本质区别，恰恰就表现在这一点上。这在前文已经述及。但他们都注意到《诗经》对《楚辞》有较大的影响作用，却又是颇有眼力的。

我以为，《楚辞》受《诗经》影响，最主要是表现在艺术精神、艺术形式和表现手法、技巧等方面。

在艺术精神方面，具体来说就是《楚辞》对于《诗经》"怨刺"精神的继承。在《诗经》中，尤其是《小雅》和部分风诗，曾对于社会的不平，封建统治者的荒淫腐朽，封建政治的腐败进行了比较广泛的揭露和

---

①　陆时雍．楚辞疏［M］．明辑柳斋藏版．

批判。在《楚辞》中，《诗经》这种“怨刺”精神也得到了充分的体现。《楚辞》的作者们，不光是对于当时社会奸佞当道，“鸾鸟凤皇，日以远兮；燕雀乌鹊，巢堂坛兮；露申辛夷，死林薄兮；腥臊并御，芳不得薄兮”等黑白不分的现象进行了揭露；对于统治阶级的道德堕落，和“众皆竞进以贪婪”“凭不厌乎求索”“各兴心而嫉妒”“忽驰骛以追逐”等进行了尖锐的批判；而且将矛头直指最高统治者——君王。“怨灵修之浩荡兮，终不察夫民心。”“岂不郁陶而思君兮，君之门以九重。”“荃不揆余之中情兮，反信谗而齌怒。”都表现着诗人对于最高统治者不顾人民的死活和昏庸的怨愤。司马迁说：“屈平正道直行，竭忠尽智以事其君，谗人间之，可谓穷矣。信而见疑，忠而被谤，能无怨乎？屈平之作《离骚》，盖自怨生矣。”① 其实，不光是《离骚》，整部《楚辞》都产生于诗人对于现实、对于统治者的怨恨。《九辩》说：“窃慕诗人之遗风兮，原托志乎素餐。”这不仅仅是诗人说自己希望“不空食禄而旷官”②，这“遗风”实际上也包含着《诗经》的那种“怨刺”精神。有些学者说，《楚辞》既富有浓厚的浪漫主义色彩，又具有强烈的现实主义精神。这强烈的现实主义精神，便正表现在那“怨刺”之中。

在艺术形式上，《楚辞》受《诗经》的影响也是较大的。《诗经》主要是四言诗。《楚辞》虽主要为杂言，句式长短不一，极富有自由性，但《楚辞》也有许多四言。如《天问》《橘颂》《招魂》《大招》等。《橘颂》名为“颂”，意即对于橘加以赞美。《诗经》中的《颂》诗，也都为歌功颂德。从《橘颂》的取名来看，当是诗人对于《诗经》四言诗带有创造性的模仿。因为在楚国的诗歌史上，四言是极少见的。《诗经》中的“二南”有一部分可能产生于江汉流域，但它们都是经过了中原人修饰过的，原本是否是四言，现不得而知。见于历史典籍中的楚歌，纯为四言的只有《说苑·至公篇》所载的《楚人诵子文歌》和《说苑·正谏篇》所载

① 《史记》卷八四。

② 洪兴祖. 楚辞补注［M］. 北京：中华书局，1983：192.

的《楚人为诸御已歌》。且这也可能是受《诗经》的影响所致。《史记·滑稽列传》所载《优孟歌》，《吴越春秋》所载《河上歌》《申包胥歌》皆以口语为歌，虽有四言，但杂有六言、七言，是不可等同于《诗经》的。《说苑·善说篇》记录的楚人翻译的《越人歌》，以及《沧浪歌》《接舆歌》，《吴越春秋》所载的《渔父歌》等，最具有楚歌特色，但它们都不是四言。因而，我们可以说四言非楚歌特色。故我们认为，《楚辞》中的四言诗，当是对于《诗经》四言的模仿。

《楚辞》在许多地方还化用了《诗经》诗句。姜亮夫先生在谈《楚辞》与《诗经》的关系时说，《离骚》《远游》《悲回风》三篇后面都有“仆夫悲余马怀兮”这句话就是化用了《诗经·卷耳》的“我马瘏矣，我仆痡矣”这句诗。诗人“用‘仆’字同‘马’字来代表作者的主观愿望，把情感寄托在仆和马身上，这是《诗经》的东西。”[①] 还有人指出，《楚辞》中的苗裔、皇考、回风、飘风、湛露、踊跃、芒芒、隐忧、忧心悄悄、朦朧、雰雰、荼荠、优游等，也是《诗经》诗句的化用。

在诗歌的表现手法及技巧方面，《楚辞》受到了《诗经》更多的影响。如比兴手法的运用。比兴是《诗经》最主要的一种表现手法，而这手法也在《楚辞》中大量运用。《楚辞补注》中记载了汉代王逸曾经指出：

> 《离骚》之文，依《诗》取兴，引类譬喻。故善鸟、香草以配忠贞，恶禽、臭物以比谗佞；灵修、美人以媲于君，宓妃、佚女以譬贤臣；虬龙、鸾凤以托君子，飘风、云霓以为小人。

所说虽不一定准确，但他说《楚辞》的比兴方法源于《诗经》，却是很有见地的。比兴手法的运用，可以避免直率浅露，使诗委婉而又富于韵味。《楚辞》反映了当时楚国社会、政治的深刻矛盾，却又无一点概念化、口

---

① 姜亮夫. 楚辞今绎讲录［M］. 北京：北京出版社，1981：124.

号化的现象，不能不说是得力于比兴的运用。

《楚辞》在意境的创造上，也深受《诗经》的启发。在《诗经》中，虽然许多的诗其情趣和意象相互游离，时空也不同一；有些虽然情趣与意象有所关联，但其所取意象又与诗歌所述的事情不在同一时空。但我们也要看到，有些诗情意完全契合，情景交融、时空浑然一体，如《秦风·蒹葭》一诗。诗所描写的苍苍的狄花，茫茫的白露，带着缕缕寒意，都寄托着诗人对于伊人苦思的凄凉之情。全诗情景水乳交融，构成了一个清凉的意境。这种以景写情，以情托景的写作技巧，在《楚辞》中得到了普遍运用。最为著名的如《九辩》“悲秋”的那段描写：

> 悲哉秋之为气也！萧瑟兮，草木摇落而变衰；憭慄兮，若在远行；登山临水兮送将归。泬寥兮，天高而气清；寂寥兮，收潦而水清。憯悽增欷兮，薄寒之中人；怆怳懭悢兮，去故而就新；坎廪兮，贫士失职而志不平；廓落兮，羁旅而无友生；惆怅兮，而私自怜。燕翩翩其辞归兮，蝉寂漠而无声。雁廱廱而南游兮，鹍鸡啁哳而悲鸣。独申旦之不寐兮，哀蟋蟀之宵征。时亹亹而过中兮，蹇淹留而无成。

飒飒秋风，萧萧木落，清冷的水潦，空旷的山野，南归的飞雁，寂寞的旅舍，哀鸣的蟋蟀，和诗人那惆怅寂寞的情怀浑然一体。这虽然不是《蒹葭》中的那个意境，却又有着异曲同工之妙。应该说，《楚辞》在意境方面的创造，是得力于《诗经》的。

当然，在《楚辞》与《诗经》这些相同之中又有不同。如《诗经》的怨刺在于美人伦，成教化，经国家。它怨的、刺的是统治者不遵礼教仁义；而《楚辞》却仅仅是为着抒发自己的情怀。《诗经》是“怨而不怒”，而《楚辞》却是怒形于色。同为四言，《诗经》大多是两句共一动词，为一个句子；而《楚辞》则是一句为一句子。同是比兴，《诗经》的许多比兴与诗意毫无关联，而《楚辞》的比兴则富于象征意义，同诗的内容浑然一体。这也是我们应该注意到的。

第六节　文化的升华和《楚辞》的诞生

我们注意到了原始宗教和神话对于《楚辞》的生发作用，但《楚辞》的诞生却又不能完全归功于楚国浓厚的巫风和丰富的神话。巫术文学虽然也在一定程度上体现着人们的审美情趣，但它终究算不得纯文学作品。因为它不是人们“为文学而文学”的产物，而是“为宗教而文学”的结果。这也就是说，原始宗教艺术的创作并不是一种纯粹的审美活动；宗教艺术的创作全然是为着宗教的需要，而不是审美的需要。假若以为巫风产生了《楚辞》，那西周、乃至于西周以前的先楚，其巫风应该说比战国时代的楚国要浓厚得多。但是，那个时代却没有出现《楚辞》，没有出现像《楚辞》这样的作品。即便是我们说神话是原始宗教仪式的注脚和说明，但神话也比宗教仪式较晚出现。列维·布留尔曾说：“在个体与社会集体的互渗仍然被直接感觉到的地方，在一个集体与周围集体的互渗实际上被体验着的地方，亦即在继续着神秘的共生的时期中，神话的数量很少而且内容贫乏（如在澳大利亚土人、中部和北部巴西的印第安人等等那里）。相反，在比较进步的一类社会集体中（如朱尼人，易洛魁人，美拉尼西亚人等等那里），神话的枝叶越来越繁茂。”①

这种现象的产生的原因，根据前苏联格·尼·波斯彼洛夫研究，最为主要的，就在于原始氏族社会制度下的社会关系是在生产力十分低下的水平上产生的。在氏族社会里，尚无明显的分工，没有一个阶级对另一个阶级的剥削和压迫；社会关系本身也不发达，没有一定程度上的分化。因此，那个社会的社会意识也不发达，宗教、哲学、道德、科学、文学等混融一体，紧密地联结在一起，是一个不可分割的整体。这也就是说，真正的艺术，包括文学都还没有获得独立存在的地位。因而，它

---

① 列维·布留尔．原始思维［M］．丁由，译．北京：商务印书馆，1981：435.

们也就不可能得到独立的发展。①

这种理论从社会意识形态的发展规律来阐述真正艺术的起源，是有一定的真理性的。但是，这并不是问题的全部所在。和各种社会意识形态的混融性相对应的，还有一个人类思维自身发展的过程和人的自我觉醒的问题。当代文艺理论界流行着这样一个口号："文学即人学。"这并不是说文学要表现人道主义，其中也包含着艺术要以人为中心的含意。匈牙利美学家卢卡契曾指出："审美是以人为中心的。艺术的对象是人的世界，它所表现的是与人相关的本质，是人的精神和它的外化。艺术是人自我意识最适当和最高的表现方式。"②

但是，人类的自我意识只有在人们已经将自然和人完全区别开来，人的主体意识已经完全觉醒的时候才开始确立。因而，卢卡契向我们指出了一个重要问题：纯粹的审美艺术的产生，当是在人们已完全摆脱了原始思维的制约和理性已经开始或完全觉醒的时候。

诚然，康德早已指出，审美活动是一种直觉性的纯感性活动，它可以不受理性的支配。应该承认，康德的理论是有一定道理的。当我们面对那秀丽的山水，鲜艳的花朵，容貌姣好的女性，我们不需要任何思索、任何逻辑推理，便能产生一种愉悦。但是，我们也必须看到，艺术诚然是人们情感的显现，而在现实社会中，人们的情感却又和人们的道德观念有密切关系。审美过程本身就是一个对客观世界的认知过程。艺术创作，有一个从具体到抽象，再从抽象到具体的过程。这期间，需要艺术家对社会现实生活、客观事物进行综合、比较、推理。克罗齐在《美学原理》中说：

> 艺术家们一方面有最高度的敏感或热情，一方面又有最高度的冷静，或奥林比亚神的静穆。这两种性格并行不悖，因为它们所指

① 格·尼·波斯彼洛夫．文学原理［M］．王忠琪，徐京安，张秉真，译．北京：生活·读书·新知三联书店，1985．

② 乔治·卢卡契．审美特性：第一卷［M］．北京：中国社会科学出版社，1986．

> 的对象不同。敏感或热情是指艺术家融会到他心灵机构里去的丰富的素材，冷静或静穆是指艺术家控制和征服感觉与热情的骚动所用的形式。

因而，我们说即便是审美不需要理性、理智的参与，而创作却又离不开理性、理智。所以，在那根本不看因果，不重视经验，将任何事物都看成可以通过神秘的“互渗”而获得另一事物的特性的原始思维占统治地位的时代，在人还没有从自然中分离出来，理性尚未觉醒的时代，真正的审美艺术是不可能产生的。

但是，这些问题，说到底就是一个文化文明的程度问题。也就是说，当一个民族的文化还没有达到一定文明程度的时候，真正的文学的出现还缺乏所需要的条件。春秋以前，楚还处于原始社会，各种社会意识形态都还混融于原始宗教神话之中，它不能产生《楚辞》这样的纯文学作品是必然的。在春秋时代，楚已发展成为一个封建诸侯大国，各种社会意识形态基本上得到了较为专门的发展，但是，人们依然还处在一个朦胧的时代，原始思维依然支配着人们的各种思想活动。我们可以从楚国在战国时代仍然存在浓厚的巫风，原始宗教仍然对楚国的政治、军事、外交以及人们的日常生活起着很大的作用看出来。因而，在春秋时代，楚国仍然缺乏纯文学作品得以诞生的条件。

但是，到了战国时代的情况便大不一样了。那时候，楚国文化虽然还保留着许多原始文化的成分，但就整体情况来看，楚文化已发展成为一种具有高度的封建文明程度的民族文化。随着楚国 200 年来封建文化的积淀，和繁复的政治动乱的出现，楚人虽然还觉得神灵无所不在，但人的主体意识也已基本觉醒。这两种不同的、甚至是对立的意识在楚人的思想中并行不悖，甚至相互融洽。在许多出土的楚国雕刻和绘画文物中，神怪和现实题材同时出现在一组图案之中，相互辉映。信阳战国楚墓中出土的彩绘小瑟，“头部岳山以外绘斗兽，岳山以内及头部两侧是龙蛇神怪花纹，诡谲奇秘，动人心魄”。但瑟上的漆画，“也采用乐舞场面作为题材”。上面绘有两排乐人，或跪地吹笙，或手挥双槌，或拍手唱歌，或挥动长袖翩翩起舞，极富有现实生活情趣。[①] 在和屈原同时代的包山邵固的墓中出土的彩绘漆奁上所绘的《迎宾出行图》，则全部取材于人们的现实生活。26 个人物和车马、猪狗、垂柳构成一个深秋的意境。在画面上，人物始终居于中心位置。[②] 从《庄子》一书来看，人始终是全书的中心议题，它的一切理论都在于阐述人应该怎样地生活，怎样保持人的本性。它所表现的对于个性解放的追求，以及《楚辞》所表现出来的强烈的自我意识，都标志着楚人已经崛起。

人的崛起，带来了人们理性的觉醒。从春秋末年开始，楚人已经开始重新对于他们所面对的世界、社会进行审视，探索这世界形成的奥秘和社会发展的内在规律。老子以“道”来解释这世界的产生，以为这世界的一切都是阴阳相互作用的硕果。由道生出阴阳，再由阴阳生出我们面前的万事万物。这理论已不是互渗的原始思维的产物。屈原颇有兴趣地问：“邃古之初，谁能道之；上下未形，何由考之？冥冥昭昭，谁能极之……”则表明着他对于过去以原始思维方式而解释的各种现象和历史的怀疑，以理性对它们进行重新的思考。不可怀疑，所有的这些都标志着，那浑沌的世界、神秘的互渗思维已初步告别了楚人；楚人已基本进入了一个明朗的世界。

到这个时候，楚国产生《楚辞》的各种条件都基本成熟了。它不光具备了文学赖以产生的社会客观条件，还具备了文学赖以生成的各种心理条件和思维能力。当然，《楚辞》的出现还有着极为复杂的原因，诸如原始宗教艺术的熏陶，楚人审美不带功利目的，整个社会有对各种艺术出现的期待等等。但前面的诸项条件却是必备的。虽说具备那些条件不一定能产生纯文学，但《楚辞》一旦离开了这些条件就不可能产生。所

① 中央音乐学院民族音乐研究所调查组．信阳战国楚墓出土乐器初步调查记［J］．文物参考资料，1958（1）．

② 崔仁义．荆门市包山二号墓出土的《迎宾出行图》初论［J］．江汉考古，1988（2）．

以，《楚辞》不可能出现在西周，也不可能产生于春秋，而只能产生于战国时代的楚国。

这是楚国文化发展的必然！

但是，楚国文化的这种发展，并非仅仅是楚民族原有文化自身积累的结果。每一个民族的文化都有一个由低等文明向高等文明的发展过程。文化的这种进化，固然与这个民族文化自身的积累有一定关系，但若是仅依靠自身的积累，其进化的速度便是极为缓慢的，有的甚至会长期停滞在某一阶段水平上。文化的发展，从来就不是某种文化的继续和重复，而是以一种新的文化的生成为标志。假若我们现在还在广泛地使用着石器，以石器伐树，以石器打猎，以石器耕种，不管是我们所制造的石器要比石器时代的人制造的石器要多多少倍，精美多少倍，甚至于连形制也完全不同，但这仍然只能被称作石器文化，而不是青铜文化或其他别的文化。但是，任何一种新文化的生成，都离不开另一种文化的参与。就如遗传学所告诉我们的一样，任何一种新的物种的产生，都是两种基因接触的结果，是由变异积累成的遗传趋势，通过两种基因的结合而发生结构突变所致。比如牛与牛交配生出来的永远是牛，而牛与马交配生出来的便不再是牛或马，而是其他一种叫作别的什么的动物。在世界范围内，曾有某些少数民族部落一直到现代都还停留在原始社会阶段，如澳大利亚土著，许多印第安人部落。究其原因，就是因为他们长期处于封闭状态，只有本民族文化的积累，却缺少外来文化参与，因而本民族文化的提升长期处于迟缓状态。

楚民族文化在西周时期还基本上停留在原始文化阶段，而到战国时代却突变为一种不管是在物质文化方面，还是在精神文化方面，都能和当时世界上任何一个民族文化媲美的高度文明的封建文化，就是因为它能广泛地吸收外来文化，长期地、不断地和中原文化进行交流，并加以融合。因而，楚民族的传统文化能在短短的几百年中不断地裂变衍生，完成一个个巨大的飞跃。所以，从某种意义上说，《楚辞》的产生又得力于中原文化的影响，与中原文化对楚文化的提升有极密切的关系。但是，这与有些人将《楚辞》说成是中原文化的结果是两码事。

近代学者王国维在他的《屈子文学之精神》中指出："北方人之感情，诗歌也；以不得想象之助，故其所作遂止于小篇。南方人之想象，亦诗歌也；以无深邃之感情之后援，故其想象亦散漫而无所丽，是以无纯粹之诗歌。而大诗歌之出，必须俟北方人之感情，与南方之想象合而为一，即必通南北之骑驿而后可，斯即屈子其人也。"① 若是这"须俟北方人之感情"可以理解为北方文化对南方文化提升的话，王国维的说法便是相当正确了。李泽厚曾经说："《离骚》把最为生动鲜艳、只有在原始神话才能出现的那种无羁而多义的浪漫想象、与最为炽热深沉、只有在理性觉醒时刻才能有的个人人格和情操最完满地溶化成了有机整体。"② 这虽是评价《离骚》的审美特征，却也揭示了《楚辞》是南北文化交流的结果的这一事实。

---

① 王国维．王国维文存［M］．南京：江苏人民出版社，2014：159.

② 李泽厚．美的历程［M］．北京：文物出版社，1979：84.

第五章　文化融合与精神冲突

楚文化的发展过程，是一个和外族文化的融合过程。但是，这种融合，总是在传统文化同外来文化的相互斗争和冲突之中进行。外来文化对楚文化的不断冲击，使楚民族的文化结构不断改变。而这文化结构的不断改变，又最终会导致人们心理结构的不断改变，使人们的思想意识长期处于矛盾和冲突状态。因为旧的思想意识总是在同新的思想意识进行了长期的冲突之后才会退出历史舞台。

所以，当一个民族的文化和外来民族文化处于频繁交流，外来文化意识频繁作用于一个民族的观念的时候，由外来观念意识的作用而产生的新观念与旧的社会现实的矛盾、新旧观念意识之间的矛盾和冲突也在不断形成。这矛盾和冲突不断地作用于人们的心理，就不断地形成了人们新的心理冲突。因而，在一个民族处于与其他民族大规模的文化交流时期，也是这个民族心理冲突最为频繁的时期。

南北文化的交流，加快了楚民族向封建文明过渡的速度，使楚民族文化得到了飞跃的发展。但这却是以楚民族承受不断的心理冲突所带来的巨大痛苦为代价的。《楚辞》是南北文化交流的结果，并非仅仅说《楚辞》从思想内容到表现形式都融合有中原文化的许多因素；从更大的意义上说，它是指南北文化交流给诗人带来的一系列的精神冲突，并由此而产生了在传统文化中难以产生的深沉的愤懑和激烈的情感。《楚辞》作为诗人情感的产物，它的抒情主人公的精神分裂，也正是由外来文化的冲击使楚文化结构调整而带来的楚人心理结构调整过程中的矛盾冲突的显现。

第一节　走出幽谷的恐惧

我们常有这样一种心理体验，对于某些新的东西一方面怀着热情的希望，表现出热切的向往，另一方面又对它的出现存在着恐惧和忧虑。这种情况的出现，往往在社会进行大变革的时候表现得最为突出和频繁。这种对于新的事物的憧憬和对于旧的事物的依恋的矛盾心态作用于人们的精神，便形成了人们的精神冲突。每一个社会的变革过程，也就是人们精神冲突的过程。人们总是在由这种精神冲突而带来的痛苦的厮杀中，告别旧的世界而走入新的社会。因而，楚民族在由原始社会进入封建社会的时候，也不可避免地要经过一番痛苦的心理折磨。我们不应以为楚民族的文化大门始终向其他民族敞开，楚民族始终存在着一种自谦的文化心态，从而认为楚民族在吸取外来文化的时候不应该、或不可能出现这种精神冲突。

在春秋早期，由于楚国基本上还处于氏族社会，人们享有封建社会从来不曾有过的民主和自由，所受剥削和压迫的程度较轻；社会上那种尔虞我诈的现象较少，弱肉强食的人际关系也还不曾出现；虽然那时它也和外来民族存在着尖锐的矛盾，但军事斗争基本上是外在于精神的纯为力量的较量。因而，那时人们的精神世界虽然不是风平浪静，但却缺少那种复杂的精神内在冲突。

春秋中期以后，随着楚国封建国家政权形式的出现，中原制度文化开始大量入侵楚民族。中原制度文化的侵入，带来了楚民族文化的发展和楚国社会的兴盛繁荣。但由于楚民族历史的发展存在着一个巨大的历史断裂层带，楚民族缺少奴隶社会的那种文化积淀，和对封建文明的心理准备与期待，所以，当他们恋恋不舍地从那原始社会的幽谷里走出来，突然来到这个充满封建文明之光的崭新世界的时候，他们茫然了，新与旧的观念意识的冲突和由这精神冲突所产生的心灵的苦闷开始不断地向他们袭来了。一方面，为民族的生存，他们不得不满怀激情地加入这厮杀的行列，用刀枪去劈开荆棘丛林，以求得更大的生存空间；用血肉之躯去铺平前进的道路，以求得民族事业的繁荣和昌盛。而另一方面，他们对这种新的生活又有着极多的不适应，由此而产生了一种对于新的现实的莫大恐惧。他们似乎无时不在愁眉苦脸地思索着怎样逃离这刀光剑影、弱肉强食的威胁。于是，旧梦重温，刚刚成为过去的原始社会的生活图景便又浮现在他们的眼前，并给他们一种从来不曾有过的美好感觉。老子的思想，正是楚民族在刚刚进入封建社会时期，楚国开始大量引进中原制度文化，楚民族传统文化和中原制度文化冲突的结果。

说到老子，我们便不能不对老子及《老子》的成书时代作些阐述。因为我是将《老子》所表现出来的思想当作春秋中晚期楚人思想的结晶来看待的。关于老子这个人，存在着许多的争论。《史记·老庄申韩列传》有关于老子的身世的一个大概的记载。但许多的事情，连司马迁也搞不清楚。老子到底为谁，是什么时候的人，司马迁竟提出了三种说法。或说他就是老聃，或说他是“著书十五篇，言道家之用”的老莱子，或说他是周朝史官太史儋。因而，后人便由此而费尽口舌，围绕着到底谁是老子及《老子》的作者而争论不休。罗根泽等人认为，老子就是太史儋。[①] 顾颉刚则以为老子是老聃，但老聃当生活在杨朱、宋钘之后，《老子》则成书在秦汉之间。[②] 唐兰、郭沫若等则认为老子便是孔子曾以为师的那个老聃，《老子》成书的时间当与《墨子》出现的时代不差上下。[③] 今人陈鼓应先生认为：老子就是老聃，《老子》一书为老聃所作，而且成书年代不晚于战国初年。他说，在先秦的典籍中，《战国策》中的《齐策》《魏策》，《庄子》中《内》《外》《杂》多篇，《荀子·天论篇》，《韩非子》中的《解老》《喻老》《外储说下篇》《六反篇》，《吕氏春秋·

① 罗根泽. 老子及老子书的问题［M］//顾颉刚. 古史辨：第4册. 上海：上海古籍出版社，1982.

② 顾颉刚. 从吕氏春秋推测老子之成书年代［M］//顾颉刚. 古史辨：第4册. 上海：上海古籍出版社，1982.

③ 唐兰：《老子时代新考》、郭沫若《青铜时代·老聃、关尹、环渊》。

君守篇》等，《尹文子·大道篇》，《列子》中的《黄帝篇》《说符篇》，都曾引述过《老子》，证明各家都明确地看到了《老子》一书。《老子》这本书无论是文体，还是思想内容都前后一贯，层层推出，成一家之言，而且，全书分明有自称的我、吾，没有一处自称“老子曰”或“老聃曰”，这都可以证明《老子》很可能出于一人的手笔，为老聃自著，而非后人纂集。当然，也不排除其中有些字句为弟子或后学所附加。[①] 假若唐兰、郭沫若、陈鼓应诸先生的考证是可靠的话，那么，我们将《老子》的思想看作是春秋中晚期楚人精神冲突的产物是没有什么不适当的。

道家很注重玄想，也很善于玄想。但很明显，道家的社会思想并非完全是冥思苦索的结果。有许多的人认为，《老子》所表现的是没落奴隶主贵族的哀鸣，它对于过去的社会表现出一种无限的留恋。说它为没落奴隶主贵族的哀鸣我不敢苟同，但它对于过去的社会表现出留恋之情却是不能否定的。不过，这过去的社会并不是奴隶社会，而是刚刚成为过去的那平静而又安定的原始氏族社会。请看《老子》中记录的社会蓝图：

> 小国寡民。使有什伯之器而不用；使民重死而不远徙。虽有舟舆，无所乘之；虽有甲兵，无所陈之。使民复结绳而用之。甘其食，美其服，安其居，乐其俗。邻国相望，鸡狗之声相闻，民至老死不相往来。

既然有国，也就有君。但这“国”是政治社会意义上的国，还是部落联盟意义上的国，老子却没有区分。不过，先秦时代似乎还没有部落联盟和政治社会意义上的国的概念的区别。在《山海经·海外南经》中，载有结匈国、羽民国、三苗国、交胫国、三首国等等。这里所谓的“国”，恐怕都不过指氏族部落，或氏族部落联盟。譬如这三苗国，不过是一个氏族部落。根据此章后面对这“小国寡民”的社会的具体描述看，它完

① 陈鼓应．老子注译及评介［M］．北京：中华书局，1984．

全否定阶级的存在，故我们可以肯定，这“小国”的原型是原始社会农村公社。

我们充分注意到，儒家也曾提出过“大同”的社会模式。孔子曾因为很久没有梦见周公而深为遗憾，提出要“兴灭国，继绝世”。但从他对周礼的热爱看，在他对现实社会的微词之中，却包含着他对于现实文明更为热切的向往。这种热情毫无保留地显现于他所极力宣扬的每一种伦理道德观念之中。但老子则不然。对于当时的社会文明，他似乎总是保持着十分的忧虑和十二分的不满，尤其是对于物质文明，他表示出一种令人难以理解的冷漠：虽然有各种器物却放置不用，虽然有舆马舟楫却不乘坐，虽然已有文字而记事却去刻木结绳。

在原始社会里，人与自然融为一体，人世间的喧闹还没有达到成为“噪音”的程度。但到了阶级社会里，这种喧闹却已令人震耳欲聋了。这对于过惯了宁静生活的楚人来说，确是一种前所未有的灾难。他们似乎太不适应这种生活了。故老子希望“邻国相望，鸡犬之声相闻，民至老死不相往来”。因为这喧闹是人们在那繁杂的交往之中产生。他希望当时的统治者“清静无为”，以为这繁杂的喧闹将使世界由繁荣走向萧条。他说：“致虚极，守静笃，万物并作”。认为“清静以为天下正”。而“清静”是在“无为”之中产生，故他主张：“为学日益，为道日损，损之又损，以至于无为。无为而无不为。”宣扬“人法地，地法天，天法道，道法自然。”一切顺从自然，不要“有为”。他认为，这世界原本就是浑沌一团，无声无形，没有任何区分。而这浑沌、寂寥状态被破坏，正是人们“有为”的业绩。譬如“尚贤”，“贵难得之货”都属“有为”之事，而人们相互的争斗，人们去作盗贼，正是“尚贤”和“贵难得之货”的结果。①

在老子看来，人类争斗的产生和人们智慧的发展有着密切的关系。他认为，人性原本是异常朴素的。因为有了智慧，人们才变得虚伪、奸

① 《老子》第3章说：“不尚贤，使民不争；不贵难得之货，使民不为盗。”

诈，人类才有了争斗。就如庄子所说，马原本不过“陆居则食草饮水，喜则交颈相靡，怒则分背相踶”。但是，当人们“加之以衡扼，齐之以月题”的时候，就有了“马知介倪，闉扼鸷曼，诡衔窃辔”的情况发生。①在现实社会里，仁义道德、忠孝礼智就如这“衡扼”“月题”，强制改变着人们的纯朴，将人变成凶残的野兽。也许，这是对人类文明莫大的亵渎，我们不会将一切罪恶都归咎于人类的文明；但老子确是认为现实的文明不如过去的原始和愚昧。《老子》记载：

> 大道废，有人义，智惠出，有大伪；六亲不和，有孝慈；国家昏乱，有忠臣。
>
> 绝圣弃智，民利百倍；绝仁弃义，民复孝慈；绝巧弃利，盗贼无有。
>
> 失道而后德，失德而后仁，失仁而后义，失义而后礼。夫礼者，忠信之薄而乱之首。
>
> 天下多忌讳，而人弥贫；人多利器，国家滋昏；人多伎巧，奇物滋起；法物滋彰，盗贼多有。

老子以为智慧是人类社会祸乱的根源，要消除祸乱，就必须废弃智慧，消除文明。这无疑是不符合社会发展规律的幻想，是对文明社会的反动。但也应该看到，于这反动之中，却又蕴藏着一种合理的内核。因为在那个社会里，智慧和文明确是无时不被当作奴役人们的手段，对人起着异化的作用。

人的奸诈在社会生活的每一个角落里都布满了陷阱。老子已经很清楚地意识到了这一点。所以，他似乎总是在提心吊胆地过日子。人们谈到老子，首先注意到的是他的辩证法思想。他说：“天下皆知美之为美，斯恶已；皆知善之为善，斯不善已。故有无相生，难易相成，长短相形，

① 郭庆藩．庄子集释［M］．北京：中华书局，1961：339.

高下相倾，音声相和，前后相随。”[①] 又说：“祸，福之所倚，福，祸之所伏。孰知其极？其无正。政复为奇，善复为妖。”[②] 老子固然已经看到了事物的转化，但《老子》一书其本意却不在谈哲学、谈辩证法。他讲这些道理，只不过是要借它去弘扬自己的政治主张和人生哲学。因而，我们倒不如说老子的这些言论，是老子对于现实社会祸福无常的一种独特的生活体验。它既表明着这位哲人的思想敏锐，同时也表明着他对于现实社会的一种从来也没有过的恐惧。因而，他对于文明社会所追求的富贵、宠爱、知慧、刚强、骄淫处处采取了一种谨慎小心的态度。清静、无为、为下、守柔，“方而不割，廉而不害，直而不肆，光而不曜”等主张，[③] 正是楚人在新的世界面前事事采取慎重态度的反映。

老子的思想代表着刚刚由原始社会进入封建社会这个文明世界的楚人的思想意识，它所表现的对于封建文明的不理解和反对是很自然的。正如我们今天有些人面对着随着改革开放而带来的许多弊病，而对改革开放不理解一样顺理成章。老子虽然对现实文明是持反对态度，但他也在自觉不自觉地受着这文明的影响。他虽然希望的是一个无剥削、无压迫、无争斗的社会，但却又在不自觉地承认着现实存在的制度。他说：“道大，天大，地大，王大。域中有四大，而王处一。”[④] 这其实是他对于封建政治的承认。他说：“治大国若亨小鲜。”[⑤] “大国者下流。”[⑥] 这也和他“小国寡民”的理想相矛盾。他反对战争，说：“兵者不祥之器，非君子之器”，但并没有主张完全去兵，并且时常在为战争出谋献策，说：“用兵则贵右。”[⑦] “以正治国，以奇用兵。”[⑧] 他反对争夺，却也在告诫人

① 朱谦之. 老子校释［M］. 北京：中华书局，2000：9-10.
② 朱谦之. 老子校释［M］. 北京：中华书局，2000：235-236.
③ 朱谦之. 老子校释［M］. 北京：中华书局，2000：237-238.
④ 朱谦之. 老子校释［M］. 北京：中华书局，2000：102-103.
⑤ 朱谦之. 老子校释［M］. 北京：中华书局，2000：244.
⑥ 朱谦之. 老子校释［M］. 北京：中华书局，2000：248.
⑦ 朱谦之. 老子校释［M］. 北京：中华书局，2000：125.
⑧ 朱谦之. 老子校释［M］. 北京：中华书局，2000：229-230.

们："将欲翕之，必故张之；将欲弱之，必故强之；将欲废之，必固兴之；将欲夺之，必固与之。"① 可知他也认为于现实要取、要争，只不过是他所用的手法与一般人不同。因而，有许多人认为老子爱搞阴谋。

《老子》所表现出来的这种矛盾和他对于现实文明的反对一样，也是合乎事物发展规律的。因为人们对于一个新的社会的接受，总有一个由反对到怀疑，到完全理解的过程。而当人们由反对转向怀疑时，犹豫和矛盾也就不可避免了。所以，我们以为，《老子》所表现的这些矛盾和对于文明的反对，都是楚民族对于依稀可见的过去的怀恋，对于封建文明开始被动理解这一心理的表现，也是整个楚民族为民族的生存而必须加入这文明而带来的激烈的断杀行列的心理反应。

《老子》虽然为一人所作，但《老子》的思想却有着广泛的社会基础。如申鸣、接舆、长沮、桀溺等一大批隐士，都在用自己的行为表述着与《老子》相同的思想。而老子也最后偕同关尹，西出关去，不知所终。但他们都与后代那些看破红尘的隐士有着本质的不同，不然，他们也就没有必要去作文攻击现实的虚伪，揭露现实的罪恶。他所表现的，只是刚刚告别旧生活时，对于新的生活的不理解，是一种刚刚由原始社会的"幽谷"走到五颜六色的封建社会时的恐惧。

第二节　酒神精神与文明枷锁

从历史文献的记载来看，楚民族有着一种嗜酒成癖的风气。在《楚辞》中，楚民族嗜酒的风气便得到了充分的反映：

《东皇太一》："蕙肴蒸兮兰藉，奠桂酒兮椒浆。"

《东居》："援北斗兮酌桂浆。"

《招魂》："瑶浆蜜勺，实羽觞些；挫糟冻饮，酎清凉些；华酌既

① 朱谦之. 老子校释［M］. 北京：中华书局，2000：142-143.

陈，有琼浆些……娱酒不废，沈日夜些。”

《大招》：“四酎并熟，不嗌罶只；清馨冻饮，不饮役只；吴醴白蘖，和楚沥只。”

《渔父》载屈原说：“众人皆醉而我独醒。”渔父劝他：“众人皆醉，何不餔其糟而啜其釃？”

也许，有人以为这些记载都来自文学作品，而楚人又喜夸饰，以此来证明楚民族嗜酒成癖，不足为据。但是，当我们站在擂鼓墩出土的那高大的冰酒鉴前时，我们便不能不为楚人的豪饮而惊叹了。《左传》成公十六年记载，在楚晋鄢陵之战中，楚军统帅司马子反因醉酒而致使楚军战败，也可见楚人爱酒之一斑。

好酒为酒神精神的象征。在中国古代，酒与放纵、破坏被等同看待。古人认为，商纣的失败，就是因为他好酒不废，悬肉为林，以酒为池，为长夜之饮。因而，周公旦有鉴于此，特作《酒诰》，告诫他的臣下及百姓说：“天降威，我民用大乱丧德，亦罔非酒惟行。越小大邦用丧，亦罔非酒为辜。”因而，你们绝不要“湎于酒”。假若是有“群饮”或“荒腆于酒”者，则应“尽执拘以归于周，予其杀”。可知周人对于酗酒是严加禁止的。因而，我们说楚人嗜酒，实为楚人酒神精神的一种显现。

酒神精神代表着本能、破坏和放纵，是和所有的束缚人们行为和思想的观念意识尖锐对立的。楚民族的好斗和好乐精神，他们对于欲望的强烈追求，那强烈的独立意识和自我意识等，都表现着楚人的放纵不羁，也都是酒神醉意的产物。

楚民族原本没有什么礼教观念，即便是在他们刚刚跨越奴隶社会而进入封建社会的春秋时代，随着中原制度文化传入楚国的那些伦理道德观念，也还不曾对楚人的思想行为起着束缚作用。因而，在那个时代，楚人的酒神精神和封建文明的思想枷锁的矛盾冲突也还不是非常激烈。就是在楚国的封建制度已经基本确立的时候，其情况也还大致是这样。那个时候，人们虽然对于封建文明非常不适应，抱有极多的恐惧；但这不适应，主要表现为对封建制度的不适应。我们看到，《老子》虽然也对仁义礼教等表示反对，但那却不是《老子》的主要精神。《老子》对于封建文明的批判，其焦点在封建制度上。也许，那时楚人由于忙于对外扩张，思想统治事宜还没有纳入他们的议事日程；也许，对外扩张也需要这样一种精神。故那个时代楚民族还谈不上什么思想统治。

但是，政治统治，最重要的是思想统治。因而，随着封建政权的建立，封建制度的逐步完善，思想统治也就逐渐被纳入楚国统治者的议事日程了。正如汉高祖刘邦在刚夺得天下之时，于《诗》《书》犹不感兴趣；但当政权建立后，便对于"群臣饮酒争功，醉或妄呼，拔剑击柱"颇为担心了。当叔孙通为他制定礼法，对他们进行节制，并在长乐宫按礼仪朝群臣，"竟朝置酒，无敢欢哗失礼者"的时候，刘邦便颇为得意地说："吾乃今日知为皇帝之贵也。"[①] 由衷地称赞起礼法来了。所以，当楚国统治者在封建政权建立后，出于对于人民群众思想维系的需要，于春秋晚期开始输入的中原伦理道德观念，随着楚国各种政治制度的完善而被逐渐强化，逐渐对楚人的思想行为产生了束缚作用。由于楚民族一直在放纵中过着散漫的生活，从来没有受过什么礼法的节制，因而，当这由封建文明而带来的精神枷锁突然强加给他们的时候，酒神精神和这文明的枷锁的矛盾也就越来越尖锐，激烈的冲突也就不可避免了。

假若将《老子》和《庄子》作一对比，我们便会看到，《老子》和《庄子》虽然都对封建文明持否定态度，但他们否定的侧重点则各有不同。《庄子》虽然也对现实社会的一切制度进行了充分的揭露和批判，但它对于现实社会制度的否定，是对封建礼教、伦理道德观念的否定的基础上进行的。庄子是一个人性解放的追求者，也是古代中国第一个个性解放的主张者。庄子及其后学认为，人生最宝贵的是自由，而人性原本就是自由的凝聚。他们敏锐地看到，封建文明虽然带来了物质的文明，但也带来了对于人的异化和对于人的自由的剥夺。人创造了这社会制度，

---

① 《史记》卷九九。

创造了物质文明，创造了伦理道德观念。应该说，这些外在于人的东西是低于人、贱于人，应该为人在这个世界更为自由、更为舒畅地生活服务，应该是为人所支配的。但是，事实却恰恰相反，它们变成了支配人、统治人的力量，将人变成了它们的奴隶。它们犹如一根根绳索，牢固地套在人们的身体和精神上，使人们的言论不得自由，行为不得自由，思想不得自由。人生的欢乐由此而丧失，痛苦随之困扰着人类。

在庄子及其后学看来，人类被剥夺的自由，是随着封建礼教和伦理道德观念对于人性的雕琢而开始出现的。他们认为，在“至德”之世，也就是人类还不知道仁义道德是什么的时候，人“同与禽兽居，族与万物并”，没有君子与小人的区别，人们“同乎无知，其德不离；同乎无欲，是谓朴素”①。而人性也正是在这朴素中得以正常发展，正是在这朴素中保持着它的“常然”，“曲者不以钩，直者不以绳，圆者不以规，方者不以矩，附离不以胶漆，约束不以纆索。故天下诱然皆生而不知其所以生，同焉皆得而不知其所以得”②。但是，随着政治的需要而来的礼乐仁义的出现，而且在它们对人们起着规范作用的时候，人性就失其“常然”了。如《骈拇》所说：“屈折礼乐，呴俞仁义，以慰天下之心者，此失其常然也。”他们将这种情况叫作“惑”，而且是“大惑”。《庄子·骈拇》说：

> 夫小惑易方，大惑易性。何以知其然邪？自虞氏招仁义以挠天下也，天下莫不奔命于仁义，是非以仁义易其性与？故尝试论之，自三代以下者，天下莫不以物易其性矣。小人以身殉利，士则以身殉名，大夫则以身殉家，圣人则以身殉天下。故此数子者，事业不同，名声异号，其于伤性以身为殉，一也。

---

① 郭庆藩. 庄子集释［M］. 北京：中华书局，1961：336.

② 郭庆藩. 庄子集释［M］. 北京：中华书局，1961：321.

正是因为仁义礼智等伦理观念将人们引向争斗，严重地危害着人的自由，所以，庄子及其后学对它们进行了不遗余力的批判。

庄子及其后学者主张人性解放，他们追求无所待的“逍遥游”，这些无疑是楚人理性精神觉醒的产物。它的内容虽然在某种程度排除了原始人性的某些野性因素，但是，它却又无可怀疑地灌注着酒神放纵不拘的精神，保留着许多楚民族传统文化精神的合理内核。所以，我们说《庄子》对于封建礼教和伦理道德观念的批判，实际上是楚民族传统文化精神和封建精神文明矛盾激烈冲突的表现，是楚国的统治者将封建文明枷锁架在人们手脚上时愤怒的呐喊。

楚民族传统文化精神和封建文明激烈的矛盾冲突，在《楚辞》中也得到了充分的反映。屈原与“党人”的斗争，实质上就是这种矛盾冲突的表现。屈原虽然也有强烈的自我精神，但是，他的思想意识却也在许多方面受到了儒家文化的熏陶，在他的身上更多地体现着由人的觉悟而带来的理性精神。他的《离骚》从“启《九辩》与《九歌》兮，夏康娱以自纵。不顾难以图后兮，五子用失乎家巷。羿淫游以佚田兮，又好射夫封狐”，以致于被寒浞篡夺政权和家室；从“浇身被服强圉兮，纵欲而不忍；日康娱而自忘兮，厥首用夫颠陨；夏桀之常违兮，乃遂焉而逢殃；后辛之菹醢兮，殷宗用之不长”等大量纵欲不拘而导致国家易手的历史事件看到，若是整个民族太荒淫，便会导致国家政权崩坏。为着楚王室、也为着楚民族着想，他也主张对于荒淫放纵加以拘限，以义、以善、以法来节制人们对于欲望的追求。但是，在“党人”的身上，却更多地活跃着酒神的血液。这酒神精神和封建文明所带来的世俗精神融汇为一体，作用于他们，使他们对于物质声色的享乐表现出一种前所未有的强烈追求。他们不管什么伦理道德，也不管什么国家前途，凡是现实存在的他们都想得到，凡是他们想得到的，便会不择手段地去追求。正如诗人对于他们描述的，“众皆竞进以贪婪兮，凭不厌乎求索”。法规对于他们来说，似乎从不存在，他们凭借着自己的“才智强巧”，“偭规矩而改错”，“竞周容以为度”。因而，当他们觉得屈原有碍于他们的这种追求时，他们对于屈原的谗毁也就随之而来了。

中原文化的输入，使一部分人，尤其是楚国统治阶级中的有识之士在某些观念意识逐渐向传统的观念意识告别。他们吸取中原文化的精华，用于楚国的政治，由此而形成了楚民族在意识形态领域里传统思想观念与封建精神文明的矛盾。但是，这种在某些文化领域中表现出来的文化精神的对立，一般来说是不长久的。它们通过一定时期内的激烈的冲突后，双方逐渐适应，在双方都有所舍弃之后相互融合，由此而产生一种既不同于传统观念意识，又不同于原来所输入的外来文化的次生形态的文化。这次生形态的文化虽然是传统文化和外来文化融合的产物，但它既和传统文化存在着矛盾，也和更新传入的外来文化对立。如道家对于个性解放的追求，就是中原理性精神传入楚国之后，楚民族传统的生命价值观念在理性精神的作用下而诱生的对于生命价值重新认识的结果。它既和那种一味追求享乐的传统文化精神相对立，反对对声色淫逸的过度追求；也和中原的那种理性精神相冲突，否定它对于人性严酷束缚的价值取向。因而，随着外族文化源源不断的输入，楚民族始终处在传统文化精神与外来文化精神的冲突，次生形态文化观念传统文化观念、更新的文化观念的冲突之中。由于中原文化是一种礼教文化：伦理文化，它的价值取向局限于对于人性的歪曲和人格的自我完善，因而，在楚民族文化融合中原文化的过程中所发生的矛盾冲突，最主要的表现为对于人性的束缚和反束缚。《庄子》一书主要在于阐述人性正常发展的合理性，以及怎样去保持人性的正常发展，就是这种不同民族文化精神相互斗争的结晶。

在一个民族不断地吸收外来文化的时候，传统文化精神和外来文化精神同时矛盾地并存于某些人的思想意识中是一个正常现象。因而，楚民族在吸收融合中原文化过程中两种文化精神的冲突，不光表现为一部分人与另一部分的矛盾斗争，也往往在某些个人的思想观念中形成矛盾。庄子及其后学的思想体系便明显地存在着传统的思想观念与封建精神文明的矛盾。他们希望逃避现实，回到容成氏、大庭氏、伯皇氏等没有争斗的社会，甚至宁愿曳尾于泥涂也不愿做相国，但他们又不甘寂寞，不愿去做真正的隐士。他们既要现其身，又要出其言，还要发其智。① 他们反对礼教伦理道德观念对于人们的束缚，却又主张清静寡欲，甚至认为连乘坐车船也是一种罪过。他们主张和光同尘，无是无非，要“休乎天均”，而儒家、墨家、法家等学派常在他们的攻击之列。可知他们没有丢掉传统民族精神的内核，而封建精神文明又给予他们的思想意识以一定的影响。当互为对立的双方经过理性的进一步强化之后，人们的精神分裂现象也就随之而来了。屈原的悲剧、宋玉的悲怆，正是楚民族传统文化精神和外来民族文化精神同时作用于他们思想意识的结果。

第三节 屈原的悲剧

每一个民族在和其他民族进行长期的、大规模的文化交流的时候，不可避免地面临着多次的再社会教化的问题。所谓再社会教化，就是指人在原有文化所给予人们规范的基础上，为适应新的社会文化而重新建立社会规范的过程。因而，“也是人按照新的社会文化要求改变自己的思想、情感、心理、性格、行为，重新的认同的过程”②。这个新的认同过程，往往充满激烈的矛盾斗争，除非旧文化和新文化基本同一，这矛盾才不会存在。但这只不过是一种假设。因为既有“新”“旧”之分，它们就不会是基本同一的，而要是基本同一的，也就没有“新”“旧”的区别。新文化对旧文化既有继承，也有扬弃，但由新文化带来的新的行为规范绝不是新旧行为规范的简单相加。新的行为规范从没有容纳全部旧的行为规范的豁达海量，而是要求人们全部或至少在很大部分范围里放弃原有文化的规范。这样，便构成了新旧行为规范的矛盾。因而，由文化交流而带来的再社会教化过程，必定是一个充满激烈的精神冲突的

① 《庄子·缮性》极力称赞古代隐士，说古代隐士“非隐其身而弗见也，非闭其言不出也，非藏其智而不发也”。

② 司马云杰. 文化社会学［M］. 太原：山西教育出版社，2007：292.

过程。

这种冲突，一般以两种方式进行。一是表现为外在冲突，即人与人之间思想观念的冲突。二是表现为个体精神内部的冲突。由新文化而形成的新的行为规范虽然要求人们放弃旧的行为规范，但由于旧的行为规范长期制约着人们的思想行为，并通过积淀形成了一种思想行为模式，有些甚至成为人们的内在需求，因而，在人们接受新的社会文化规范的同时，仍然会把它作为一种合理的东西让其继续存在。这样，人们的思想、感情、心理、性格在双重社会规范的作用下就会出现分裂现象，形成思想、感情、心理、性格方面的二重或多重性。当人们在没有外来刺激的情况下，它们一般会和睦相处，但当人们受到外在的强烈刺激时，它们便会同时被激活，相互对立，形成人们内在心灵世界的激烈冲突。

屈原的悲剧，正是在中原文化的冲击下，楚文化多重裂变，以及由这种裂变而带来的人们精神世界分裂的结果。屈原的所有作品，都向人们展示着楚民族文化的分裂，和由这文化分裂而形成的群体的分裂，以及个体内心世界分裂这样一个分裂世界。

在屈原的作品中，我们都可以看到，屈原不光同“党人”、君王以及他的学生存在着矛盾，他还同自己的亲人，乃至于整个社会都处于分裂状态。而屈原同他们的矛盾，则最终表现为他们的生命价值观念、政治思想和伦理道德观念等方面的分裂。

《史记·屈原贾生列传》载，屈原也曾深受怀王的信任。他被疏远是“上官大夫与之同列，争宠而心害其能。怀王使屈原造为宪令，屈平属草稿未定。上官大夫见而欲夺之；屈平不与，因谗之曰：王使屈平为令，众莫不知，每一令出，平伐其功，曰：以为‘非我莫能为’也。王怒而疏屈平”。怀王是否因这一件事件就疏远屈原，是一件颇值得怀疑的事，但屈原与党人有着完全不同的政见却是实在的。《惜往日》曾说：“惜往日之曾信兮，受命诏以昭时；奉先功以照下兮，明法度之嫌疑；国富强而法立兮，属贞臣而日娭。秘密事之载心兮，虽过失犹弗治；心纯庞而不泄兮，遭谗人而嫉之；君含怒以待臣兮，不清澈其然否。”可知屈原在政治上颇重视法家思想。他希望通过确立法令，以维护国家的利益而富国强兵；而党人却对他的这一点深怀不满，由此而导致了他们之间的尖锐对立。

但是，这政见方面的对立只不过是一种表面现象，隐藏在这表面现象底层的，是他们不同的生命价值观念的冲突。屈原说要“明法度之嫌疑”。这“法度”的具体内容，屈原并没有想到我们今天对他研究的需要而告诉我们。但是，我们可以从法家的思想和《楚辞》对于党人的描述而推知它是什么。在楚悼王时，楚国也曾重用吴起搞过一次变法革新。吴起变法就是要“均楚国之爵，而平其禄；损有余而继其不足，厉甲兵以时，争于天下”[①]。由于这次变法极大地触动了楚国贵族集团的利益，吴起因此被他们用乱箭射死。屈原大概也是重复了吴起的主张而遭受了小人的谗毁。若我这推测不错的话，那么，就可以肯定党人反对屈原立法更多的是从维护自我的利益出发。这也就是说，他们将对功名富贵、也就是对于物质生活享受的追求看得比国家利益要高。诗人在他的诗作中对于他们的揭露便充分地证明了这一点。《离骚》说：“惟党人之偷乐兮，路幽昧以险隘。”“众皆竞进以贪婪兮，凭不厌乎求索。”他向重华陈词的主要内容，也都是历史上那些荒淫放纵，而致使国破家亡的事例。如太康放纵情欲，羿沉溺于畋猎，浇“纵欲而不忍”因而身败名裂等。毫无疑问，这是诗人借古喻今，指责党人只图恣志享乐而不顾国家安危。由此来看，他们的生命价值观念更多的是肯定生命本身，更大范围地肯定着本我对于快乐的追求，颇有现代西方人生命价值观念的色彩。但是，它又是楚民族传统文化中具有原型意义的一种精神体现。

屈原和他们不同。他肯定的是人类五种需求中的最高层次，即“自我”的实现。在他的人格结构中，“本我”总是处于被压抑的状态，“自我”和“超我”占有明显的统治地位。面对着整个社会对于权利富贵的追逐，他总是以冷漠的心情去对待，并不曾对此有过一丝的冲动，担心

① 向宗鲁. 说苑校证［M］. 北京：中华书局，1987：367.

的是“老冉冉其将至兮，恐修名之不立”。并且表示，为着这“修名”，即便是“长颇颔”也在所不惜。可见，党人认为生命最具价值的方面，正是他所认为的人性最低劣的部分。正是因为这样，屈原才会对党人的贪婪、偷乐进行充分的揭露和批判；党人才会不遗余力地去对他进行毁谤。诗人说：“謇吾法夫前修兮，非世俗之所服。”就正表明着由他们生命价值观念的不同而带来的思想行为方面的矛盾。

因为他们生命价值观念的取向存在根本的差异，因而，他们的伦理道德观念也存在尖锐的对立。屈原《怀沙》中强调“内厚质正”“重仁袭义”“谨厚以为丰”，讲求信直。在《涉江》中说：“苟余心之端直兮。”就是僻处山野也不后悔。他“竭忠诚以事君”，而对于阿谀奉承，佞言献媚尤其反感。他厌恶雄鸠的“佻巧”，也不喜欢宓妃的“信美而无礼”。他似乎更多地受到了儒家伦理道德观念的影响。而党人的伦理道德观念则和他们对于财富的无限追求相适应。对于他们来说，仁义、正直，纯粹毫无价值。“周容”，造谣中伤，佞言献媚是他们追求财富的可靠手段。所以，我们说屈原同党人的矛盾冲突，根源于他们不同的精神世界，是很难调和的。

在屈原同女婴之间，其思想观念也存在着较厚的隔膜。从女婴对于屈原的劝告来看，女婴对于小人们的行为和道德强烈不满，但是，她从历史和现实看到，直以招祸，洁而受污。在这“资菉葹以盈室”的社会，你要“判独离而不服”，只能带来痛苦的遭遇。因而，她对于屈原的“婞直”和“好修”也深为不理解，一再劝告屈原改变自己的志向，随波逐流。他反复责备屈原说：“鲧婞直以亡身兮，终然夭乎羽之野。汝何博謇而好修兮，纷独有此姱节？资菉葹以盈室兮，判独离而不服。众不可户说兮，孰云察余之中情？世并举而好朋兮，夫何茕独而不予听？”毫无疑问，女婴的责备是出于对屈原的关心和爱护。但是，这关心和爱护并不是以相互理解为基础，而是恰恰相反。它同样表现着屈原与外在精神世界的分裂。正是这种分裂，将屈原推向了极端孤独的境地，形成了他不光是与党人，而且是与整个社会的矛盾。

但是，屈原的悲剧，并不仅仅是一个社会悲剧。因为促使屈原走上绝路的原因，并不仅是他与党人的矛盾斗争，也与他内在的精神世界的分裂有着非常密切的关系。或许，后者比前者更为主要。因为同外在精神世界所发生的冲突而带来的痛苦还可以通过某种行为方式而得以解脱；而这内在精神分裂所带来的折磨却怎么也摆脱不了。屈原之所以总处在深沉的痛苦折磨之中，就在于他的精神始终处于分裂状态。他在受怀王信任的时候，虽然没有过疏远后这样的痛苦，但这只不过是他精神中矛盾的两极，有一极占有压倒另一极的优势。当他被疏远后，原占有压倒优势一极的优势便消失了，另一极的复苏使两极处于势均力敌的地位。于是，心灵内在的冲突也随之开始了。

屈原以敏锐的目光看到，要维护楚国大一统的政治局面，必须改造楚民族的酒神精神，给予它一定的约束。但它并没有像儒家那样泯灭对于物质享受的追求。因而，他也不可能像颜回那样，在陋巷之中“一箪食，一瓢饮”也“不改其乐”。在他那“吾独穷困乎此时也”“哀吾生之无乐兮，幽独处乎山中”的悲叹之中，既包含着他对于权位的追求、对于仕途穷困的悲愤，也不能说它与物质生活的享受毫无关联。因为仕途的穷达与物质生活的水平总是大致相适应的。在《招魂》中，诗人极言声色犬马的欢乐，膏腴佳酿的味美，则又完全是另一种精神面貌。

屈原具有强烈的自我意识。他所有的作品，都表现着他的自恋和自我崇拜。他似乎认为，在这个世界上，只有他才是最完美的人，是凤凰，是骐骥，是历代圣哲的再身；而别人都不过是驽马，是鸡鹜。在他这种对自我的称颂之中，也许不无自我美化的因素，但正是由于有这自我的美化，才更显现出他的自恋。正是有这自我崇拜，他才有着伟大的历史使命感。应该说，一个狂热的自我崇拜者，是很难对他人认同的；但他却又有着强烈的忠君思想，是君王忠诚的爱戴者。他一再声明自己“事君而不二”“思君莫若我忠”，即便是在明知自己完全不可能再回到君王身边时，他还念念不忘君王，这不能不说他带有一丝卑微。

一个具有强烈自我意识的人，也必然是一个具有强烈的独立意识和个体意识的人。伴随着屈原狂热的自我崇拜，他的独立意识和个体意识也得到了充分的发展。这既表现在他对于社会现实有着独特的看法，有着独特的理想和人格等方面，也表现在当他的功名和群体利益发生矛盾的时候，他首先注意到的是自己的功名这一点上。一般来说，自我实现和自我人格的完善并不是相互对立的。但楚国现实社会的混浊却将它们推向了对立的两极。不可否认，在屈原的自我实现之中，包含着他富国强兵的理想这一内容。但一个只有群体意识的人，即便是他时刻不忘人格的完善，但当他人格的自我完善和社会理想发生矛盾的时候，他会在自我完善方面作出让步，去换取群体的利益。而屈原不能。他明知自己的高洁会引起党人的嫉妒，但他从不愿意牺牲自己的一点清白去换取楚王身边人的和解，坚持要“伏清白以死直”。因而，他将自我人格完善放在自我实现之上。也就是说，他是将政治理想的实现摆在服从自我高洁的位置之上。可见，屈原虽一再表明自己要为祖国效力，但当国家集体利益和个体利益发生矛盾时，屈原却倒向了个体而不是群体。当然，我们绝不能以此来否定屈原的群体观念。在他对于“民生之多艰”的感慨中，在他“何百姓之震愆”的责问之中，在他对于历代昏君误国的陈诉之中，在他将要离开故国“仆夫悲，余马怀，蜷曲顾而不行”的对于祖国的眷恋之中，都无不表现着他对于人民的关怀，对于祖国的热爱。在他“国富强而法立”的政治理想和主张中，又毫无疑问地体现着他对于群体利益的关心。

这群体意识和个体意识同时作用于诗人，又使得他的精神领域中出世思想和入世精神并存。在诗人屡遭谗毁，被流放于荒山野岭之时，他也不曾忘记过自己的理想。他深切地思念着楚王，魂一夕而九逝，希望他能重新起用自己，为楚国作一番贡献，这无疑是一种入世精神。但他却又并非没有想到过出世。在他被人完全不理解，在精神上受到由此而带来的深沉痛苦的时候，他也曾多次想逃避这世界，去保全自己的生命和高洁。他那浓厚的神仙思想，便正是他出世精神的体现。

屈原对自我完善的强烈追求，带来了他的孤独，也给了他承受由孤独而带来的痛苦的折磨的勇气。他曾多次表示，“固将穷苦而终身”，要勇敢地去承受这孤独。但是，他却又无时不为这孤独的折磨而长吁短叹。他曾用多种方式去求得君王的信任，到处去诉说自己的痛苦，也曾上天入地去寻求知音。这都表明他无时无刻不在想着逃避孤独，解除这孤独所带来的痛苦。

《卜居》曾记载：

> 吾宁悃悃款款朴以忠乎？将送往劳来斯无穷乎？宁诛锄草茅以力耕乎？将游大人以成名乎？将从俗富贵以媮生乎？宁超然高举以保真乎？将哫訾栗斯、喔咿儒兒以事妇人乎？宁廉洁正直以自清乎？将突梯滑稽、如脂如韦，以洁楹乎？宁昂昂若千里之驹乎？将氾氾若水中之凫乎，与波上下，偷以全吾躯乎？宁与骐骥亢轭乎？将随驽马之迹乎？宁与黄鹄比翼乎？将与鸡鹜争食乎？此孰吉孰凶？何去何从？

对《卜居》，一般认为它不是屈原所作，但这两两相对的问话，却正是屈原精神分裂的写照。

总之，屈原的精神始终处于分裂和矛盾中。它既是酒神的反对者，又是酒神的拥护者；既是自我的崇拜者，又是自我的否定者；既具有入世精神，又有对于神仙的向往；既是一个孤独的承受者，又是孤独的逃避者。在一般的情况下，这些矛盾并不是不可调和，但在屈原所处的具体环境中，屈原要想同时都得到这些方面的满足，却是很难的。他要想忠于自我，就要放弃自己独立的人格；他要想得到楚王的青睐，就必须同流合污；要想自我实现，就必须远离祖国；要想保持自己的清白，就必须承受孤独所带来的痛苦。反之亦然。但屈原明知这不可能却力图兼得。于是，两种力量便在他内心展开了反反复复的争夺，将他的心灵撕得粉碎，将他推入了不能自拔的痛苦的深渊。因而，屈原的悲剧不仅是一个社会悲剧，也是他精神分裂而造成心灵冲突的结果。

第四节　宋玉的悲怆

宋玉是继屈原之后的一个重要的、富有个性的楚辞作家。关于他的生平行事，历史记载甚少。司马迁《史记·屈原贾生列传》曾说："屈原既死之后，楚有宋玉、唐勒、景差之徒，皆好辞而以赋见称。然皆祖屈原之从容辞令，终莫敢直谏。"《韩诗外传》和《新序·杂事》也有些关于宋玉的记载。我们把这些记载和传说为宋玉所写的所有作品综合起来看，可知宋玉大概是一个出身低贱的中下层知识分子，很有文学才华，在楚襄王时期曾做过小官，但终身却不甚得志，长期处于潦倒和悲愁忧凉的境地。

宋玉的创作也很丰盛。据《汉书·艺文志》载，他有 16 篇作品。王逸的《楚辞章句》收有《九辩》和《招魂》，《文选》说《风赋》《高唐赋》《神女赋》《登徒子好色赋》《对楚王问》也是他的作品。晚出的《古文苑》还说他有《大言赋》《小言赋》《讽赋》《钓赋》《舞赋》。在这些作品中，司马迁说《招魂》为屈原所作。许多学者研究，《古文苑》归于宋玉名下的作品都是伪作，而《文选》所载《九辩》《招魂》之外的五篇也可能出自他人之手。因而，人们肯定为宋玉作品的就只有《九辩》。本节虽无意于宋玉作品真伪的争论，但我却认为，即便是那些出自他人手笔的作品，我们仍然可以将它们作为有关宋玉的历史资料来看待。所以，我在分析宋玉的精神形象时，仍对它们有所引用。

据王逸说："《九辩》者，楚大夫宋玉之所作也。辩者，变也，谓陈道德以变说君也。"又说："宋玉者，屈原弟子也。闵惜其师，忠而放逐，故作《九辩》以述其志。"① 王逸的这个序大概是揣测之词。因为宋玉不一定是屈原的学生。从《九辩》的内容来看，全篇都在抒写诗人自己的悲愤和忧虑，不似在为屈原被无辜放逐而"陈道德"向楚王进谏。汉代

① 洪兴祖. 楚辞补注［M］. 北京：中华书局，1983：182.

经学盛行，汉儒都爱以儒家经学的观念来解释《楚辞》。而且，宋玉似乎也喜欢写些具有讽谏意义的文章，如《风赋》便颇有讽刺的意味。故王逸将《九辩》看为进谏之作，我们无可厚非。

宋玉与屈原有着许多不同。他没有屈原那样的出身，没有屈原那样的地位，也没有屈原那种怨愤和直谏精神。但他们生于同一文化环境中，其精神结构却存在着许多的相同之处。故他有着和屈原大致相同的遭遇，“悲忧穷寂”，长期处于愁心满结，愤懑盈胸的状态。

应该承认，《九辩》在内容上对屈原的作品有着许多的继承。《九辩》中有些诗句和屈原的作品如出一辙：

《离骚》：“固时俗之工巧兮，偭规矩而改错；背绳墨以追曲兮，竞周容以为度。”

《九辩》：“何时俗之工巧兮，背绳墨而改错；却骐骥而不乘兮，策驽骀而取路。”

《离骚》：“夫孰非义而可用兮，孰非善而可服。”

《九辩》：“与其无义而有名兮，宁穷处而守高。”

《离骚》：“彼尧舜之耿介兮，既遵道而得路。”

《九辩》：“独耿介而不随兮，愿慕先圣之遗教。”“尧舜之抗行兮，瞭杳杳而薄天。”

《离骚》：“汩余若将弗及兮，恐年岁之不吾与。”“日月忽其不淹兮，春与秋其代序；惟草木之零落兮，恐美人之迟暮。”

《九辩》：“四时递来而卒岁兮，阴阳不可与俪偕。白日晼晚其将入兮，明月销铄而减毁。岁忽忽而遒尽兮，老冉冉而愈弛。”

诸如此类模仿因袭的词句还可以找到不少。

假若我们以为《九辩》对《离骚》有许多的抄袭，从上述举例来看，似乎这样认为并无什么不合适。但是，若是我们认为这仅仅是文字的抄袭，那似乎就将问题看得过于简单了。我们应该看到，在这种抄袭之中，不光蕴涵着宋玉对于屈原深深的同情，而且也表现宋玉对于屈原思想和精神的钦慕。这也就是说《九辩》和《离骚》的这些词句的同一，表明着宋玉和屈原在思想观念上的志同道合。

宋玉也是一个自我意识较为强烈的人。据说，《文选·对楚王问》记载楚襄王曾问宋玉：

> 先生其有遗行与？何士民众庶不誉之甚也?”宋玉对曰：“……客有歌于郢中者，其始曰《下里》《巴人》，国中属而和者数千人；其为《阳阿》《薤露》，国中属而和者数百人；其为《阳春》《白雪》，国中属而和者不过数十人；引商刻羽，杂以流徵，国中属而和者不过数人而已。是其曲弥高，其和弥寡。故鸟有凤而鱼有鲲，凤皇上击九千里，绝云霓，负苍天，翱翔乎杳冥之上；夫蕃篱之鷃，岂能与之料天地之高哉？鲲鱼朝发昆仑之墟，暴鬐于碣石，暮宿于孟诸；夫尺泽之鲵，岂能与之量江海之大哉！

言下之意，就是众人都不过是才能鄙浅，人格低下的乌合之众；而自己却是《阳春》《白雪》，是高飞九千里的凤鸟。在《九辩》中，他怨恨楚王“却骐骥而不乘”，又说：“当时岂无骐骥?”“凤皇高飞而不下。”也是说自己是与众不同的骐骥和凤凰。可知，他对于自己的才华和人格都很自负。

所以，他不甘寂寞，想赢得楚王的青睐，凭借楚王而干出一番惊天动地的事业来。他这种强烈的自我实现的愿望，同样在《九辩》中得到了充分的体现。他虽然也曾受道家的影响，希望楚王“赐不肖之躯而别离兮，放游志乎云中”。但他自我实现的愿望却无时无刻不在困扰着他。他说：“愿沈滞而不见兮，尚欲布名乎天下。”“欲寂漠而绝端兮，窃不敢忘初之厚德。”“愿衔枚而无言兮，尝被君之渥洽。”也许，在这“不敢忘初之厚德”和“尝被君之渥洽”的追忆之中，确实包含着诗人对于楚王的怀恋，但说自己不能归隐，想在楚王身边而报答楚王，却是地地道道的漂亮话。在这话底下所隐藏的，是他“尚欲布名乎天下”那不甘寂寞的心思。

正是因为他从没有忘记过功名，他在被朋友推荐给楚襄王，而“襄王待之无以异”时，他便责备朋友说：“昔者齐有良兔曰东郭㕙，盖一旦而走五百里，……使之遥见而指属，则虽韩卢不及众兔之尘；若蹑迹而纵緤，则虽东郭㕙亦不能离。今子之属臣也，蹑迹而纵緤与，遥见而指属与?”[①] 言下之意，就是朋友没有向襄王力荐，使他得到重位。自己不被重用，却去责备朋友，那急于功名的心情，可想而知了。

宋玉的文章确是写得很漂亮，而且才思敏捷，善于形容描写。《登徒子好色赋》载登徒子在楚王面前说宋玉的坏话。楚王“以登徒子之言问宋玉”，宋玉随口答曰：“天下之佳人莫若楚国，楚国之丽者莫若臣里，臣里之美者莫若臣东家之子。东家之子增之一分则太长，减之一分则太短，著粉则太白，施朱则太赤，眉如翠羽，肌如白雪，腰如束素，齿如含贝；嫣然一笑，惑阳城，迷下蔡。”可见他能言善辩。而《风赋》描写风之动态状况，《神女赋》形容神女的美丽，都可说到了无以复加的地步。但是，他的政治才华如何，却无从知晓。也许襄王不曾重用他，似乎与他徒有空言有关，但也与他的个性，与他的人格似乎不无联系。

宋玉的自我崇拜，铸就了他孤高自傲的性格。他说他“独耿介而不随兮，愿慕先圣之遗教”，“与其无义而有名兮，宁穷处而守高”。可知在他的人格结构中，儒家所仰慕的先圣的人格占有重要地位。在《对楚王问》中，他自比《阳春》、《白雪》、凤凰，说自己不屑与蕃篱之鷃，尺泽之鱼为伍。他虽然也常给楚王写些娱悦性的文字，如《高唐赋》《神女赋》等，不失为一个御用文人，但他似乎又对无功受禄深为不然。说“愿托志乎素餐，窃慕诗人之遗风”。不愿旷官而空食爵禄。当然，对于不择手段，苟且钻营，他更为不满。所谓“骥不骤进而求服兮，凤亦不贪餧而妄食”，正表明他这种心迹。而且，他对于“处浊世而显荣”也深

① 石光瑛．新序校释［M］．北京：中华书局，2017：748-750．

以为不然，说这“非余心之所乐”。因而，他对于那些“工巧”的“时俗”们“灭规矩而改错”，表示出极大的不满。班固曾说，宋玉的赋和唐勒、司马相如、扬雄的赋一样，“竞为侈丽闳衍之词，没其风谕之义”[①]，和司马迁说他不敢直谏是相互印证，而且是接近事实的。至于鲁迅说宋玉是一个“纯粹的清客”，属于“俳优蓄之”的弄臣。[②] 似乎也离事实不远。但郭沫若作历史剧《屈原》，借婵娟之口，骂他是一个“没有骨气的无耻文人”[③] 则就不符合事实了。

由于宋玉不愿同流合污，随波逐流，且在他和世俗之间始终存在着一种隔膜，因而，称誉他的人少，而谗毁他的人多。《九辩》中说：“愿自往而径游兮，路壅绝而不通。”“愿皓日之显行兮，云蒙蒙而蔽之。”“何险巇之嫉妒兮，被以不慈之伪名。”“世雷同而炫曜兮，何毁誉之昧昧。”从这些话看，宋玉不受重用，是同世俗进谗有关的。《新序》卷五也载：“宋玉事楚襄王，而不见察，意气不得，形于颜色。或谓曰：先生何谈说之不扬，计划之疑也？宋玉曰：不然。子独不见夫玄蝯乎，当其居桂林之中，峻叶之上，从容游戏，超腾往来，龙兴而鸟集、悲啸长吟……及其在枳棘之中也，恐惧而悼慄，危视而迹行。”[④] 这正说明着宋玉的不得意，确实是由他的孤傲而带来的。

但是，假若我们因此而说他和屈原一样有着伟大的理想，那也不符合事实。他似乎对楚国的处境也有些担忧，嗟叹“皇天淫溢而秋霖兮，后土何时而得漧”？但这种忧虑困扰他的时候好像不多。他对于楚襄王的怀念是和他对于功名富贵的追求紧密联系在一起的。正是因为如此，他就不可能对于那班权贵和楚王进行深刻的揭露和批判，也缺乏屈原那“宁溘死以流亡”，也“不忍为此态”的执着追求。詹安泰、容庚等说：

① 《汉书》卷六五。

② 鲁迅．且介亭杂文二集·从帮忙到扯淡［M］．北京：人民文学出版社，1973.

③ 郭沫若．屈原［M］//郭沫若剧作全集：第一卷．北京：中国戏剧出版社，1982.

④ 石光瑛．新序校释［M］．北京：中华书局，2017：751-756.

“其实，屈原热爱祖国，热爱人民和为正直的主张而斗争到底的伟大人格和高贵品质，宋玉是没有的。宋玉所表现的一切都是为自己打算。他虽然恨那班权贵阻塞他进身之路，但不敢向他们斗争；他虽然感觉到楚国统治政权的腐败，楚国前途的危险，但他唯一的出路还是洁身引退；他虽然也骂那班权贵是‘猛犬狺狺’，但为的还是‘关梁闭而不通’。”① 我以为是不错的。

我们通过对于宋玉精神的形象的分析，可以看到，在宋玉的精神结构中，自我意识始终较为强烈。这种意识一方面表现为自我实现的需求，一方面表现为自我人格独立的坚持。前者和部分世俗精神融合，促使着他去为功名利禄而奋斗，培养他欲求的旺盛成长；后者孕育了他的孤高自傲的个性，使他不可能同流合污，由此而遭受着他人的谗毁，堵塞了他的进仕之路，毁灭着他所追求的前途。按道理说，凭他的才华，依他的人格品质，他似乎应该得到较高的待遇。但是，现实的混浊却使他应该得到的而没能得到。于是，他将现实、将时俗甚至将楚王都摆到对立面。他感到了现实的“薄寒之中人”，感到了自己的孤独和寂寞，感到了时俗的可鄙，感到了时光流逝的迅速和“白露”“严霜”的迫胁。于是，那“贫士失职而志不平”的怨愤，那“羁旅而无友生”“而私自怜”的惆怅和悲怆便油然而生了。

第五节　屈原与孔子、孟子

孔子是春秋末年的人，屈原是战国中晚期的人。他们之间，原本没有什么瓜葛。但当我们在分析楚文化的结构和屈原的精神冲突时，便会很自然想到孔子，甚至还有孟子。因为孔子、孟子在许多方面和屈原相似。屈原有着伟大的历史使命感，而孔子、孟子也未尝没有。孔子从卫

---

① 詹安泰，容庚，吴重翰．中国文学史［M］．北京：高等教育出版社，1957．

国经过匡地到陈去、被匡地的人围困时说："文王既没，文不在兹乎？"[①]这虽然是一句自我解嘲的话，却也隐藏着孔子以文王自许，以恢复周代文化兴盛为己任的自信自强。《孟子注疏》中记载孟子曾直言不讳地说：

> 五百年必有王者兴，其间必有名世者。由周而来，七百有余岁矣。以其数，则过矣；以其时考之，则可矣。夫天未欲平治天下也；如欲平治天下，当今之世，舍我其谁也！

似乎颇有些大言不惭的味道。屈原极力追求道德的完善，但他这是向孔子学来的。孟子也未尝没有这追求。孔子说："见善如不及，见不善如探汤。"[②]"志士仁人，无求生以害仁，有杀身以成仁。"[③]为自我的完善，即便是献出宝贵的生命也在所不惜。孟子也说："富贵不能淫，贫贱不能移，威武不能屈。"[④]可见，孔子、孟子自我人格完善的愿望并不比屈原逊色。他们都同样有着自己的理想追求。屈原一心要富国强兵；孔子要恢复周礼；孟子要实行"仁政"，"五亩之宅，树之以桑"，使50多岁的人都有丝绵袄穿；"鸡豚狗彘之畜无失其时"，使70多岁的人都有肉吃；"百亩之田，勿夺其时"，使8口人的家庭都吃得饱饱的；"谨庠序之教，申之以孝悌之义"，使那些头发花白的老人都有依靠，不用劳碌奔波。[⑤]他们最后也都是理想追求的失败者。孔子惶惶如丧家之犬，孟子也到处碰壁，最后只得哀叹，"夫天未欲平治天下"。而屈原则被疏远流放，自沉汨罗江。他们既有着许多的相同，但从《论语》《孟子》来看，孔子、孟子却从不因理想的追求落空而有着屈原那样激烈的心理冲突，也不像屈原那样痛苦不堪。在相同的命运面前，为什么孔子、孟子能够泰然处

---

① 《十三经注疏·论语注疏》。
② 《十三经注疏·论语注疏》。
③ 《十三经注疏·论语注疏》。
④ 《十三经注疏·孟子注疏》。
⑤ 《十三经注疏·孟子注疏》。

之？而屈原却愁苦终身？为了将屈原悲剧酿成的原因进一步阐述清楚，我们不妨对他们作些比较。

假若我们肯定屈原的悲剧有着较多的心理因素，那么，还是应从文化和心理结构方面去追溯这原因。因为，人们的心理、情感、性格等等，都是在一定的社会文化教化过程中形成；人们的心理结构，实际上是与社会文明结构相对应的。文化学认为，文化不光能给人以经验、知识、技能，而且它也是一个特殊的范铸，造就着人的心理与人格。各个民族不同的正义感、是非感、道德感和审美情趣以及人们对社会和人的认知、情绪、性格、人格等，都是由不同文化铸就。阿 Q 的“优胜心理”，就只有在中国传统的封建文化的温床上才能孕育、产生。

人的精神分裂是文化裂变的结果，而文化的裂变，又多半是由外来文化冲击而造成，因而，当一个民族完全排斥外来文化，和外族文化处于隔绝状态的时候，它的文化裂变的速度应该是极缓慢的，裂变的程度也不会太大，甚至还有着没有裂变的情况存在。由于中原民族有着一种自我满足的文化心态，对于外族文化采取鄙视和排斥态度，在他们那“攻乎异端，斯害也已”① 的信条的作用下，外族文化很难对中原民族文化的机体有较多渗透。中原民族文化由于长期的兼并战争，也曾受到过外来文化的影响，但因为这兼并战争主要在中原民族内部展开，而中原各区域文化，在其精神上有着本质的相同；因而，这种文化之间的交流，缺乏一种强烈的相互冲击的力量。所以，中原文化在发展过程中，不可能产生较大程度的裂变，他们的文化结构总是保持着相对的稳定性。我们试将儒家学派的先驱和后学的思想加以比较，便会明了这个问题。

孔子是儒家学派的创始人。孔子的学说，以“仁”为其核心内容。他的政治观念和伦理道德观念都以“仁”为基础，而“礼”只不过是“仁”的外在显现。在政治上，他主张“为政以德”，对人民要“导之以

---

① 《十三经注疏·论语注疏》。

德，齐之以礼”。[①] 而这“德”实际上就是“仁”。他认为西周实行的是“礼治”政治；这种政治是最完美的。如果做到了这一点，“仁”也就体现出来了。因而，他一再宣扬“克己复礼”，说“克己复礼为仁”。[②] 因而，我们说孔子所希望的政治实际上也就是“仁政”。“仁”体现在道德观念上，就是他所弘扬的“忠恕之道”。樊迟问他什么是仁，孔子说：“居处恭，执事敬，与人忠。”[③] 但是，“仁”不仅以恭、敬、忠为内涵，还包含着宽、柔、敏、惠、孝、悌、义、信、直等。如子张向他问仁，他回答说：“能行五者于天下，为仁矣。”[④] 这五者便是恭、宽、信、敏、惠。而孝悌则是仁的根本。

孟子的学说虽然对孔子的学说有所舍弃，也有所发展，但孟子的学说基本上没有超越孔子学说的范围。在政治上，孟子极力主张实行“仁政”。从伦理道德观念上说，他也是仁、义、礼、智的宣扬者。他说：“恻隐之心，仁之端也；羞恶之心，义之端也；辞让之心，礼之端也；是非之心，智之端也。人之有是四端也，犹其有四体也。”[⑤] 但孟子并不是不讲孝悌忠信等。他曾说：“入则孝、出则悌，守先王之道。”[⑥] 又说：“事，孰为大？事亲为大。”[⑦] 当然，孟子的思想也有与孔子稍微不同的地方。如孔子说：“臣事君以忠。”[⑧] 而孟子却主张“君之视臣如手足，则臣视君如腹心；君之视臣如犬马，则臣视君如国人；君之视臣如土芥，则臣视君如寇仇”[⑨]。但他也同样主张忠君，说“无父无君，是禽兽

① 《十三经注疏·论语注疏》。
② 《十三经注疏·论语注疏》。
③ 《十三经注疏·论语注疏》。
④ 《十三经注疏·论语注疏》。
⑤ 《十三经注疏·孟子注疏》。
⑥ 《十三经注疏·孟子注疏》。
⑦ 《十三经注疏·孟子注疏》。
⑧ 《十三经注疏·论语注疏》。
⑨ 《十三经注疏·孟子注疏》。

也"[①]。这提示我们：孟子的思想虽与孔子稍有不同，而思想的结构与模式却并没有什么差异。

若是我们将荀子也看作是儒家学派的一员，那得承认，荀子的学说较孔子是有很大的发展。他否定天命，提出"明天人之分"，其哲学颇带有唯物论的色彩。在政治上，他将儒家的"王道"与法家的政治主张结合起来，宣扬礼、法并用。但孔子所强调的"礼"，仍然是他政治主张的核心。他说："礼者，治辨之极也，强国之本也，威行之道也，功名之总也，王公由之，所以得天下也；不由，所以陨社稷也。"[②] 又说："国无礼则不正。礼之所以正国也，譬之犹衡之于轻重也，犹绳墨之于曲直也，犹规矩之于方圆也，既错之而人莫之能诬也。"[③] 而"法"则只不过是用来维护"礼"的一种手段。所谓"听政之大分，以善至者待之以礼，以不善至者待之以刑"[④]，则正说明着"法"从属于"礼"。因而，荀子的政治思想在其精神上，是和孔子的政治主张基本一致的。不管是礼治还是法治，都是要将臣民驯服为统治者的顺民。

正是因为如此，在伦理道德观念方面，荀子基本上继承了孔子的观念意识。虽然荀子不像孔子、孟子那样强调仁，而将礼、义视为"道德之极"[⑤]，但这只是孔孟伦理道德观念结构次序的调整，其内容并没有什么改变。他同样也讲忠信辞让，说若是顺从人们好利的本性，就会"争夺生而辞让亡"，"残贼生而忠信亡"。他也同样主张人民要宽柔恭敬，说君子应该"宽而不僈，廉而不刿，辩而不争，察而不激，寡立而不胜，坚强而不暴，柔从而不流，恭敬谨慎而容，夫是谓之至文"[⑥]。而"仁"也是他道德修养的重要内容。《荣辱篇》便说："仁义德行，常安之术

① 《十三经注疏·孟子注疏》。
② 王先谦. 荀子集解［M］. 北京：中华书局，1988：281.
③ 王先谦. 荀子集解［M］. 北京：中华书局，1988：209-210.
④ 王先谦. 荀子集解［M］. 北京：中华书局，1988：149.
⑤ 王先谦. 荀子集解［M］. 北京：中华书局，1988：12.
⑥ 王先谦. 荀子集解［M］. 北京：中华书局，1988：40-41.

也。”《仲尼篇》也说：“天下之行术，以事君则必通，以为仁则必圣。”

因而，荀子的学说与孔子不同的地方，只是荀子对孔子学说的丰富和发展，并不是孔子学说的裂变。

中原民族文化结构的相对稳定，反映着人们精神结构的相对稳定。正是因为他们的文化很少裂变，所以，他们也就缺少精神分裂现象，和由精神分裂而带来的内在心理的矛盾冲突。因而，孔子和孟子虽然也曾有不幸，但其心灵却是基本和谐的。

楚民族由于从春秋以来长期地、大规模地输入中原文化，这些外来文化不断地和楚民族传统文化相作用，形成新的社会文化。而在这新文化生成之时，传统文化又不能被完全扬弃。因而，春秋以来，楚民族的文化层次便变得非常丰富了。它不光保留着楚民族具有原型性质的传统文化，又保留着民族文化与外来文化融合而生成的次生文化，和最新吸收的外来文化。这些不同层次的文化同时作用于楚民族的思想、情感、心理，就促使楚民族精神发生多重裂变。这样，在战国时代楚民族的精神结构中，便出现了理性精神与酒神精神并存，群体意识和独立意识、自我意识并存，传统道德观念和封建道德观念并存，入世精神和出世思想并存，传统价值观念和新的价值观念并存的立体精神结构现象。屈原的精神结构正是这种民族心理结构的产物。这也是楚人情感极为丰富、复杂的一个极为重要的原因。

当然，我们也不可将中原的社会看得过于纯朴。其实，财产和权力的争斗也是中原社会一个普遍的现象。因而，中原才积极提倡“和”，宣扬“中庸”。由于中原为求得社会的安宁而过分地强调群体，以伦理道德残酷地扼杀人们的个性，禁锢人们的思想，于是，便造成了中原自我意识、独立意识和酒神精神的严重丧失的状况。我们不否定中原民族，当然也包括孔子、孟子都有着自己的追求，但人的任何一种追求只有和人的自我相结合，成为人的内在需求的时候，人们才能获得一种强大的精神动力，才会对于理想有着至死不渝的追求精神。屈原正是有着这样一种绝望的追求精神，才酿成他与党人、与楚王、与整个社会尖锐的、不可调和的矛盾冲突。因而，人们自我意识、个体意识的丧失，就意味着理想追求动力的丧失。这样，人们即便是有理想，但当这理想和他人、和现实发生尖锐矛盾时，便会很自然地放弃对理想的追求。假若我们把对理想的追求当作无人驾驶的机车，自我意识比作动力，险恶的社会现实比作拦在理想追求道路上的大山，缺乏充足动力的机车虽然有时也能靠滑行前进，但在大山面前便会停滞不前，即便是撞在山石上，也不会粉身碎骨，而有着足够动力的机车便会撞个粉碎。孔子和孟子由于过分地强调个体服从群体，缺少自我意识，因而，他们虽然也为自己的理想的实现作过许多努力，但他们缺少那种由强烈的自我意识所带来的强大的内在动力，因而，当他们在自己的理想破灭时，没有像屈原那样深感自己与整个社会尖锐的对立而带来的强烈愤懑和深沉的苦恼。

酒神精神的丧失，也是孔子、孟子不可能具有悲剧性格的一个重要原因。尼采在他的《悲剧的诞生》中说，悲剧是阿波罗精神和狄俄尼索斯精神互为结合的产物。前者代表着幻想、理性和道德，后者则代表着真实、破坏和本能。而在这两者之中，酒神精神则更为原始。“他不断地建筑，又不断地破坏，永远不满足于任何固定而一成不变的东西。”[①] 具有阿波罗精神的人，则好像一位“好静的哲学家，在静观梦幻世界的美丽外表之中寻求一种强烈而又平静的乐趣。人类的虚妄、命运和机诈，甚至全部的人间喜剧，都像五光十色的迷人图画，一幅又一幅地在他眼前展开。这些图景给他以快乐，使他摆脱存在变幻的痛苦……他深思熟虑，保守而讲究理性，最看重节制有度，和谐，用哲学的冷静来摆脱情感的剧烈”[②]。在平常，这两种精神总是强烈地对立着，保持着不协调的关系。阿波罗精神总是在“那些粗野而奇异不可思议的狄俄尼索斯势力

---

① 尼采．悲剧的诞生［M］．周国平，译．北京：生活·读书·新知三联书店，1986：22．

② 朱光潜．朱光潜全集：第二卷［M］．合肥：安徽教育出版社，1987：355．

展示其狞恶头脸时，压抑了这种狂欢”①。因而，酒神总是面临着痛苦，和原始的痛苦结合在一起。

假若是我们以尼采的这种悲剧学说来看待屈原和孔子的话，显然，在屈原的身上，不仅放射着日神的光彩，而且散发着酒神的芬芳。而孔子则仅具有日神精神，毫无酒神的醉态。故孔子能摆脱人类的虚妄、命运的机诈，而始终沉浸在节制有度的和谐之中，徘徊在那五光十色的图景面前，没有剧烈的情感冲突，当然也就没有屈原那无限的痛苦。

我们不能将孔子和孟子对于道德的完善的追求当作是自我意识的体现。这不仅仅因为他们的道德观念否定着自我的存在，而且于他们来说，道德的完善也从不是个人的私事。因为他们总是将个人道德的完善当作社会完善的基础和起点。修身→齐家→治国→平天下。修身的最后是归于整个群体的安定。所以，他们人格的修养方法主要是通过自省，以适应他人，求得他人的认同。曾子便说：“吾日三省吾身，为人谋而不忠乎？与朋友交而不信乎？传不习乎！”② 孔子告诫人们说：“君子求诸己，小人求诸人。”③ “躬自厚而薄责于人，则远怨矣。”④ 子路问孔子怎样的人才能算君子，孔子告诉他说“修己以敬”。而《孟子注疏》中记载孟子说得更有趣：

> 有人于此，其待我以横逆，则君子必自反也：我必不仁也，必无礼也，此物奚宜至哉？其自反而仁矣，自反而有礼矣，其横逆由是也，君子必自反也，我必不忠。自反而忠矣，其横逆由是也。君子曰此亦妄人也已矣。

---

① 尼采. 悲剧的诞生［M］. 周国平，译. 北京：生活·读书·新知三联书店，1986：22.

② 《十三经注疏·论语注疏》。

③ 《十三经注疏·论语注疏》。

④ 《十三经注疏·论语注疏》。

所以，若是他们与他人存在矛盾，也能通过这种自省而得到矛盾的和调。即便是这矛盾不能最后解决，他们也能感到在道义上战胜了他人，而得到心理上的宁静。但楚民族则不同，屈原则不同。楚人尤喜嫉妒，正说明他们这种“自省”“自责”精神的缺乏。对于屈原来说，由于强烈的自我崇拜意识的作用，他勇于自我提升，自我美化，但却没有一点对于自我冷静而公正的透视。他总是将自己的一切看得伟大无比，而将别人的一切都看得渺小卑鄙。这不管是客观的存在还是屈原主观的认识，都只能导致他和现实矛盾的激化，由此形成与他人与世界不可调和的对抗。

总之，孔子和屈原虽同样有着理想和道德完善的追求，并且同样都是理想追求的失败者，但由于他们所处的文化环境不同，他们的精神结构不同，因而，屈原走向了深渊，而孔子则仅仅带有一丝自嘲的苦笑。

第六章　楚辞符号的文化意味

苏珊·朗格曾说，所谓艺术符号，也就是艺术的表现形式。它所包含的真正的东西是一种意味，即“一种终极的意象——一种非理性的和不可用言语表达的意象，一种充满了情感、生命和富有个性的意象，一种诉诸于感受的活的东西”①。所以，每一种艺术形式都是一种有意味的形式。这也就是说，艺术形式本身就包含着它所表达的内容。在客观上，内容与形式是无法区分的。但假若是我们要按照有关内容与形式的传统理论对它们进行区分，并不否定这内容是某种特定文化的艺术显现的话，我们便可以说，每一种艺术形式也都是某种特定文化的产物。

或许是受时代研究风气的影响吧，过去，我们对于《楚辞》的研究，偏重于它的内容和艺术特色，而对于《楚辞》的符号形式及其形成原因都缺少深入的探讨。《楚辞》的符号形式，同样是《楚辞》精神的体现。因而，我们若是忽视了对于《楚辞》符号形式方面的研究，也就难以深刻而全面地理解《楚辞》精神。所以，本章将从文化方面，对《楚辞》这种独特的符号形式的产生和发展的原因作些探索。

第一节　抒情诗体的采用与音乐精神

先秦时代，中原也曾有过大量的抒情诗产生，《诗经》便是明证。虽然《诗经》中也收有江汉地区的诗篇，但更多的却是中原人的作品。到战国时代，中原的诗坛奇迹般地冷寂下来，曾是沸腾的诗歌殿堂变得门

① 苏珊·朗格. 艺术问题［M］. 腾守尧，朱疆源，译. 北京：中国社会科学出版社，1983：134.

可罗雀；抒情文学突然销声匿迹了，代之而起的是叙事性的历史散文和论说性的说理散文。而在南方的楚国，诗坛却越来越热闹，尤其是抒情诗得到了前所未有的发展。楚辞的出现，便是抒情诗空前发展的显著标志。这种现象的出现是偶然，还是一种必然？这是一个十分复杂的问题。但毫无疑问，这与中原民族文化精神和楚民族文化精神存在着本质的区别有着密切的关系。

为了较为清晰地阐述这个问题，我觉得有必要先来谈谈音乐与抒情诗，谈谈它们的产生，它们的特征，和它们之间的关系。

我们要追溯音乐起源于何时，恐怕是不可能的了。但我们可以相信，广义的音乐，自人类有了语言也就开始出现了。在世界范围内，音乐可说是最原始和最普遍的一种艺术形式。我们现在能见到石器时代人们的绘画而听不到那个时代的音乐和歌声，并不意味着绘画比音乐具有更为悠久的历史。因为那个时代的人们还不可能将他们创造的音乐记录下来。我们应该确信这一点，一是音乐与原始人的巫事活动有着极为密切的关系。他们在举行任何祭祀时必有舞蹈，而没有音乐伴奏的舞蹈是极罕见的。也就是说，原始人没有歌而不舞，也没有舞而不歌的时候。我在第二章已谈过这个问题了。二是音乐是一种完全独立的艺术形式。它有着别的艺术远远不及的地方，这便是其他的一切艺术都是从有形的世界里采取它们的材料和模型，是摹仿和描画的艺术。而音乐不需要任何材料和模型，它甚至不需要语言，只要人们具有发声的能力就可以进行创作。当人们具有某种情感要宣泄，只要一“哼”，“哼”声具有程度上的高低强弱和节奏，这“哼”声便成为情感的载体，是一首音乐作品了。所以，音乐可以“随心所欲地创作和吟唱出来”①。

音乐，就其性质和魅力来说，也在诸种艺术中占有无与伦比的地位。假若我们说，一切别的艺术都不得不为生活的目的卖力，但音乐却全然

① 苏珊·朗格．情感与形式［M］．刘大基，傅志强，周发翔，译．北京：中国社会科学出版社，1986：37.

只为着艺术的目的。它只是一种纯情感的声音的显现，而不可能夹杂任何理念的东西。因为它没有携带任何理智的功能。人们从它的声调的高低和节奏中所体验到的只能是某种情感。苏珊·朗格在《情感与形式》一文中曾说：

> 音乐的音调结构，与人类的情感形式——增强与减弱，流动与休止，冲突与解决，以及加速、抑制、极度兴奋、平缓和微妙的激发、梦的消失等等形式——在逻辑上有着惊人的一致。这种一致恐怕不单是单纯的喜悦与悲哀，而是与二者或其中一者在深刻程度上，在生命感受到的一切事物的强度、简洁和永恒流动的一致。

正是音乐的音调结构和人类的情感形式有着这逻辑上的惊人一致，所以，音乐以最便于宣泄人类的情感而成为最为纯粹的抒情艺术形式。它也由此获得了最能感人的艺术魅力。

在诸种艺术形式之中，和音乐最为接近的恐怕要数抒情诗了。抒情诗具有音乐的节奏和韵律，体现着音乐一样的与人的情感形式在逻辑上的惊人的一致性，和音乐一样，是一种最便于抒情的艺术。它基本上有着和音乐一样的随心所欲的创作性能。如格罗塞所说："要将感情的言辞表现转成抒情诗，只须采用一种审美的有效形式，如节奏反复等。像一个小孩看见一只非常美丽动人的蝴蝶，他反复发出喜悦的呼声，'啊，美丽的蝴蝶呀！'假若这呼声有着合规则的音节，它便变成了抒情诗——歌谣。"① 相传，涂山氏在渴望大禹回家时曾作过一首《候人歌》；而这《候人歌》也只不过在"候人"二字后面加上"兮猗"二字拉长音节，显现节奏而已。但我们都毫无例外地将它作为一首抒情诗来看待。因而，抒情诗不像史诗、叙事诗和其他叙事文学那样，需要众多的创作材料。许多的抒情诗的主题，"往往只是一缕思绪，一个幻想；一种心情或一次

① 格罗塞. 艺术的起源［M］. 北京：商务印书馆，2017：176.

强烈的内心感受。”[①] 它不需要任何理智的思索，也不需要任何材料的组合和情节的虚构。所以，“抒情诗是诗的最自然的形式”，也是“艺术中最自然的形式”。[②]

或许是音乐和抒情诗有着这些质的相同吧，音乐与抒情诗有着不解之缘。世界上任何一个原始民族的“抒情诗”基本上都是伴随着音乐而诞生。它们都以歌唱的形式而出现，因而，被称为“歌谣”。我国古代的葛天氏曾有《八阕》，这《八阕》也是可以“投足而歌”[③] 的。刘勰说：“昔葛天氏乐辞云，《玄鸟》在曲，黄帝《云门》，理不空绮，至尧有《大唐》之歌，舜造《南风》之诗。”[④] 黄帝是否作有《云门》，尧是否作有《大唐》，原不可考。但刘勰的这段话却也说明，原始人的“诗”，是与音乐合而为一的。这种情况，在我国春秋时代也还保留着。《诗经》便是音乐、舞蹈、诗歌三位一体。《墨子·公孟篇》便有“诵诗三百，弦诗三百，歌诗三百，舞诗三百”的说法。诗到后来虽然与音乐分离，但多数诗词仍可以入乐。乐府诗固不必说，就是宋词、元曲，甚至于唐诗，也大都是如此。

诗不光可以合乐，而且在原始时代，许多的“抒情诗”，其主要的性质是音乐，而诗的意义只不过占次要的地位。格罗塞在《艺术的起源》第九章中谈到原始人的音乐与抒情诗的关系时说，许多的澳洲人对于歌的节拍和音段比歌词的意义还要看得重要些。在一切科罗薄利舞的歌曲中，为着变更和维持节奏，甚至将词句重复转变得毫无意义。在科明人的诗歌中，连意义也要迁就节奏。词句的形式，甚至是文法章句的结构，都可以自由运用。在埃斯基摩人的一些诗歌中，有些诗只不过是一种完全没有意义的感叹词的节奏的堆砌。这样的一种情况，在我国的词曲中

---

① 苏珊·朗格. 情感与形式［M］. 刘大基，傅志强，周发翔，译. 北京：中国社会科学出版社，1986：300.

② 格罗塞. 艺术的起源［M］. 北京：商务印书馆，2017：176.

③ 高诱. 吕氏春秋·适音［M］. 北京：中华书局，1954：51.

④ 范文澜. 文心雕龙注·明诗［M］. 北京：人民文学出版社，1962：65.

也还保留着。每首词曲都有严格的格律，平仄、用韵都极有讲究。作词者只能按照这格律去斟词酌句，哪怕是有损于诗的意义，也不可破坏这韵律。故作词作曲被称为“填词”“填曲”。这些词曲最主要的性质虽然不一定是音乐，但音乐和歌词却具有着同样的重要性。

因此，抒情诗和音乐从形式到特质方面都是基本同一的。它们最便于表现人的情感，而且都以情感为内容。但这不是本节论述问题的关键所在。我们所以要谈音乐与抒情诗的关系，只不过是想从音乐与音乐精神的关系入手，来谈抒情诗与音乐精神的关系。

音乐是音乐精神在艺术上的一种对应形式。所谓音乐精神，即尼采在《悲剧的诞生》一书中所说的狄俄尼索斯精神，或酒神精神。

对于尼采的“悲剧诞生于音乐精神”的观点，我们不必急于去作什么评价。但音乐与音乐精神的密切关系却似乎是可以肯定的。音乐是一种最能感染人和令人陶醉的艺术。当人们一旦进入那音乐所展示的境界的时候，便会感到世界上的一切都仿佛不再存在，周围是一片空明朗静的蓝天。人和它完全融为一体，什么理性、道德在这时都消失得无影无踪。所以，古代各民族举行各种祭祀仪式的时候，在那热烈的音乐声中，人们平常受到理性和道德制约的各种情感，便都像激流一样喷射出来。在平时不可想象，被认为极不道德的事情，在这时都变成了合情合理的存在。理性和欲望的界限，男女之间的界限，老少之间的界限都被突破了。在英格兰的伯斯女王统治时期，每到五月降灵节的时候，“所有的年轻小伙子，姑娘们，老人和妇女都到山上林间彻夜嬉娱游乐，直到第二天早晨，带着许多桦树条或其他树枝回到家中。……在四十、六十、甚至一百位那样去树林彻夜玩乐的姑娘当中，能保持清白回来的不到三分之一[①]”。生活在我国西南地区的它鲁人祭“着恶”跳“打跳”时，也不像平时那样有男女老幼之别。“打跳”舞完后，青年男女便都离开人群，

① 詹·弗雷泽，刘魁立．金枝精要——巫术与宗教之研究［M］．上海：上海文艺出版社，2001：105.

双双走入僻静的山林。它如黎族的“三月三”，白族的“绕山林”，佤族的“打歌”，苗族的“跳花”等，都是他们的歌舞盛会，也都是男女青年谈情说爱的极好时机。尼采说：“在整个古代文明的范围内，都可以找到庆祝酒神的痕迹。这种节庆所做的主要事情，差不多都是性的极度放纵。在这种时候，所有人类最原始的冲动都被解放了。”[①] 这大抵是符合实情的。

在世界范围内，大凡放纵不拘的民族也都是音乐极为发达的民族。在电视的《世界各地》的节目中，我们可以看到，在欧洲各民族的村落，随处都可以见到人们汇聚在一起弹琴歌舞的场面。在非洲和澳大利亚的土著，以及美洲的印第安人中间，随处可见到他们伴随着激烈的鼓点，狂歌狂舞的情景。

颇有意味的是，在我国古代，过分地喜爱音乐始终被看作是放纵、享乐和荒淫。据说，夏启从天上偷来《九歌》《九辩》，听起来没完没了，于是，启便背上了“淫溢康乐”的恶名。[②] 商纣酷爱音乐，“使师涓作新淫声，北里之舞，靡靡之乐”，在沙丘举行过盛大的歌舞晚会，人们便说他“好酒淫乐”[③]，是历史的罪人，屡屡受到人们的口诛笔伐。《吕氏春秋·侈乐篇》便指责他们说：

> 夏桀殷纣作为侈乐，大鼓钟磬管箫之音，以钜为美，以众为观，俶诡殊瑰，耳所未尝闻，目所未尝见，务以相过，不用度量。

可以说，在两千多年前，世界上没有哪一个民族有着中原民族对于音乐那样深刻的认识。中原民族，尤其是儒家早就认为音乐是人们情感的抒发工具，是人们性情的集中表现。荀子说：“夫乐者，乐也，人性之所必

---

① 尼采. 悲剧的诞生［M］. 周国平，译. 北京：生活·读书·新知三联书店，1986：18.

② 吴毓江. 墨子校注［M］. 北京：中华书局，1993：383.

③ 《史记》卷三。

不免也，故人不能无乐。乐则必发于声音，形于动静，而人之道、声音、动静、性术之变尽是矣。”[①] 这后一句的意思便是说，人们喜怒的情感都会通过声音流露出来，表现在动静上。而做人的基本道理，和声音、动静、思想情感的变化都表现在音乐之中。在他们看来，音乐原本和封建伦理道德、理性对立着。如晏子说：“声乐繁充，而世德滋衰。”[②]《管子·禁藏篇》也说：“夫明王不美宫室，非喜其小也；不听钟鼓，非恶乐也；为其伤于本事而妨教也。”他也将音乐和礼教对立而看待。《吕氏春秋·侈乐》说：“成乐有具，必节嗜欲；嗜欲不辟，乐乃可务。”认为音乐是适应着嗜欲而生，作乐无度，便是嗜欲无度的一种表现。因而，伴随侈乐，“则必有贪鄙悖乱之心，淫佚奸诈之事”。因而，若作乐过甚，小则受祸，大则失国。“宋之衰也，作为千钟；齐之衰也，作为大吕；楚之衰也，作为巫音。”他们衰落的根本原因，就在于音乐歌舞太盛。《左传》庄公二十年载：“王子颓享五大夫，乐及徧舞。”郑伯便以为不祥，说：“王子颓歌舞不倦，乐祸也。”据说，商汤所作的《宫刑》中也有这样的话：“舞佯佯，黄言孔章，上帝弗常，九有以亡；上帝不顺，降之百殃。”[③] 因而，他们对于音乐或要禁止，如墨子非乐；或要加以节制，如韩非告诫人们，“好五音不已，则穷身之事也”[④]。儒家虽然不反对音乐，还加以提倡，但他们对音乐也有许多的限制。新乐、郑卫之音和夷乐都是他们要坚决铲除的。因为它们不合于雅乐，不符合封建伦理道德观念。而且，他们也反对沉溺于音乐。

因而，我们说，没有那种对于嗜欲的追求，便没有音乐的繁荣。

酒神精神转换成音乐有着一个内在的机制。我们知道，理性和情感是相互对立的。在严酷的理性和伦理道德观念的束缚下，人们的情感受到强烈的压抑。于是，人性所固有的种种冲动都随之消失了。在理性和

---

① 王先谦. 荀子集解［M］. 北京：中华书局，1988：379.
② 吴则虞. 晏子春秋集释［M］. 北京：中华书局，1982：491.
③ 吴毓江. 墨子校注［M］. 北京：中华书局，1993：383.
④ 王先慎. 韩非子集解［M］. 北京：中华书局，2003：66.

伦理道德观念的支配下，人们对于那些得不到的，或不属于自己应有的已完全丧失了追求，而将所有的现实存在都看作是合情合理的。于是，那种激烈情感产生的心理能源也就不复存在了。只有在人们保持着对欲望强烈的追求的时候，客观现实，压抑人性的伦理道德观念便始终作为人的对立面而存在，由此而产生与现实社会、与传统伦理观念的尖锐矛盾，人们才能感受到强烈的压抑，产生激烈的情感活动。而音乐本是人们情感的一种符号显现形式，又最便于表现情感，所以，酒神精神便往往转换成音乐而得到表现。

由于抒情诗比任何其他艺术更接近于音乐的性质，因而，抒情诗在除掉音乐以外的任何一种艺术形式中更需要激烈的情感和音乐精神。尼采在《悲剧的诞生》中分析民歌的产生和发达的情况时说：

> 任何一个时代，如果民歌发达的话，都是深深地受狄俄尼索斯势力的刺激。这种势力一向被看作诗歌必不可少的基础和先决条件。不说其他叙事文学，即便是叙事的史诗，民歌伴随曲调所产生的一连串的意象，也更富有歇斯底里的倾向。民歌的意象由于他们各种不同的色彩，断而不续的变化以及急速的向前推进，与史诗变动甚少的发展和宁静的幻想绝然不同。

尽管任何一种文学都是作家情感活动的结果，但是在民歌和抒情诗中，我们能够很明显地感觉到诗人情感的脉搏，而在叙事文学中，作者情感跳跃的频率则要低得多。所以，“抒情诗人便必须运用一切情感，从爱的倾诉到愤怒的咆哮——他便必须先认识整个自然包括自己，乃是意向、欲望和嗜欲的永恒源泉”。“抒情诗有赖于音乐精神。”①

当我们在阅读尼采的文章时，也曾感到一种困惑。中国的传统文化

① 尼采．悲剧的诞生［M］．周国平，译．北京：生活·读书·新知三联书店，1986：24．

不是一种伦理道德型文化么？那么，古代中国为什么抒情诗那么发达，而叙事文学形式却不被作家看重呢？我想，这既有着一个传统的问题，也应该看到，只有当外在的伦理道德转变为人的内在需求的时候，它对人才具有较大的束缚性。况且，人性所具有的各种欲求也是完全压抑不了的。中国古代的文化具有多重性。这多重性决定着中国文人精神的多面性。古代的中国文人在人前、在朝廷大谈儒家的一套，而当他们脱下朝服、穿上便装时，道家便是他们最热烈的话题，满嘴的仁义道德便为赤裸裸的人性所取代。白居易高年续妓，张先 80 岁娶妾，柳永混迹娼家。他们不正是古代诗词作家的代表！且古代诗歌繁荣的时代，如东汉末年一直到唐、宋、元时代，都不是儒学占绝对统治地位的时代。明、清两朝，儒学才和西汉中期至东汉中期那样，被抬到吓人的高度。但那时的诗坛已是日薄西山了。

从春秋中晚期至战国时代，由于理性精神的觉醒，封建礼义的严重束缚，中原民族的音乐精神逐渐衰退。他们对于音乐所采取的种种限制态度，便是音乐精神失落的标志。而楚国却是另一洞天。楚国本少礼乐精神，不受礼乐的束缚。从《招魂》和《大招》对楚国宫廷作乐的情况看，楚国新乐在战国时期的楚国宫廷盛行。而新乐与《诗经》这一中原乐系在审美价值取向上有着本质的不同。礼乐之乐肯定的是礼的等级制度和伦理道德价值取向，强调的是“发乎情，止乎礼义”的“中和”审美原则。而新乐则是使用的七声音阶，追求的是情感的尽情宣泄，其歌诗较雅乐系统的《诗经》，更讲求情感的抒写。伴随着楚人对于欲望的强烈追求，楚国的歌乐舞蹈也达到了盛况空前的程度。从《招魂》和《大招》所描写的那盛大的歌舞场面，从出土的各种楚国乐器，我们都可以看见那狂歌欢舞的景象。近年来出土的楚国及属国的乐器五百余件，有打击乐器钟、鼓、磬、铎、铃、錞于等，有弹拨乐器琴、瑟、筑等，有吹奏乐器排箫、笙、竽、篪等。在这些乐器中，尤以随县曾侯乙墓出土的大型编钟最为罕见。全套钟共 65 件，最大的一件高 153.4 厘米，重 203.5 公斤。甬钟音域跨三个八度，并且在两个八度内 12 个半音齐备。

还有在淅川下寺2号墓出土的王孙诰甬钟，共26枚，音域跨四个八度以上，中音区12音齐备，而且可旋宫转调。[①] 这些不正是楚人音乐精神的物质显现！

我们不能将中原诗坛的冷落完全归咎于中原民族受理性的压抑，但却又和中原以理性、以封建礼教压抑人性，否定人们个性的自由发展，反对人们正常的情感活动有着极密切的关联。而楚辞这些抒情诗，也不能不说是楚民族文化精神中那音乐精神骚动的结果。尽管我们不能排除其他因素的作用，但音乐精神的骚动却是它赖以产生的基础。这不仅仅是许多的楚辞作品还保留着歌词的性质：如《九歌》原本是民间祭神的乐歌，在《离骚》和《涉江》等篇章中还保留着“乱”这种音乐的形式；每篇所必不可少的“兮”字也有将音调拖长，具有嗟叹和“长言”的作用；而且许多的诗篇所表现出来的精神无不以酒神精神为底蕴。《离骚》等所追求的那无限悠远的时间和广垠的空间，正是酒神力求摆脱一切束缚、追求无限自由的放纵不拘的本质体现；它那对于现实黑暗的充分揭露，和对于当时社会完全否定的态度，则又体现着酒神的破坏和本能；《大招》和《招魂》所表现的“士女杂坐，乱而不分，指以为乐；娱酒不废，沉湎日夜，举以为欢”的“荒淫之意”，[②] 则又和酒神享乐与放纵的精神完全一致。所以，楚辞抒情诗形式的运用，和楚文化精神有极密切的关系，而不是一个偶然的现象。

第二节　九九归一

战国时代，随着南北文化的广泛交流，中原的一些历史典籍，包括历史散文、说理散文、《诗经》等，都在楚国一定的范围内流传。无可置疑，中原的这些历史典籍不仅给楚人的思想意识以一定的影响，也必然

① 赵世纲. 楚国乐舞研究［J］. 华夏考古，1990（4）.

② 范文澜. 文心雕龙注［M］. 北京：人民文学出版社，1962：47.

会给楚国的文学创作带来一定的影响。刘师培就曾经指出，《楚辞》“撷六艺之精英，括九流之奥旨”，“隐括众体”[1]；不仅《楚辞》的内容受中原文化的影响，而且其形式也受到中原各种文体的影响。这基本上是符合实际的。但是，《楚辞》所有诗篇的形式，决非仅仅是对中原各种文体的刻意摹仿。它既有外来文化影响的因素，也包含民族文化、艺术传统形式的众多成分，还融合这二者而进行的新的创造。

中原文化对于楚辞形式的影响，不仅是《诗经》曾在四言诗体、比兴手法、意境的创造方面给予了楚辞众多的启迪，而且，楚辞的形式也曾受到过中原散文，尤其是纵横家文章的影响。战国时代出现了一大批策士，他们奔走各国，摇唇鼓舌；为着说动君王，他们的言辞大多极尽夸张、铺排之能事。所谓“其辞敷张而扬厉，变其本而加恢奇”，正是他们说辞最为显著的特征。[2] 由于楚国当时国力强大，因而，也有不少纵横家南下楚国，屡说楚王，如苏秦为合纵游说楚威王，张仪为秦破纵连横游说楚怀王。他们都是纵横家中的佼佼者，其说辞也最具策士风貌。楚国的文士对这些耳闻目睹，当然也就跟着熟悉了。譬如庄辛说楚襄王的说辞，就不比其他任何中原纵横家的说辞有丝毫的逊色。所以，楚国的文学创作受到游说之士言辞的影响是顺理成章的。相传为宋玉所作的《风赋》《高唐赋》《神女赋》等，其铺张、形容、描绘，都表现出纵横家游说之辞的特色。

《楚辞》的许多诗篇，也运用了铺张扬厉的表现方法。这其中最为突出的是《招魂》和《大招》。它们从南到北，从东到西，从天上到地下，从地理到物产，从风俗到神怪，房前屋后都无不描写到。说封狐之大，便长达千里；言蚍蜉之雄，便高同大象。其夸张可谓到了失实的程度。《离骚》和《橘颂》也具有这铺张的特点。《离骚》中那云游的描绘，《橘颂》中对于橘树品质的形容，也都深受策士说辞的影响。因而，以至于

① 刘师培．南北文学不同论．刘申叔先生遗书，1934年宁武南氏校印本。

② 章学诚．文史通义［M］//刘大杰．中国文学发展史，上海：上海古籍出版社，1982：74.

有许多人说汉赋那铺张扬厉的特色来源于楚辞。

《楚辞》的形式虽然受到了中原文学形式的影响，但《楚辞》毕竟是“楚辞”。传统文化既然始终是楚民族文化的内核，传统文化艺术形式也始终是《楚辞》形式的躯干。宋人黄伯思曾说：“盖屈、宋诸骚，皆书楚语，作楚声，纪楚地，名楚物，故可谓之楚辞。”① 这楚地、楚物就内容而言，而“书楚语、作楚声”则是形式方面的问题。而且是形式方面最根本的东西了。所谓“楚语”，即指楚国的方言。如“兮”“搴”“謇”“须”“修”等等。据郭沫若先生考证，光屈原作品中使用的楚国方言就有 24 条。② 所谓“楚声”，就是楚地方的音调，它由楚地特殊的音质和声势而构成。《史记·项羽本纪》载：“项王军壁垓下，兵少食尽，汉军及诸侯兵围之数重，夜闻汉军四面皆楚歌。”《留侯世家》也载汉高祖刘邦对戚夫人说：“为我楚舞，吾为若楚歌。”《汉书·王褒传》说九江被能公能以楚声诵读《楚辞》，被汉宣帝召见。可见这楚声有着极为鲜明的地方特色。

《楚辞》大量运用方言，采用楚声，是因为《楚辞》的作者们深受楚地民歌的影响。《楚辞》虽然为文人的创作，但其中却隐现着楚地民间歌乐形式的影迹。在《楚辞》中，常见有在一篇诗章结束前的地方有“乱曰”“少歌曰”“倡曰”等词，这都是《楚辞》的形式与楚地民间音乐形式有密切关联的标志。朱熹曾说：“乱者，乐节之名，”③ 李陈玉也说：“凡曲终曰乱，盖八音竞奏，以收众声之局，犹之涉水者截流而渡，将到岸也，故亦曰乱。楚辞有乱，故知其原入乐谱，非仅词而已。”④ 蒋骥亦说：“余意‘乱’者，盖乐之将终，众音毕会，而诗歌之节，亦与相赴，繁音促节，交错纷乱，故有是名耳。”⑤ “少歌”和“倡”也是音乐名词。

---

① 吕祖谦. 宋文鉴［M］. 北京：中华书局，1992：1036.

② 郭沫若. 屈原研究［M］//郭沫若全集：第 4 卷. 北京：人民文学出版社，1982：48-50.

③ 朱熹. 楚辞集注［M］. 上海：上海古籍出版社，1979：26.

④ 游国恩. 游国恩楚辞论著集［M］. 北京：中华书局，2008：496.

⑤ 蒋骥. 山带阁注楚辞［M］. 上海：上海古籍出版社，1958：192.

洪兴祖注《抽思》说："此章有少歌，有倡、有乱。少歌之不足，则又发其意而为倡，独唱而无与和也。"王逸在《楚辞章句》中也说，"倡，起造发声造新曲也"。《楚辞》是不是都可以入曲或原来就是歌词，现不可知，但诗人在创作诗章时，依据了楚地民歌或其他的乐曲格式却大体上是可信的。因而，我们认为，《楚辞》"书楚语、作楚声"，是承袭着楚地民歌或音乐形式的传统。

《楚辞》一些诗篇的结构形式，也明显地具有歌唱艺术的结构特点。如《抽思》诗，全诗可分为四个部分。第一部分从开头至"孰不实而有获"，其四十四句，每四句为一节。第二部分是"少歌"，共四句。第三部分是"倡"，第一节为十句，另三节均为四句。第四部分是"乱"，共五节、二十句。"乱"的节奏与前面的"少歌""倡"的形式都不同。前者的"兮"字均在第一句末尾，后者的"兮"字都在第二句末尾。其字数也不相同。前者为六、七言句，后者为四、四言，四、五言（第一句四字，第二句加"兮"字为四字或五字）。① 从各部分的字数和节奏不同的情况来看，《抽思》的结构形式大概是依据了一定的乐章。除第一部分外，第二、三、四部分都是按乐章结构形式的要求承合，由此而将全文结构为一个完整的整体。

《楚辞》的形式，也在很大程度上受巫风的作用。《天问》形式的来源，似乎与占卜中贞问的方式有密切关系。古代降神占卜，多由卜者提问，卜筮的结果呈现于卜具之中，一般没有记载。龟卜其结果见于龟板的裂纹，枚卜表现在筊的仰覆。殷商的甲骨卜辞就有许多只记卜筮内容，而没有记卜筮结果的，如"癸卯卜，今日雨。其自西来雨？其自东来雨？其自北来雨？其自南来雨"②？我的家乡保留下来的枚卜形式，也只有占卜者提问。《庄子·天运》中有这样一段话：

① 殷光熹．楚辞的歌节变化及"少歌"、"倡"、"乱"的解释［M］//屈原研究论集．武汉：长江文艺出版社，1984：155.

② 郭沫若．郭沫若全集［M］．北京：科学出版社，1983：369.

> 天其运乎？地其处乎？日月其争于所乎？孰主张是？孰维纲是？熟居无事推而行是？意者其有机缄而不得已耶？意者其运转而不能自止耶？云者为雨乎？雨者为云乎？……
>
> 巫咸诏曰……

从“巫咸诏曰”一语来看，前面那一大堆问题都为卜者所提出。显然，庄子的这段文章运用了占卜的形式。《天问》共提出170多个问题，从天地等自然现象到人事及社会的发展问题无不问到，而且也只提出问题，并没有对这些问题作出解答。从其形式来说，是基本与贞卜之辞相同的。

如果说《天问》的形式源于贞卜之辞还只是一种推测，那么，《卜居》借用贞卜之辞的形式应该是没有疑问的。诗人在文章的开头便说：“屈原既放，三年不得复见，竭知尽忠，而蔽鄣于谗，心烦虑乱，不知所从。乃往见太卜郑詹尹曰：‘余有所疑，愿因先生决之。’詹尹乃端策拂龟，曰：‘君将何以教之？’”屈原于是一口气提出了二十几个问题，请詹尹卜筮：

> 吾宁悃悃款款，朴以忠乎？将送往劳来，斯无穷乎？宁诛锄草茅以力耕乎？将游大人以成名乎？宁正言不讳以危身乎？将从俗富贵以媮生乎？……

卜以决疑。诗人天生美质，正身直行，而屡受小人谗毁，不见君王器重。到底何去何从，诗人也不禁想到以卜来决定。当然，诗人并非要借卜筮来分辨前路。何去何从，诗人早已自有主张。他之所以这样，只不过是要借用贞卜这种形式来揭露社会的不平，抒发自己的愤恨而已。正如王逸所说：“《卜居》《渔父》，皆假设问答以寄意耳。”①

① 洪兴祖．楚辞补注［M］．北京：中华书局，1983：179.

假若我们仔细地分析一下《离骚》，它全篇的结构布局也基本上采用了《卜居》的格局。《离骚》共分为两大部分。第一大部分从开头至“岂余心之可惩”。最主要是说自己的品质、治国的正确主张，和由此而遭受党人的攻击，以及被疏远流放所带来的心灵痛苦。这基本和《卜居》前面序文的意思相同。只不过《卜居》以谈话的形式摆出问题，而《离骚》则是用诗的形式来将自己心灵的冲突层层展开。按道理说，有这样杰出的才能，这样高尚的品质，是不应该受到这样不公正的待遇，遭受这样不幸的命运的。尽管诗人已决心“伏清白以死直”，但他并非没有迷惘，没有何去何从的激烈的思想斗争。“悔相道之不察兮，延伫乎吾将返；回朕车以复路兮，及行迷之未远。”正表明着诗人在十字路口的徘徊。俗话说：“神，聪明正直者也。”于是，诗人便想到降神占卜，请神灵来区分这现实中难以区分的曲直是非。他先向重华陈词，摆出现实的不平，按照重华的指点，他周游天地去寻求志同道合的人，但结果却使他大失所望。于是，他不得不再“索琼茅以筳篿兮，命灵氛为余占之”。并提出了一系列的疑问：“两美其必合兮，孰信修而慕之？思九州之博大兮，岂唯是其有女？曰勉远逝而无狐疑兮，孰求美而释女？……”不过，这问题不是诗人所问，而是神灵的喻示。但灵氛之占仍然没有解决诗人的疑虑，他仍然是“心犹豫而狐疑”。所以，他又在“巫咸将夕降”时，“怀椒糈要之”，请巫咸为他指出出路。从全诗来看，《离骚》各部分之间的起承转合，都是以降神占卜的形式进行结构的。诗人采用了降神占卜的形式将全诗组成一个有机的连环，一步一步，层层深入地展开诗人丰富的内心矛盾。

《招魂》和《大招》的结构形式，也似乎是民间招魂词结构形式的沿袭。楚人相信人有鬼魂，认为人病了或死了都是魂魄离开了躯干。因而，楚人既有为死者，也有为活人招魂的习俗。在湖南、湖北的乡村，这种风俗至今流传不衰。人病了，家人便为他举行招魂仪式，在十字路口点上香火蜡烛，向东西南北喊着病者的名字，召唤病人的灵魂归来。在我的家乡湖北崇阳，招魂没有固定的招魂词。但在湖北南漳县荆山脚下，有人发现了端公招魂仪式的全套经卷。据经卷记载，人们在举行招魂仪式的时候，“巫师身穿红色法衣，头戴莲花冠，净手焚香，恭迎众神，虔诚致祝词”。他摇动法具，边舞边唱道：

劝君莫往上方去，上方界有五雷神，
雷公闪将云中坐，生魂一见颤颤惊。
劝君莫往下方去，下有地府十阎君，
牛头马面黑袠脸，一见生人着油煎。
劝君莫往东方去，东方有个夜叉精，
头生牛角牙似剑，生魂一见走无门。
劝君莫往南方去，南有火龙大将军，
足踏火龙闪如电，魂魄一见战兢兢。
吾劝魂魄莫往西，西方有个白蛇精，
身长万丈口吐舌，一见生人张口吞。
劝魂莫往北方去，北方有个黑煞神，
……

这是招生魂的唱词。为死人招魂的唱词，内容大致与此相同。[①]

在屈原的故乡秭归，招魂也有固定的唱词。为充分说明《大招》和《招魂》形式的来源，我将其词赘引于此：

我哥哟，回哟荷，嘿荷也，
大夫大夫哟，听我说哟，嘿荷也。
天不可上啊，上有黑云万里；
地不可下啊，下有九关八极；

---

① 杜棣生．说招魂［M］//中国屈原学会编．楚辞研究．济南：齐鲁书社，1988：339．

东不可往啊，东有弱水无底；
南不可去啊，南有豺狼狐狸；
西不可向啊，西有流沙千里；
北不可游啊，北有冰封盖地。
惟愿我大夫，快快回故里，
衣食勿须问，楚国好天地。
……

据说这是为屈原招魂的唱词。①

南漳与秭归相隔甚远，其招魂词的内容大同小异，而结构形式则完全一致，都是先从天上喊起，然后地下，东、南、西、北。《楚辞·招魂》与此稍有不同，没有向上天和地下两个方位呼唤的唱词。《大招》向上天和地下两个方位呼唤的唱词放在向北方呼唤的唱词之后，但它们都遵循着由东而南、而西、而北的次序，然后再是对故里的赞颂。从南漳和秭归发现的招魂词当产生于战国之后，似乎可说是它们受到了《招魂》和《大招》的影响。但《招魂》和《大招》并不是出自一人之手，其结构形式也如此相似，我们很难说是谁抄袭了谁。因而，我们认为，招魂这种巫术仪式的招魂词原来就有着一定的模式。不然，这不同地域、不同时间里出现的招魂词为什么都有着基本相同的结构形式呢？招魂这种巫术仪式在屈原之前早已存在了，因而，我们认为，《招魂》和《大招》的结构形式都源于民间招魂仪式唱词的结构形式。

由此，我们基本可以肯定，《楚辞》的形式，承袭了楚国民歌、音乐和巫事活动仪式，以及这仪式中所具有的文辞等传统文化艺术形式。但是，我们也应注意，在这承袭之中，又融合着诗人天才的创造。

总而言之，南北文化的交流，不仅给予了《楚辞》思想内容深刻的影响，也给了《楚辞》的形式以巨大的作用。可以说，《楚辞》的形式同

① 熊任望. 运用筛选法为《楚辞·招魂》决疑 [J]. 中州学刊，1995 (5).

样是南北文化交流的产物。只不过在这众多的因素之中，楚国传统的文化艺术形式占了重要的地位而已。

第三节　楚辞杂言的底蕴

当我们对于中国古代诗歌的发展在整体上有所认识的时候去欣赏《楚辞》，便会有一个极为鲜明的感觉：和其他任何一种体裁形式的诗歌比较，《楚辞》形式是最为活泼的了。唐诗、宋词、元曲在形式方面都有极严格的要求；建安及六朝的诗虽然没有严格的格律，但其句式结构也没有《楚辞》那样自由。当然，我们拿《楚辞》去和这些文人诗相比较，似乎有些不恰当。因为它们和《楚辞》的时代相隔甚远，而诗歌（其实，其他文学体裁也是如此）却又似乎有着这样的一个发展规律——由自由活泼而逐步走向僵化死亡。但是，当我们拿它和时代相距不远的《诗经》作比较时，这种感觉仍然是极为清晰的。姜亮夫先生说："从语言学的角度、文学的意味、修辞学等方面看，《楚辞》要比《诗经》讲究得多，活泼得多，情感也浓厚得多。"① 这话是实在的。

《楚辞》从篇幅的变化到遣词造句都确实表现出《诗经》不曾有的一种随意性。当然，这并非说它是毫无条理的杂糅，而是说它因诗人情感抒发的需要而对形式进行自由灵活的运用。譬如《楚辞》以四句为一歌节为基本形式，但以单句、六句、八句、十句、十二句、二十六句、五十四句、六十四句，甚至以七句、十一句为一歌节的情况也大量存在。而且每个歌节本身的句式有相同的，也有不相同的。有的一个歌节前两句和后两句的字数相同，但也有字数不相同的；有单句为七言句，双句为六言句的；也有单双句字数相同的。从每个歌节之间的句式看，也有相同和不相同的。② 单就那个"兮"字的运用，也给人以变幻莫测之感。

① 姜亮夫．楚辞今绎讲录［M］．北京：北京出版社，1981：26.

② 殷光熹．楚辞的歌节变化及"少歌"、"倡"、"乱"的解释［M］//湖北省社会科学院文学研究所．屈原研究论集．武汉：长江文艺出版社，1984：157.

它有时运用于两句之间，有时又用于一句之中，时虚时实，在一定程度上加强着形式的表现力。

《诗经》体，即四言诗体的产生，在中国诗歌发展史上，毫无疑问是一个伟大的创造。也不能否定，《诗经》在形式方面也有一些变化，有着它的灵活性。但是，若是和《楚辞》相比较，《诗经》的灵活性未免逊色了。一部诗集、十五国风，三百多首诗，产生于一个极其广阔的区域，而却是一律的四言，大抵两句一层意思，虽然也稍微有些变化，却终不免给读者千篇一律的呆板、滞迟之感。

不能不说《诗经》从用韵的一致到比兴用法的同一，与《诗经》中的作品在收集之后，经过乐师的整理有着一定的关系。但从一些先秦古籍所引的逸诗和当时的歌谣来看，《诗经》形式方面的呆板，与乐师整理《诗经》的干系似乎并不太大。《左传》襄公三十年载有郑舆人之诵，其词说："我有子弟，子产诲之；我有田畴，子产殖之。子产而死，谁其嗣之!"《国语·晋语三》引晋人的逸诗说："佞之见佞，果丧其田；诈之见诈，果丧其赂。得国而狃，终逢其咎；丧田不惩，祸乱其兴。"从这些歌谣来看，经过乐师整理的《诗经》在形式方面似乎和中原当时的民间歌谣基本上没有什么区别。因而，我们认为，不能将《诗经》形式方面的呆板，一律归咎于乐师。这种情况的出现，肯定有着其他方面的深刻原因。

如果我们仅仅就《诗经》《楚辞》的文学样式来讨论这一问题，似乎还不足以证明这一点。但假若我们将楚国和中原同时代的其他形式的艺术作一比较，我们便会感觉到《诗经》的呆板和《楚辞》的活泼不是一个偶然的现象。

美籍华裔学者张光直教授曾将殷周时代的青铜器的装饰花纹图案分为三个时期：即古典式时期，时间约为商代后半期至西周初年；中周式时期，约为公元前 950 年左右至公元前 650 年左右；淮式时期，即从春秋中叶至战国末年。他在论述各个不同时期的中原青铜器的装饰花纹图案时说，在中周式时期，青铜器的装饰图案不光神话色彩大为减退，而且图案中的“许多动物的纹样趋向于呆板和固定化”。在淮式时期，装饰花纹一方面出现了猎纹，“神异的兽鸟似乎为人间的战士所征服杀戮”，另一方面，古典式的许多动物纹样又死灰复燃，在铜器的装饰图案中重新出现。但是，这些纹样的古典式时代的神异力量却全都丢掉了。它们的形状更加趋向因袭传统化。① 在这两个时期，青铜器的铭文也有着明显的因袭倾向。在中周式时期，铭文的“文字多夺落重复”；“各种器皿，每每同铭”。在淮式时期，“铭文的排列必求对称，字数的多少与安排，具见匠心”②。当然，讲求形式的对称，工整并不是坏事，但若走到“必求”这地步，也就开始僵化了。正如各种文学体裁，都是从这“必求”而走向僵化、衰亡。肖梦龙也曾说，中原的铜器造型庄重，纹饰“工整繁缛”。但“江南青铜器的花纹装饰是不受体例限制的，不像中原那样规范化，有时显得较随意草率”。如江宁陶吴出土的一件弦纹鼎，“一耳有饰，一耳无饰，表现出装饰上的极不严格性”。而飞鸟盖双耳壶的花纹布局，更显出江南铜器纹饰的自由性。在中原，壶一类的高体器皿，其纹饰一般都采用由上而下的分层布图法。而此壶则是以附加方钉纹的凸素条纹作间界，大刀阔斧地将壶体竖向劈作四片大面积的纹区，每纹区内运用粗犷豪放的刀法满刻大朵的云形勾连纹图案，而各纹面的云形形态又横竖不一，互不对称，潇洒自如，流而不乱，疏而不散。而且，青铜器形制也在实用的前提下，追求奇特新颖。各类器物都涌现出一批新奇的器形。③

其实，不光是铜器的装饰，楚国的漆器、丝织品的花纹图案也都表现出楚人那种空前的创新横神。譬如刺绣，楚人偏爱菱形纹，但楚国丝织品中的菱形纹却“变化多端”，有的曲折，有的断续，有的相套，有的相错，有的呈杯形，“或与三角形纹、六角形纹、S形纹、Z形纹、十字

① 张光直. 商周神话与美术中所见人与动物关系之演变［M］//中国青铜时代. 北京：生活·读书·新知三联书店，1983：292.

② 郭沫若. 青铜时代［M］. 北京：科学出版社，1957.

③ 肖梦龙. 试论江南吴国青铜器［J］. 东南文化，1986（1）.

纹、二字纹、八字纹、圆圈形纹、塔形纹、弓形纹以及其他不可名状的几何形纹相配”①，似乎很少有落俗套的地方。在漆器的装饰中，云纹是最为常见的主题纹饰。但同为云纹，而形态却变化繁多。有卷云纹、流云纹、三角云纹、勾连云纹、蝶状云纹、花瓣云纹以及多种云纹在一幅图案上交错组合。凤纹在漆器装饰中也很常见，但却少有成规。凤纹的形状因施纹的材料和对象而异。因而，凤纹多以变形的形态出现，有时甚至达到了支离破碎仅剩一首或兼有一尾、一羽、一爪的程度。②

楚国铜器、丝织品、漆器的装饰图案的变化多端，正表现楚民族那种不拘一格的艺术精神。

从音乐舞蹈方面看，中原民族也极注重传统。春秋至战国时代，在中原的音乐界，关于雅乐和新乐的争论进行了几百年的时间，而新乐始终不能名正言顺地出现于中原乐坛。这里面关键的问题，当然是他们认为新乐不合礼教，但在他们音乐必宣扬礼义的主张中，也包含着一种强烈的复古情绪。因为他们所宣扬的“礼”，是周公以来的各种传统规范。《礼记·乐记》曾载有这样一个故事，魏文侯问子夏说，他听古乐则担心自己要睡觉，而听郑卫之音则不知道疲倦，这是什么原因。子夏对他说：

> 今夫古乐进旅退旅，和正以广，弦匏笙簧，会守拊鼓，始奏以文，复乱以武，治乱以相，讯疾以雅。君子于是语，于是道古，修身及家，平均天下，此古乐之发也。今夫新乐进俯退俯，奸声以滥，溺而不止，……不可以道古，此新乐之发也。

由此而看，雅乐的“礼”是和“道古”紧密相联的。他们主张雅乐，反对新乐，正表明他们对于传统音乐的向往。但楚人却无古乐、新乐之分，只要能娱悦性情，古乐新乐都可以用于宫廷。《大招》说：“代秦郑卫，

① 张正明. 楚文化史［M］. 上海：上海人民出版社，1987：173-174.
② 张正明. 楚文化史［M］. 上海：上海人民出版社，1987：204-205.

鸣竽张只；伏戏《驾辩》，楚《劳商》只；讴歌《阳阿》，赵萧倡只。”这“郑、卫”，也就是中原人所说的“新声”。《吕氏春秋·骄恣》曾载春居之言说：“荆王释先王之礼乐而乐为轻。”就证明楚人在音乐方面对于传统和成规的轻视。

从楚国的各种形式的艺术表现出一种自由、活泼、不拘一格，中原的各种形式的艺术都表现出一种迟滞、因袭的风格倾向来看，我们完全可以肯定，《诗经》四言的呆板，和《楚辞》形式的灵活自如不是某种偶然，而是有着深刻的文化渊源。它们都是各民族不同文化精神的显现。究其原因，主要在于下列几个方面：

第一，与各民族文化强调对于人性的压抑与否相适应。从某个方面说，艺术形式的活泼自由，不拘一格，实际上是人们创造性思维的结果。活泼的艺术形式是在人们对于艺术形式创造性的运用中而得到体现。譬如匠人，如果是一丝不苟地按照他所熟悉的样式及尺寸进行制作时，那么，他所有的产品也就不会有什么新的花样，而当他对原来的样式或尺寸加以改变而制作时，他的产品便会花样繁多，不再是千件一律了。我们不能设想，一个毫无创造性思维的人，能够制造出什么新产品。艺术是人们创造的用于表现情感概念的表现性形式。虽然每种形式都有着一定的规范，但这规范却带有“软件”的性质，因而，每种艺术形式都具有一定的可塑性。用苏珊·朗格的话来说：“（艺术）这样一种表现形式本身是一个恒量，然而，对这种表现形式的创造方式却是一种时时改变的变量。”① 这也就是说，艺术家在每种表现形式的创造方式方面都可以充分地运用自己的创造思维和创造才能。而艺术的这种特性也表明着艺术本身要求它的创作者具有创造精神。

但人类的创造精神是与人的个性的保持和独立意识联系在一起的。任何一种创造，虽然都包含着前人或他人的思维结果，但又不是对他人

---

① 苏珊·朗格．艺术问题［M］．腾守尧，朱疆源，译．北京：中国社会科学出版社，1983：108．

思维结果的完全认同，而是自己独立思想行为的产物。因而，当人们的群体意识非常强烈，自我完全被群体同化的时候，他们的创造性思维也就变得微不足道了。许多心理学家都曾对群体意识的惰性有过深刻论述。麦克杜格尔曾说，若是人们的独立意识完全丧失，个体完全屈从于群体的影响，那么，他的心理活动便会变成群体的心理活动。这样，“他的情绪得到了极端的强化，而智力则明显地减弱”。群体意识的过分强烈，很容易导致人们的轻信，使人极容易受他人影响，而对他人和权威毫无怀疑。因而，“从根本上讲，它完全是保守的，反对所有的改革和进步，无条件的崇拜传统”①。人在这时候，对象便取代了自我，自我便会变得愈来愈谦虚、恭顺，而对象则变得越来越崇高可爱，最后是对象完全占有自我的爱。这样一来，个体的首创精神便完全被群体所吸收，创造性思维便消逝无踪了。

但是，人类的创造性思维和独立意识都只有在人性正常发展的情况下，才能得到最充分的发展。恩格斯说，人类的原始欲望正是人类社会发展的重要杠杆。人们在对于欲望的追求之中，创造出今天这样一个崭新的世界。因而，当人的人性受到强烈的压抑的时候，人们的独立意识和创造思维便被完全束缚了。中原民族由于过多地看到了人性自由发展给社会带来的破坏，因而，造成了他们过分地强调封建礼教和伦理道德规范对于人性的压抑和束缚。孔子说：“非礼勿视，非礼勿听，非礼勿言，非礼勿动。”② 而这“礼”又是那样严酷与繁碎，连衣着、饮食、言语都有着一定的规定，“文绣有常，制有大小，度有短长，衣服有量，必循其故，冠带有常”③。如《管子·立政》所言，“度爵而制服，量禄而用财。饮食有量，衣服有制，宫室有度……修生则有轩冕服位谷禄田宅之分，死则有棺椁绞衾圹垄之度……散民不敢服杂采，百工商贾不得服

① 弗洛依德. 群体心理学与自我的分析［M］//弗洛依德著作选读. 成都：四川人民出版社，1986：229.

② 《十三经注疏·论语注疏》。

③ 高诱. 吕氏春秋［M］. 北京：中华书局，1954：75.

长鬟"。如孔子所行："食不言，寝不语。"席不正，不坐。"齐（斋）必变食，居必迁坐。"衣必"亵裘长，短右袂。必有寝衣，长一身有半"。"朝，与下大夫言，侃侃如也；与上大夫言，訚訚如也。君在，踧踖如也，与与如也。"[①] 如此，人们连衣食方面都没有一点自由，处处、时时、事事都得循规蹈矩，人们从何去保持个性的独立，培养和发挥人们的创造思维呢？因而，中原人对于礼和伦理道德规范的过分强调，不光束缚了人们的手脚，也束缚了人们的思想；不光毁灭了人的个性，也毁灭了人的创造性思维。

楚民族则因为礼教松懈，人性没有得到过多的改造，人们始终保持着对欲望的追求，强烈的自我意识和独立意识有效地阻止着他们将自己变为群体的奴隶，因而，他们的创造性思维能得以正常发展，在物质文化和精神文化的创造方面都能突破传统的束缚，表现出强烈的创造精神。《楚辞》在形式上表现出来的灵活、自由，正是这创造精神的结果。

第二，与各民族对传统的态度有极密切的关系。中原民族似乎将本民族的文化传统看得过于重要。不管于政治还是于艺术，他们都将古代的东西看得十分美好，而且似乎是越古的东西其价值便越大。于音乐，他们主张"道古"；于政治，他们主张复古。孔子便多次宣称自己"述而不作，信而好古"[②]。主张"兴灭国，继绝世，举逸民"[③]。要"行夏之时，乘殷之辂，服周之冕"[④]。他甚至认为，古人的毛病也比今人要美。他说："古者民有三疾，今也或是之亡也。古之狂也肆，今之狂也荡；古之矜也廉，今之矜也忿戾；古之愚也直，今之愚也诈而已矣。"[⑤]

孟子也是这样。他认为古代的君王要比当世的君王好。古代的君王"好善而忘势"[⑥]，士人也是这样。因而，他要求当时的人做官，效法

① 《十三经注疏·论语注疏》。
② 《十三经注疏·论语注疏》。
③ 《十三经注疏·论语注疏》。
④ 《十三经注疏·论语注疏》。
⑤ 《十三经注疏·论语注疏》。
⑥ 《十三经注疏·孟子注疏》。

“古之君子”“所就三，所去三”。[1] 他极力主张行尧舜之政，劝滕文公实行殷周的“助法”，并对井田制度表现出浓厚的兴趣。法家似乎很有点儿革新精神。他们主张政治改革，以适应新的社会形势。但法家的学说在中原却不受重视，而且，他们也和儒家一样主张压抑人性。因而，从整个中原民族的文化心态来说，对于传统的因袭似乎是中原民族文化精神一个鲜明的标志。这也是造成他们文化封闭状态的一个重要原因。正是这样，他们对于外来文化和本民族的新鲜事物都采取排斥态度。这种文化心态反映到艺术的创作上，一方面造成了他们对于传统艺术形式的尊崇和模仿，中原人“诵诗三百，歌诗三百，弦诗三百，舞诗三百”，和孔子极力主张学习《诗》，以及人们普遍地借诗言志，都表现了他们对《诗经》四言诗这种艺术形式浓厚的兴趣；另一方面，又造成了诗歌的创作，缺少外来艺术形式的借鉴。

楚民族的文化心态和中原民族的这种文化心态恰恰相反。他们的文化虽也有对于传统的继承，但是，他们并不主张恪守传统；而是在继承传统文化的同时，又积极引进外来文化，和传统文化加以融合。对于现实的一切，他们主张采取无为自化的态度，来者不拒，去者不恋。《庄子·则阳》有这样一段话：“伯玉行年六十而六十化，未尝不始于是之而卒诎之以非也，未知今之所谓是之非五十九非也。”《庄子》和《绎史》卷二十四都载有这样一件事，楚成王在殿上读先圣之书，轮扁看见了，便说，这些都是先圣的糟粕，并不是美不可言的东西。人们处世，应该顺时而化。这既是道家做人的态度，也是他们处世的行为准则。在传统和新生事物之间，他们似乎是对于“新”有着更为热切的向往。楚国物质文化和精神文化的发展，都雄辩地证明了这一点。这种精神在文学创作上表现出来，也就是《楚辞》的作者们勇于吸取民间音乐、文学，和外来各种艺术形式的营养，将其融为一体，运用于诗歌的创作，由此而显现出《诗经》不曾有的形式的活泼自由。

---

① 《十三经注疏·孟子注疏》。

第三，与各民族文化对于人们情感的压抑与否相适应。钟嵘曾说："四言文约意广，取效风骚，便可多得，每苦文繁而意少，故世罕习焉。"① 这也就是说，四言极不便于充分地表现人们的情感。中原人由于伦理道德统治严酷，强调以礼节情，主张压抑情欲而弘扬理性，因而，他们很少有那种激烈的情感喷射的现象出现。所以，他们也就没有必要去突破四言诗的体例和形式。但楚人则不然，他们从没有对于人们正常情感的偏见，并且将诗看成是抒发情感的工具。因而，在激烈的文化冲突过程中产生的那种激烈的情感冲突始终伴随着他们。而要抒发这种激烈的情感，也就需要一种较为充分地表现人们这种情感的艺术形式。《楚辞》的作者都是些情感极为丰富的人。因而，他们在创作时，激烈的情感能够促使他们突破传统的诗歌形式，大胆地运用篇章结构和句式的变化，大胆地采用散文的语言形式，使自己的情感得以最充分的表现。

第四节　从精神空间到符号空间

个人精神空间的大小与人们活动区域的广狭是密切关联的。"坐井观天"这个成语正说明了人们的经验、精神活动范围和生活范围成正比例的关系。当楚人偏居于荆山一隅的时候，他们也许还不知道周室曾有九鼎，当然也不会向周人问起九鼎到底是什么形状。但是，当他们从荆山走出到江汉流域，面对着幅员辽阔的九州大地时，楚人便不再感到荆山有那么雄伟了。楚国疆域的逐步扩展，极大地加快了南北文化的交流。这种文化交流不光是促进了楚国物质文化的繁荣，使那巨型编钟的铸造，章华台等规模宏大的建筑具备了雄厚的物质基础，使楚民族获得了一个更加广阔的生存空间；而且，也大大地扩展了楚人的视野，使他们见前所未见，闻前所未闻，获得了一个更加广袤的精神空间。

---

① 钟嵘．诗品［M］//郭绍虞．中国历代文论选（上册）．北京：中华书局，1962：271．

战国时代，有着比以前任何时候都更加广阔的疆域的并不仅仅是楚国。中原的一些大国通过兼并，其疆域都有不同程度的扩展。因而，人们精神空间的拓展在中原也同样是客观事实。在春秋时代，作为总结历史经验的历史著作——各国的春秋，其规模都还和甲骨卜辞不差上下，人们的思维也局限在一个极狭小的空间。孔子的《春秋》作为一部大事记，所记的每一事件都是作为完全独立的事件而存在，某事件所体现的内涵都局限于这事件所发生的时间和空间。但至《左传》，情况便完全不同了。《春秋》记秦晋之战仅仅用了“夏四月辛巳，晋人及姜戎败秦师于殽”共十五个字。而《左传》则从晋文公死叙起，写到王孙满观秦师，郑弦犒师，齐庄子来聘，直至“秦伯素服次郊”。人们已不再把这件事当作一个孤立的事件，而是从更广阔的空间和更久远的时间区域去思索它的发生及其意义了。假若说，这些记载都还没有摆脱直观感觉的思维方式，而邹衍看待问题，就已不再局限于直观感觉经验了。司马迁说，邹衍作“《终始》《大圣》之篇十余万言。其语闳大不经，必先验小物，推而大之，至于无垠。先序今以上至黄帝，学者所共术，大并世盛衰，因载其禨祥度制，推而远之，至天地未生，窈冥不可考而原也”①。抓住一点，推而广之，从无垠的空间和时间去探索这纷繁复杂世界的各种事物之间的千丝万缕的联系，已大有道家玄想的气味了。

由于思维空间的开拓使精神空间得以开拓？还是由于精神空间的拓展促使思维空间的拓展？也许他们是互为因果吧！不可否定，思维空间的拓展是精神空间拓展的最根本的体现，但精神空间的拓展又并非仅仅表现为思维空间的拓展。世界上所有人为的东西，都可以看作是人们精神符号的象征。从天文学“浑天说”的萌芽，从建筑上宫殿、苑囿规模的扩大，从《左传》《国语》等文字形式的由短变长。从《荀子》《韩非子》等著作对于各家学说的兼收并蓄，我们都可以看到中原人精神空间的一步步拓展。

也许，是那强烈的理性精神遮障了他们的视野；也许，是那严酷的

① 《史记》卷七四。

伦理道德规范限制了他们兴趣的广泛发展；中原人的精神空间和楚人比较起来，确实有点小巫见大巫的味道。孔子“不语怪力乱神”，法家、墨家对于音乐舞蹈的反对，都表明中原人精神上那种“虚幻空间”的意识的薄弱。这也就是说，他们的精神空间还局限于他们现实的生存空间。孔子“登泰山而小天下”，但从孔子的一切伦理道德观念和政治学说来看，这“天下”，只不过是鲁国那块小小的版图。他心目中最大的空间范围，也不过是中原人所以为最大的九州。但这“九州”，在楚人的心目中，却只不过是天地之中一个小小的黑点。《庄子·秋水》：“计四海之在天地之间也，不似礨空之在大泽乎？计中国之在海内，不似稊米之在太仓乎?”《山海经》有东、西、南、北、中山经，它们所记的地域大概也就相当于中原人所说的大得无限的九州了。但从《海内南经》《海内西经》《海内北经》《海内东经》所记载的地理来看，海内经所载地理幅员又似乎大大超过了九州的地理范围。《禹贡》所记的九州，冀州在两河之间；兖州不出济水和黄河流域；青州“东自海，西至于岱”；徐州“东至海，北至岱，南及淮”；扬州“北据淮，南距海”；荆州在荆山与衡山之间；豫州大抵相当于今天的河南；梁州“东据华山之南，西距黑水”；雍州东至河，西不出黑水。但《海内东经》所记的东胡，《海内北经》所载的流沙，却似乎已不在这九州之内了。而于《山海经》所记，“海内”之外还有“海外”，“海外”之外还有“大荒”。这空间范围，已不是《禹贡》所记的范围能够比拟的了。

从建筑来看，楚国宫殿和苑囿的规模也远远超过中原。这不仅表现在数量方面，也表现在园林建筑的占地空间方面。章华台的占地面积220万平方米，其面积仅比颐和园小一点，足以让慈禧叹为观止。楚国的台榭建筑，还有一个特点——高。楚有九重台（九重即九层）、五仞台。贾谊《新书》说：“楚王作中天台，三休而后至其上。”可知楚国的台榭讲求高度。这和楚人崇拜龙凤一样，都是楚人空间意识的象征。

从人们知识的广阔来看，楚人上至天文，下至地理，海内事物，怪力乱神，似乎是无所不知，无所不晓。当我们将《庄子》、将《楚辞》和中原任何历史著作、诸子散文相比较时，便会充分地相信这一点。而道家的宇宙观则似乎更能说明这一点。道家的“道”包裹宇宙，涵盖一切，连天地也是它的产儿。它产生了芸芸众生，而又不占有它。在时间上，它上至天地未形，下至宇宙毁灭，既无上限，也无下限；在空间上，它宽广无垠。中原的哪位哲人有如此广阔的视野？庄子笔下的大鹏一飞九万里；《离骚》抒情主人公遨游的空间广阔无垠。中原又有哪部著作或哪篇文章有过如此阔大的空间范围的描述？假若我们把大鹏鸟的飞翔和《离骚》抒情主人公在无限苍穹的遨游看作是楚人对于广际无垠空间的追求，那中原又有哪一个人有着如此兴趣？但我们似乎不能说中原人的精神空间太小，而只能说楚人的精神空间太大，前无古人，后无来者。

楚人的空间意识与中原人的空间意识还有很大的不同，那就是中原人所意识到的空间只不过是平面，即二维空间。他们所追求的也只是空间的平面拓展。这与他们深深地栽在深厚的黄土地中密切相关。但楚人追求的不仅仅是平面空间的宽阔，而且他们对于占有空间的高度表现着更为热切的向往。鲲鹏不光是“去以六月息者”，而且“抟扶摇而上者九万里”。在他们看来，空间的广阔和空间的高度是成正比例的。人们只有占有更高的空间，才能占有更广阔的空间。因而，他们所敬仰的神仙都能“乘云气，御飞龙，而游乎四海之外”。屈原的遨游也是蓝天之游，而不是像游说纵横之士脚踏实地。楚国的台榭建筑也大都是直指苍穹。

同楚人的精神空间相适应，《楚辞》的符号空间在中国的诗歌史上也是独一无二的。譬如《离骚》，全诗共300多句，2500余字，可谓中国古代诗歌中的鸿篇巨制。从《楚辞》的先声《接舆歌》《越人歌》等来看，楚国的诗歌体制在春秋、战国早年也都还是比较短小的。到战国中晚期，楚辞的符号空间突然变得如此巨大，显然和人们精神空间的拓展，宏观意识的崛起分不开。

精神空间的拓展，是文学艺术符号空间拓展的先决条件。不能设想，一个生活在狭隘的精神空间中的人或民族，能够创造出极其巨大的艺术符号空间。但是，我们也应注意到，并不是人们的精神空间广阔，文学艺术的符号空间也必然广阔。从精神空间到艺术的符号空间，中间还须有一个转化过程。也就是说，在它们中间还需要一种或几种中介物。不然的话，秦以后中国诗坛所出现的诗歌，其体制应该比《离骚》更为巨大。但事实却不是如此。

楚人精神空间的拓展对于楚辞符号空间的作用，主要是从下列几个方面来进行的。

第一，精神空间的拓展，带来了人们思维空间的拓展。应该说，宏观思维是一种最基本的创造性思维方式。我们常说，听得多，见得多，加之以不倦的探索精神，才能有所发现，有所发明，有所创造。这虽然是一句口头语，但却具有深刻的哲理意义。如果我们要探索某种事物的发展规律，当我们局限于某个单一的事件，也就是说，局限于某个狭小的空间或时间的话，要不就是这探索得出的结论是错误的；要不就是这探索永无结果。只有当我们将探索的眼光，从单一的事件转向更多的事件，也就是转向更为广阔的空间的时候，我们才能有更多的比较对象。然后，在这比较之中，寻找出近乎真理的结论。自然科学和社会科学的研究都是如此。

艺术创作的思维方式与科学研究的思维方式不同，但其思维机制却是基本相同的。鲁迅在《我是怎样做起小说来的》一文中说，他小说中的人物，往往头在一个地方，而身子却在另一个地方。就证明着艺术创作也要有较为广阔的思维空间。就是雕塑、绘画，一件作品虽然只表现一定的空间中的事物，但是，它所表现的空间却连着一个更为广阔的空间范围，是广阔空间范围内众多事物的比较选择。

科学研究和艺术创作都需要宏观思维。只不过科学研究在对广阔的空间领域中的事情进行比较之后，便最后归结到某个事物的本身，而对于存在于这个事物以外空间的事情都基本舍弃掉了。艺术创作的不同，是它所描述的某个事物或事件和这事物、事件以外的空间存在的事物、事件总是融为一体。对于它以外的空间的事物只是舍弃那些不符合审美趣味的东西，而对符合审美趣味的则大多保留，融合进描写的原型里面去了。《庄辛说楚襄王》虽是说理文，但却颇有文学的趣味。在文章中，作者并不是局限于襄王荒淫误国一事，而是将更大空间范围内的符合作者审美趣味的青蛉为蚁蝼之食，黄雀“昼游乎茂树，夕调乎酸碱”，黄鹄“昼游乎江河，夕调乎鼎鼐”，以及蔡侯之事等，和襄王之事融为一体，而构成一个形象的画面。

从这不难看出，当艺术家的思维空间越广阔时，他所得到的审美素材和审美意象也就越多。当艺术家们有意去追求艺术符号的空间时，他便会将来自不同空间的众多的审美意象用主题这根红线贯穿在一起，由此而创造出巨大的艺术符号空间。但假若是艺术家没有广阔的思维视野，而仅有艺术符号空间的追求，那么，这就犹如人们想建造一个巨大空间的建筑物，而没有建筑材料一样。由此可以看出，艺术符号空间的大小，是与人们思维空间的大小相适应的。

还有这样一种情况，文学家们并非有意去追求巨大的艺术符号空间，但由于他思维空间十分广阔，众多的审美意象活跃于他的脑海之中，这些意象便会不由自主地通过他的笔端，而显现于纸墨之中。因而，有些作者常常为文章的篇幅而苦恼。这种情况，正说明当艺术家精神空间的开拓带来思维空间的开拓后，也必然会带来艺术符号空间的拓展。而事实上，《离骚》的巨大符号空间，正得力于诗人思维空间的广阔。他的视野，没有局限于楚国，也没有局限于当时。而是将上至尧舜、下至当时这样久远的时间，和上至苍天、下至黄泉这样广阔的空间的一切事物进行审美观照，用自己的情感将这些审美意象贯穿起来，才得以创造出这巨大的符号空间的。

第二，精神空间的拓展，通过对于人们情感的作用，而转变为艺术符号空间的拓展。艺术说到底，是人们情感的符号显现。苏珊·朗格说：“艺术品作为一个整体，就是情感的意象。对于这种意象，我们可以称之为艺术符号。”[①] 在艺术创作中，巨大的情感冲突虽也能在狭小的符号空间中加以显现，但更多的是，繁复的情感冲突的表现所需要的符号空间要比单一情感冲突的表现所需要的符号空间大得多。譬如存放一张桌子只要一张桌子那么大的物理空间，假若有一百张桌子，要放在一张桌子那样大的物理空间中，是无论如何也放不下的。情感的表现这东西虽然是一个“软件”，但一般来说，情感的繁复是与它的表现形式成正比，而不是成反比。

楚人精神空间的拓展的一个重要表现方面，是他们吸取众多的外来文化，诸如各种制度，伦理道德观念。这些外来文化作用于楚国传统文化，由此而产生众多的文化冲突，这种冲突作用于楚民族的心理，使人们卷入一个个矛盾的漩涡。原始社会最主要的是人与自然的矛盾，而到此时，人与自然的矛盾，人与人的矛盾，人与社会的矛盾，传统观念与新观念的矛盾，人们心灵外在和内在的矛盾等等，便同时困扰着楚人的心灵。于是，人们心灵的冲突也就变得纷繁复杂了。于是，产生了楚人极为丰富的、复杂的情感冲突。当这些情感用艺术符号表现出来的时候，这艺术符号空间也就得以拓展了。《离骚》不是一种单一的情感，而是多种极为复杂的，而且是极为激烈的情感冲突的结果，这一点是显而易见的。它既不像《越人歌》仅仅表现一种男女之间的恋情，也不像《载驰》一样单单表现君国之情。在《离骚》里面，既包含着诗人的爱国之情，对君王的怀恋之情，对人民的爱抚之情，也包含着诗人对于君主的怨恨之情，对小人的愤怒之情，对于人民不觉悟的惋惜，对于自己不幸命运的悲忧，对于社会黑暗的激愤，以及诗人对于宗教的情感等等。这样多种的、不同层次的情感，假若要将它装在《越人歌》这样短小的符号空间之中，显然是不行的。

第三，精神空间的拓展，通过作用于人们的审美情趣，而转变为符

① 苏珊·朗格．艺术问题［M］．腾守尧，朱疆源，译．北京：中国社会科学出版社，1983：129.

号空间的拓展。人们精神空间的拓展，带来了人们宏观意识的发展。这种宏观意识表现在人们的审美情趣中，便是“以大为美”。

不能否定，在战国时代，中原人也有对于“大”的追求。但是，将“大”与“美”紧密地结合在一起，并且认为“大”高于“美”的，则似乎只有楚人。孟子对于苑囿的广大，《吕氏春秋》对于“以钜为美”都采取了近乎反对和慎重的态度。《吕氏春秋》还专门有《慎大览》一章，告诫人们对于“大”不要作过分的追求。但楚人却完全不一样，他们似乎认为“大”才是一种最高的美。《庄子·天道篇》记载了这样一个故事，“舜问于尧曰：‘天王之用心何如?’尧曰：‘吾不敖无告，不废穷民、苦死者，嘉孺子而哀妇人。此吾所以用心已。’舜曰：‘美则美矣，而未大也。’”假若我们抛开这其中治国的理论，仅从美学意义上去看这些话，可以看到楚人是将“大”作为最高的美去追求的。李泽厚、刘纲纪先生曾经指出，整部《庄子》都这样认为：“美具有无限性，最高的美是囊括整个宇宙，无比广大的。”[①] 这是不错的。在庄子及其后学看来，唯“大”才有美可言，不大则不足以成其为美。《秋水》说河伯在秋汛到来，百川灌河，两岸不辨牛马时，便欣然自喜，以为“天下之美尽在已”。但当他行至北海，“东面而视，不见水端”时，便望洋而叹“吾将长见笑于大方之家”。河伯先前感到天下之美尽在已，是因为他觉得自己占有的水面阔大，后见北海，觉得自己并没有什么美。这对于自己前后认识的不同，归结到一点，都是因为他将“大”作为“美”的主要内容。先认为自己美，是因为“大”，后认为自己不美，是因为先前所认识的“大”不足以为大。《庄子·天道篇》说：“夫天地者，古之所大也，而黄帝尧舜之所共美也。”《庄子·知北游》说：“天地有大美而不言。”《庄子·天下篇》说：“判天地之美。”据此，可知《庄子》屡言天地之美，就是因为它具有广际无垠的“大”的特性。

---

① 李泽厚，刘纲纪. 中国美学史：第一卷［M]. 北京：中国社会科学出版社，1984.

对于美的追求，是来自人们心灵深处的追求。当人们将大作为美的重要标志时，对于“大”的创造也就获得了无穷的心理能源。于是，大的建筑空间、大的歌舞场面、大的物理形态、大的艺术符号空间等的出现，也就势在必然了。所以，我以为《楚辞》广阔的符号空间的产生，也是楚人“以大为美”的审美情趣的产物。

后　记

写完这个小册子，觉得有些话还要说说，便有了这个“后记”。

这个册子是我的硕士论文。其中有些立论我自己也觉得似嫌大胆。但英国的博克曾经说：“一个人只要肯深入到事物表面以下去探索，哪怕他自己也许看得不对，却为旁人扫清了道路，甚至能使他的错误也终于为真理的事业服务。”基于此，我还是将它献出来了。

本书之中流有许多他人的汗水。恩师黄瑞云先生从本书大纲的写作到最后定稿都给予了亲切的指导，张正明、张国光、王陆才、李悔吾、杨建文、徐耀明诸位先生对本书的修改提出了不少宝贵意见，张开炎同志对本书的写作也提过不少建议，湖北省图书馆为本书资料的查阅提供了不少方便，湖北师范学院的各级有关领导和许多老师为我顺利完成学业给予了无微不至的关怀。还有，本书吸取了许多同志的科研成果，而写作时受到体例限制未能一一注明出处，修改时也曾得到中南民族学院科研处的关怀。在此，谨向他们一并致以衷心的感谢！

赵辉

1990 年 7 月于中南民族学院中文系

再版后叙

这本小书是我的硕士毕业论文，完成于楚文化热刚刚兴起的 1989 年 5 月。毕业论文答辩时，我的硕士导师黄瑞云先生将此书推荐给《楚学文库》的主编张正明先生，张正明先生将其给湖北省社会科学院的几位学者审阅，得到了充分的肯定，决定将其纳入《楚学文库》出版。那时，学术著作出版，大都是作者自费，一般是五千元。在今天，这确实是一个小数目。而那时我一个月的工资才 70 元左右，五千元对我来说，可谓一笔巨款。这本小书出版，不仅不要自费，还能得到一笔稿费，自然非常高兴。但当时《楚学文库》一共确定了将近 20 个选题，其他选题的作者基本都还处于收集资料的阶段。应该说，我的这本小书是第一本从楚国文化背景这一角度比较系统研究楚辞的著作，而且观点在当时是比较新颖的。但没有想到，书稿一直在出版社的柜子里睡了六年的大觉，直到 1995 年，这一丛书才得以出版，本书才得以和读者见面。在这几年中，从楚文化的角度来研究楚辞的著作出版了不少，而且，当这本小书出版时，楚文化的研究高潮也已经开始消退。我不知道这值得高兴还是惋惜。

小书从出版到今年，已经整整二十五年了。从二十世纪九十年代到今天，时代变了，学术氛围也有了很大的改变。这本小书写作的时期，是一个西方文学理论及研究方法大举进入中国的时期，也是一个文化研究热的时期。当时整个学界对西方文学理论及研究方法都有一种狂热，刊物的编辑看到那些运用西方理论和方法进行研究的文章，眼睛便会立刻放出光芒。而从现在来看，那种盲目导用西方理论来解释中国文学的方法，确实有些生搬硬套，有着很多可以商榷的地方。当然，这并不是说，研究中国文学就没有必要学习西方的文学理论。中国有中国的文化，中国有中国的文学；但西方的文学理论和研究方法作为我们研究中国文学的借鉴，还是有一定的价值的。

那时的我，是一个年青的学人，不仅在学术研究方面比较幼稚，自然也免不了受这股西学风潮的影响。诸如以“酒神精神”来阐释楚人因楚文化缺少中原严格的礼乐制度及礼教所形成的不是礼法的精神；以“纯文学”和纯审美的观念来看待楚辞。随着对中国文学研究的深入，我已经不再认同审美完全不带功利目的性，也不再认为楚辞中的作品就是“纯文学”，对楚辞的研究也较此前有所深入，在研究方法上也有所拓展。但此书虽然是我学术的处女作，存在许多的不足，却奠定了我后来研究中国文学的基本方法，即不对文学现象作平面式的分类介绍，而是透过文学现象，从各个方面去探寻这些现象发生的原因。即便是今天，这种研究方法也似乎仍然没有过时。保留原来的观点和学术面貌，既是对我硕士研究生学习及生活的留念，也可以对比我这些年来对中国文学的研究，看到我学术观念的变化。故此书除进行了少数地方的修改，按照现在注释的要求，添加了一些原来没有的注释，并对原有的注释添加了作者、出版社、出版版本和页码外，基本上保留了原书的文字。

2020 年 3 月于中南民族大学